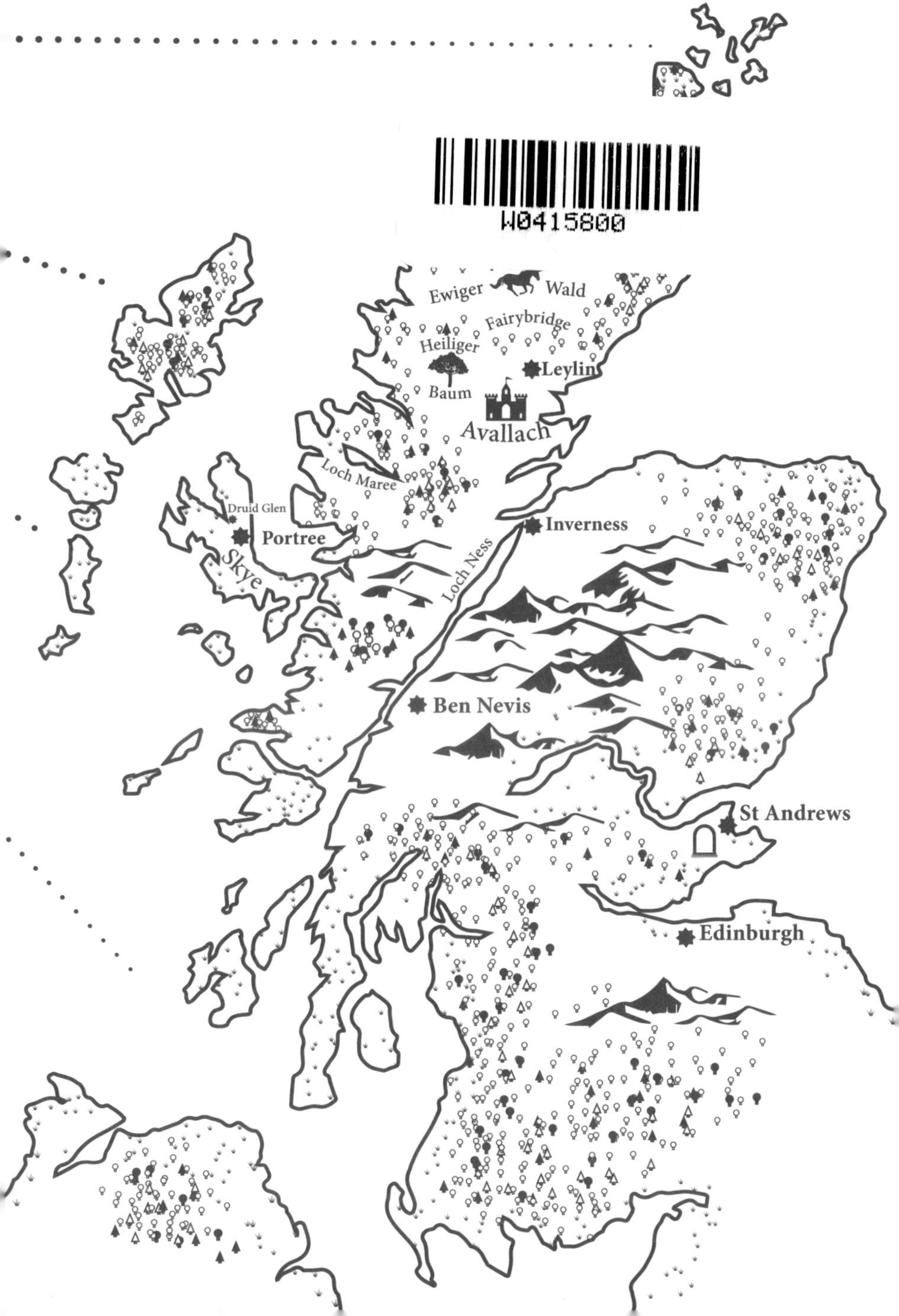

Ewiger
Wald
Fairybridge
Heiliger
Baum
Leylin
Avallach
Loch Maree
Druid Glen
Portree
Skye
Inverness
Loch Ness
Ben Nevis
St Andrews
Edinburgh

OETINGER TASCHENBUCH

**Marah Woolf** wurde 1971 in Sachsen-Anhalt geboren, wo sie auch heute noch mit ihrem Mann und drei Kindern lebt. Sie studierte Geschichte und Politik und erfüllte sich mit der Veröffentlichung ihres ersten Romans 2011 einen großen Traum. Die Arbeit an der MondLichtSaga wurde Ende 2012 abgeschlossen. Seitdem haben sich ihre Bücher als E-Book oder Taschenbuch mehr als eine Millionen Mal verkauft. Für ihre Recherchen lebte Marah mit ihrer Familie ein komplettes Jahr in Schottland.

Unter dem Pseudonym Emma C. Moore schreibt sie außerdem Liebes- und Kurzromane.

Marah Woolf

# FEDER LEICHT

WIE DAS WISPERN DER ZEIT

Oetinger Taschenbuch

Außerdem bei Oetinger Taschenbuch erschienen:

*FederLeicht. Wie fallender Schnee* (Band 1)
*BookLess. Wörter durchfluten die Zeit* (Band 1)
*BookLess. Gesponnen aus Gefühlen* (Band 2)
*BookLess. Ewiglich unvergessen* (Band 3)

www.marahwoolf.de

MIX
Papier aus verantwortungsvollen Quellen
FSC® C014496
FSC www.fsc.org

Originalausgabe

Verlag Friedrich Oetinger GmbH,
Poppenbütteler Chaussee 53, 22397 Hamburg
Mai 2018

Dieses Werk wurde vermittelt durch die
AVA international GmbH Autoren- und Verlagsagentur, München.
www.ava-international.de
http://marahwoolf.com/
Umschlaggestaltung: Carolin Liepins
Druck: GGP Media GmbH, Karl-Marx-Straße 24,
07381 Pößneck, Deutschland
ISBN 978-3-8415-0529-3

www.oetinger-taschenbuch.de

Schnee sinkt zur Erde federleicht,
ein Ort durch die Kugel dem anderen weicht.

Uhr, die Zeit verstummen lässt,
Vergangenes - es wird zum Fest.

Flöte jeden Wunsch erfüllt,
Unglück sich in Schweigen hüllt.

Spiegel nichts vor dir verbirgt,
Lüge keinen Zauber wirkt.

Zauberkraft in der Feder sitzt,
nützt nur dem, der sie besitzt.

Ring dich jederzeit versteckt,
bestimme selbst, wer dich entdeckt.

Schlüssel immer dich beschützt,
wenn vorsichtig du ihn benützt.

# Prolog

Irgendwas lief hier total schief. Ich hatte gewusst, dass die Elfen ein falsches Spiel spielten. Da hatte das Mädchen ihnen ihre Schneekugel zurückgebracht, und nun ließen sie Eliza nicht mehr zurück.

Ich hätte Eliza vor den Elfen warnen müssen. Ob sie auf mich gehört hätte, stand allerdings auf einem ganz anderen Blatt. Weshalb waren Mädchen eigentlich so leicht um den Finger zu wickeln? Kaum tauchte ein gut gebauter Elf mit goldenen Sprenkeln in den Augen auf, verloren sie ihren gesunden Menschenverstand. Wie war das mit den inneren Werten? Aber wenn es danach ginge, könnte ich mich vor Verehrerinnen nicht retten. Nur leider war ich einfach zu klein und zu haarig. Das Leben war ungerecht.

Im Grunde ging es mich ja nichts an, aber trotzdem tat Eliza mir leid. Vielleicht war es keine schlechte Idee, wenn ich mal nachschaute, wie es ihr ging. Sie wäre nicht die Erste, die an der Herzlosigkeit der Elfen zerbrach. Allerdings war Eliza aus einem ganz besonderen Holz geschnitzt, sie lag bestimmt nicht irgendwo rum und heulte dem verzogenen Bengel nach. Wissen konnte ich es allerdings nicht, und sie hatte mich um meinen Schutz gebeten.

Ein Troll bricht sein Wort nicht. Und dann war da auch immer noch diese Sache mit der verschwundenen Elfenkönigin, der ich auf den Grund gehen musste. Warum hatte ich Jade bloß versprochen, ihr zu helfen? Ich war wahrscheinlich der gutmütigste Troll, den es gab. Und der dümmste.

# 1. Kapitel

»Ich schaffe das, ich schaffe das, ich schaffe das«, murmelte ich mein neuestes Mantra vor mich hin. Jetzt betraf dieser Satz aber keine Klausur oder einen riesigen Berg schmutzigen Geschirrs, sondern schlicht und ergreifend mein Überleben. Großmutter hatte nicht untertrieben, als sie behauptete, dass die Verbannung aus dem Elfenreich das Schwerste sein würde, das mein Schicksal mir zu bieten hatte. Vielleicht wäre es leichter, wenn Cassian mich nicht geküsst hätte. Oder ich ihn.

Obwohl mittlerweile Monate vergangen waren (in denen ich jeden Tag zur Lichtung gerannt war, um zu schauen, ob das Tor wieder auftauchte), spürte ich seine Berührungen immer noch. Anfangs hatte ich gedacht, ich würde aufhören zu atmen oder mein Herz würde aufhören zu schlagen, so sehr hatte es wehgetan. Eigentlich hatte ich bis zum Moment, in dem dieser Opal in meiner Handfläche lag, gar nicht gewusst, wie sehr ich Cassian mochte. Immerhin hatten wir uns deutlich mehr gestritten als geküsst. Dann hatte ich eine Weile gedacht, dass es wohl nicht so schwer sein konnte, darüber hinwegzukommen. Aber mein Hirn schaffte es leider nicht, mein Herz zu überlisten. Ob das wirklich diese Elfenmagie war, von der Grandma erzählt hatte? Ihre Freundin war darüber verrückt geworden, aber sie hatte ja auch ein Kind von ihrem Elfen erwartet. Bei dem Gedanken wurde mir ganz schummerig. Durchdrehen würde ich nicht. Ich musste einfach vorwärtsblicken und die magische, unwirkliche Welt vergessen. Tür zuschließen und Schlüssel wegschmeißen. Das war doch eigentlich ein guter Plan. Ich durfte mich nicht unterkriegen lassen. Ich musste die Geschichte aus einer anderen Perspektive betrachten. Es war nur eine Episode gewesen. Zugegeben, eine etwas ungewöhnliche. Irgendwann würde ich meinen Enkeln davon erzählen, und sie würden mich mit großen verwunderten Augen anstarren und mir kein Wort glauben. Bis dahin musste ich es nur schaffen, den Schmerz, der sich in meinem Herzen eingenistet hatte, zu ignorieren. Das konnte doch nicht so schwer sein. Andere Menschen waren unheilbar krank, hatten Krebs, wussten, dass sie bald sterben würden. Ich litt nur unter einem gebrochenen Herzen. Das war dagegen doch eine Kleinigkeit.

Die Idee mit dem Perspektivenwechsel war von Sky – von wem auch sonst? –, und es klappte noch nicht so richtig. Aber ich hatte mir fest vorgenommen, der Sache eine Chance zu geben, auch wenn ich mich am liebsten heulend in mein Zimmer verkrochen hätte. Nur leider hätte ich keine plausible Erklärung für meine Mutter gehabt. Unser Verhältnis hatte sich zwar gebessert, aber ich traute dem Frieden noch nicht so richtig.

Also ging ich jeden Tag zur Schule, auch wenn ich noch weniger kapierte als vorher. Nachmittags half ich meiner Mutter im »Books & Flowers«. Gestern hatte ich Schokoladenmuffins gebacken, was eine Premiere für mich gewesen war. Sie hatten sogar geschmeckt, auch wenn sie immer noch so aussahen wie die Matschkuchen, die ich als Kind gebacken und an Fynn verfüttert hatte. Trotzdem hatte er sich todesmutig an meinen Muffins versucht und mich sogar gelobt. Höchstwahrscheinlich, weil er genau wusste, dass ich gerade ziemlich deprimiert war. Leider durfte ich ihm nicht sagen, wieso, obwohl er mich ständig fragte. Manchmal benahm er sich wie eine echte Glucke.

Mein heutiger Lichtblick war die Theaterprobe mit Frazer. Eigentlich beherrschte er seine Rolle mittlerweile perfekt. Aber diese Zeit miteinander war uns beiden zu wichtig geworden, als dass wir damit aufhören wollten. Er schaffte es immer, mich zum Lachen zu bringen, egal, wie schlecht ich mich fühlte. Allerdings war auch ihm nicht entgangen, dass mit mir etwas nicht in Ordnung war. Zwei Wochen hatte er mich gelöchert und dann eingesehen, dass es besser war, mich in Ruhe zu lassen.

Aber ich merkte natürlich, dass er mich immer wieder besorgt musterte. Er hatte es innerhalb kurzer Zeit geschafft, nach Sky mein zweitbester Freund zu werden.

»Hey, alles klar?« Wie jeden Morgen wartete Frazer am Schultor auf mich.

»Klar.« Ich zwang mich zu einem Grinsen. »Du musst nicht immer hier rumlungern.«

»Tue ich doch gar nicht. Wir kommen nur zufällig immer zur selben Zeit.«

»Die Gänse da drüben sind schon ganz eifersüchtig.« Ich wies auf die Schönheitsköniginnen der Schule, die versuchten, mich mit ihren Blicken zu töten.

»Dann geben wir ihnen mal was zum Gucken.« Frazer legte einen Arm um mich und zog mich an sich. Seine Lippen streiften meine Schläfe. Es kitzelte, und ich musste kichern. »Du bist verrückt.«

»Das nehme ich mal als Kompliment.«

Die Gänse steckten die Köpfe zusammen. Wahrscheinlich schmiedeten sie Mordpläne.

Sky wartete vor der Tür zum Bioraum auf uns. Frazer ließ sofort den Arm sinken. »Hallo, meine Schöne«, begrüßte er sie.

Sky verdrehte die Augen.

Ich musste ihm unbedingt Nachhilfe in Sachen Sky geben. So wurde das nie etwas mit den beiden. Da musste er ganz andere Geschütze auffahren, sonst hatte er bei ihr keine Chance.

Zu dritt betraten wir den Biologieraum. Mr Roth warf uns einen auffordernden Blick zu. »Los. Los, los. Wir wollen anfangen. Setzt euch.«

Frazer setzte sich auf seinen Platz neben Grace, die sofort an ihn heranrutschte und zu flüstern begann. Dabei warf sie Sky und mir höhnische Blicke zu und entlockte Sky damit ein »Blöde Kuh«.

Das war doch schon mal ein Anfang.

Mr Roth quälte uns mit dem Unterschied zwischen Phagozytose und Pinozytose.

Warum konnte ich meine Higher nicht in Musik, Kunst, Drama und anderen Fächern ablegen, bei denen ich mir keine Knoten ins Hirn machte? In der Zwölften würde ich meine Fächer sorgfältiger wählen und nicht einfach hinter Sky herschluffen, nahm ich mir fest vor. Die hing an Mr Roths Lippen, als verkündete er das Evangelium oder so. Ich konnte seine Zungenbrecher kaum aussprechen und sehnte die Freistunde herbei, die wir gleich hatten. Ich wollte mir einen Muffin und einen großen Latte macchiato in der Schulcafeteria holen. Der Zucker und das Koffein würden meine Müdigkeit hoffentlich vertreiben.

Krampfhaft versuchte ich, doch noch irgendetwas von dem, was Mr Roth vor sich hin brabbelte, in mein zubetoniertes Hirn zu bekommen, aber es war vergeblich. Da musste jemand mit dem Presslufthammer ran und die Elfengeschichte aus mir rausholen. Ohne es zu wollen, versank ich in meinen Tagträumen: Cassian hielt meine Hand, und wir schlenderten durch die Straßen von Leylin. Er hielt mich fest und tanzte mit mir über den Bretterboden der Theaterbühne. Ich schloss die Augen und spürte seine vorsichtig tastenden Hände auf meinen Wangen.

»Eliza.« Ich schrak auf. Mein Ellenbogen rutschte weg, und ich knallte unsanft mit dem Kinn auf die Tischplatte. Lautes Gelächter hallte durch den Raum. Na, wenigstens waren jetzt alle wach. Mr Roth musterte mich mit zusammengezogenen Augenbrauen.

»So bekommst du nie ein A«, rügte er mich. »Wenn ich es mir recht überlege, bekommst du wahrscheinlich nicht mal ein C.«

Eigentlich war mir das schnurzpiepegal, aber das konnte ich ihm schlecht sagen. Mr Roth war ein netter Lehrer und ließ uns meistens in Ruhe.

»Da du gerade aus deinen Tagträumen erwacht bist, sei doch so lieb und erläutere deinen Mitschülern, was wir unter passivem Stofftransport verstehen!«

Woher sollte ich das wissen? Ich sah ihn irritiert an.

»Der passive Transport ist eine Form der Bewegung von Stoffen durch eine Zellmembran, die im Gegensatz zum aktiven Transport keine Energie benötigt«, raunte Sky mir zu.

Okay. »Der passive Transport ...«, begann ich stockend.

»... ist eine Form der Bewegung ...«, flüsterte Sky.

»... ist eine Form der Bewegung ...«, wiederholte ich.

»... durch die Zellmembran, ...«

»... durch die Zellmembran, ...« Was immer das sein sollte.

»... die keine Energie benötigt«, kürzte sie ab.

»... die keine Energie benötigt«, wiederholte ich und strahlte Mr Roth an. Das war doch gar nicht so schlecht gewesen.

»Danke schön, Sky«, sagte dieser. »Eliza, du bereitest zum Thema aktiver und passiver Stofftransport bitte zur nächsten Stunde einen Vortrag vor.«

Ich sackte auf meinem Stuhl zusammen. Das hatte mir gerade noch gefehlt. Ich hatte keinen Schimmer, woher ich die Energie dafür nehmen sollte. Ich war doch selbst gerade im Passivmodus.

Sky tätschelte meine Hand. »Ich helfe dir.« Was übersetzt hieß, dass sie den Vortrag ausarbeiten würde. Was würde ich nur ohne sie tun?

Im Dramakurs in der fünften und sechsten Stunde wurde wieder einmal deutlich, dass Frazer und Grace als Tristan und Isolde überhaupt nicht miteinander harmonierten. Insgeheim hatte ich Frazer im Verdacht, dass er sich mit Absicht so dusselig anstellte.

Miss Peters verlor nach dem fünften Probendurchgang der immer wieder gleichen Szene die Geduld, unterbrach die beiden und raufte sich verzweifelt die Haare. »Sky würdest du vielleicht …« Sie wies auf Frazer. »Wir haben nur noch zwei Wochen, und Frazer können wir nicht austauschen.«

»Was soll das heißen?«, kreischte Grace.

»Bis jetzt noch nichts«, versuchte Miss Peters sie zu beruhigen. »Aber ich möchte sehen, ob es mit Sky nicht besser klappt. Ihr beide wirkt zusammen wie Stöcke im Wald.«

Wutschnaubend rauschte Grace von der Bühne.

»Ich kann das nicht«, protestierte Sky. »Bitte, Miss Peters.«

»Du kannst den Text, oder?«

Sky nickte.

»Na dann. Worauf wartest du noch. Hopp, hopp auf die Bühne.«

Sky ging die Stufen hinauf, als schritte sie zu ihrer Hinrichtung. Fast tat sie mir leid. Frazer strahlte sie mit einem Lächeln an, bei dem jedes andere Mädchen dahingeschmolzen wäre. Nur nicht Sky.

»Was wird aus uns?«, leierte sie lustlos.

Frazer grinste, nahm ihre Hand und sah ihr tief in die Augen.

»Eure Heirat beendet hundert Jahre Blutvergießen. Marke war mir Vater, Bruder, Freund. Ich kann ihn nicht so enttäuschen. Ihm bricht das Herz, wenn er von uns erfährt.«

Sky schluckte. Frazer hatte die Stelle rezitiert, als würde ihm bei den Worten tatsächlich das Herz brechen. Sky, die nichts mehr hasste, als unter ihrem Potenzial zu bleiben, straffte die Schultern.

»Und was ist mit meinem? Nur winzige Splitter sind noch übrig, seit du mich verschmähst.« (weint und schaut ihn an) »Wie erträgst du, dass er mich berührt?«

Miss Peters neben mir seufzte, als Frazer die Hand auf Skys Wange legte. Sky wich nicht zurück, im Gegenteil. Sie machte einen winzigen Schritt auf ihn zu und hob den Kopf.

»Jedes Mal, wenn er dich nur ansieht, werde ich kränker und kränker.«

Sky machte nur eine winzige Pause, bevor sie die folgenden Worte sagte:
»Gewährst du mir einen letzten Kuss? Danach werde ich unsere Liebe in meinem Herzen verschließen und Marke eine ergebene Gemahlin sein. Verweigere mir diese Erinnerung nicht. Ich bitte dich nur ein Mal.«

Frazer beugte sich zu ihr und flüsterte an ihren Lippen:

»Ein letztes Mal.«

Als er sie zu küssen begann, drehte ich mich um und lief hinaus. Das war endgültig zu viel für mich. War es tatsächlich schon Monate her, dass Cassian mir diese Worte zugeflüstert hatte? Mein Herz wummerte in meiner Brust, und der Knoten, der sich in meinem Magen gebildet hatte, schwoll auf die Größe eines preisgekrönten Kürbisses an.

Grace schoss wutschnaubend an mir vorbei. »Warst du nicht eigentlich in Frazer verknallt?«, fuhr sie mich an. »Wer solche Freunde hat, braucht keine Feinde.«

»Du bist eine dumme Kuh.« Eine bessere Antwort fiel mir auf die Schnelle nicht ein.

»Das sage ich Fynn«, schrie sie mich an.

Ich verschränkte die Arme vor der Brust, und obwohl meine Knie zitterten, erwiderte ich mit fester Stimme: »Da habe ich aber jetzt schon Angst.«

Mit zornesrotem Gesicht rauschte sie davon.

Schweren Herzens ging ich zurück zum Theaterraum. Ich hatte weder Lust noch die Kraft, mir einen albernen Krieg mit Grace zu liefern. Aber das würde mir wohl nicht erspart bleiben. Grace war nicht gerade dafür bekannt, dass sie ein Schlachtfeld kampflos räumte.

Frazer und Sky standen vor Miss Peters. »Du musst die Rolle einfach spielen«, forderte diese. »Ihr seid ein Traumpaar.«

Frazer grinste, während Sky blass wurde.

Ich beschloss, sie zu retten. »Sky kann ja einen Tag darüber nachdenken«, schlug ich vor.

»Selbstverständlich«, gab Miss Peters nach, in einem Tonfall, der sehr deutlich machte, wie die Entscheidung auszufallen hatte. »Dann proben wir noch ein paar kleinere Szenen.« Sie ging auf die Bühne und klatschte in die Hände.

»Ich werde dich schon nicht fressen«, verkündete Frazer mit hungrigem Blick.

Sky war ihr Schock anzusehen, und ich bedeutete Frazer, die Klappe zu halten. Leider verstand er die Andeutung nicht.

»Komm schon, der Kuss hat sich doch wirklich gut angefühlt.«

Musste der Dummkopf unbedingt noch einen draufsetzen?

Skys Kopf ruckte nach oben. »Bilde dir bloß nichts darauf ein«, giftete sie ihn an, schnappte ihre Tasche und schoss an uns vorbei zur Tür.

»Du gehst das ganz falsch an«, belehrte ich Frazer, der ihr wie ein begossener Pudel hinterhersah. Ich konnte mir nur mit Mühe ein Grinsen verkneifen.

# 2. Kapitel

Wieder einmal hockte ich auf der Lichtung. Söckchen, mein leicht psychotischer Kater, wuselte mir um die Füße. Immerhin musste ich ihn nicht mehr ständig tragen, und er schaffte es mittlerweile, nicht jedes Mal ins Koma zu fallen, wenn eine Biene an ihm vorbeisummte.

Vielleicht war es klüger, wenn ich nicht mehr herkam. Es brachte sowieso nichts. Wenn ich es total rational betrachtete (also mit Skys Augen), dann hätte eine Beziehung mit einem Elfen sowieso keine Chance. Es war einfach lächerlich, zu glauben, dass ein Halbgott wie Cassian sich längere Zeit für mich interessieren könnte. Außerdem hätte Larimar, die doofe Zicke, niemals erfahren dürfen, dass etwas zwischen uns lief. Es wäre viel zu kompliziert gewesen. Und dann sprachen noch jede Menge anderer vernünftiger Argumente gegen eine solche Beziehung. Sky hatte eine Liste angelegt und mir diese Punkt für Punkt auseinandergesetzt. Aber mein blödes Herz hörte einfach nicht auf meinen Kopf, sosehr ich es auch dazu drängte.

Cassian hätte, wenn ihm etwas an mir liegen würde, wirklich einmal nach mir sehen können. Immerhin hatten die Elfen dank mir ihre Kugel wieder, und wenn er gewollt hätte … Okay, er hätte nicht nach mir sehen können – im eigentlichen Sinne, er war schließlich blind. Aber ich war oft genug auf der Lichtung. Für ihn wäre es nur ein winziger Schritt gewesen.

Und dann war da noch etwas, das mich wurmte: die Vorstellung, dass Opal gewonnen hatte. Die Vorstellung, dass sie wieder um ihn herumscharwenzelte und ihn anbaggerte. Wie lange würde er ihr widerstehen? Sie würde nicht lockerlassen, und hatte Larimar nicht gesagt, dass die beiden ein perfektes Paar wären? Es war total eigennützig von mir, so zu denken. Aber dann war ich eben eigennützig. Ich wollte ihn für mich. Ich wollte nicht, dass er ein anderes Mädchen küsste, verdammt.

Aufstöhnend ließ ich mich ins Gras fallen. Das Sonnenlicht kämpfte sich einen Weg durch das Blätterdach über mir und zauberte glänzende Punkte ins Gras. Socke versuchte, sie zu fangen, und maunzte kläglich, als das nicht gelang.

Andererseits, überlegte ich, sollte ich es Cassian nicht gönnen, wenn er dank Opal sein Geburtsrecht zurückbekam? Sollte ich mich nicht für ihn freuen, dass er sein Augenlicht wiedererhielt?

Ob Larimar Wort halten würde? Blind tanzte Cassian nach ihrer Pfeife. Würde er das auch noch tun, wenn sein sehnlichster Wunsch in Erfüllung gegangen war? Sie hatte ihn in der Hand, mit Augenlicht womöglich aber nicht mehr.

Oh Gott, war ich selbstsüchtig. Die Vorstellung, dass er

mich sehen könnte und mich mit Elfe Opal verglich, verursachte mir noch mehr Herzschmerzen. Dann hatte ich gar keine Chance mehr. Aber ich würde ihn ja eh nie wiedersehen. Die Elfen hatten mich verbannt. Mir blieben nur meine Erinnerungen. Ich schloss die Augen. Mein Leben war ein Trümmerfeld.

»Trübsal blasen steht dir ganz und gar nicht«, vernahm ich eine mir wohlbekannte Stimme.

Hatte ich schon Halluzinationen und bildete mir ein, diesen haarigen Troll zu hören? Es stand wirklich schlimm um mich.

»Ich habe dir von Anfang an gesagt, dass der Bengel es nicht wert ist«, belehrte Quirin mich.

»Geh weg. Ich träume dich doch sowieso nur. Ich kann nicht auch noch Stimmen in meinem Kopf gebrauchen«, motzte ich.

»Ich hau dir gleich auf den Schädel, wenn du die Augen nicht aufmachst, du freche Göre. Begrüßt man so einen alten Freund?«

Ich riss die Augen auf. Neben mir plumpste etwas ins Gras. Socke quietschte, sprang zurück und sträubte das Fell. Er war wirklich da. Quirin. Ich traute meinen Augen nicht. Dann rappelte ich mich auf und riss ihn in meine Arme.

Er strampelte mit seinen kurzen Beinchen. »Du zerquetschst mich«, quengelte er. »Und außerdem stehen wir Trolle nicht so auf Liebesbezeugungen. Die kannst du dir für diesen verzogenen Elfen aufheben.«

Mir war das egal. Ich gab ihm einen Kuss auf die ledrige Wange und setzte ihn ab. Eine leichte Röte überzog sein braunes Gesicht, während er den Kuss wegwischte.

»Ist ja eklig«, murmelte er.

Ich grinste ihn an. »Ich habe dich auch vermisst.«

Er setzte sich im Schneidersitz vor mich und hielt Socke eine Hand hin. Zu meiner Verwunderung schnupperte der Kater daran und ließ sich dann neben dem Troll nieder. »Was läuft so?«, fragte Quirin.

»Hier nicht besonders viel.« Am liebsten wollte ich ihn schütteln, damit er mir etwas von Cassian erzählte. Vorzugsweise, dass er auf der anderen Seite Trübsal blies und mich vermisste. »Opal hat ja erfolgreich dafür gesorgt, dass ich nicht zurückkann.«

»Du denkst, es war Opal?«

Ich nickte kräftig. »Sie war vom ersten Tag an eifersüchtig auf mich. Es kann nur sie gewesen sein. Im Grunde hat sie mir damit ihre Visitenkarte in die Hose gesteckt.« Ich zog den kleinen Opal aus der Tasche meiner Jeans. Ständig trug ich ihn mit mir herum, damit ich meine Wut auf sie nicht vergaß.

»Ich muss dich enttäuschen, Schätzchen, den Stein hätte dir jeder in die Tasche stecken können. Sogar ich.«

Erschrocken sah ich ihn an. »Du warst es doch nicht.«

»Nö. Grausamkeiten sind den Elfen vorbehalten.«

»Meinst du, es war Larimar?«

»Keine Ahnung. Ich könnte versuchen, es herauszufinden. Aber was würde das bringen?«

»Nichts. Außer, dass ich Gewissheit hätte. Hat Larimar Cassian schon das Augenlicht wiedergegeben?« Ich hielt die Luft an in Erwartung der Antwort. Keine Ahnung, was ich fühlen sollte, wenn es so war.

»Nein.« Er zupfte ein paar gelbe Blüten ab und steckte sie sich in den Mund.

Ich horchte in mich hinein. »Wird sie es tun?«

»Immerhin hat sie es ihm versprochen, aber sie hält ihn hin. Sie heckt etwas aus«, antwortete Quirin und kaute dabei genüsslich das Unkraut.

»Ist Cassian nicht schrecklich sauer auf sie? Immerhin hat sie es ihm versprochen.«

Quirin zuckte mit den Schultern. »Du weißt doch, wie er ist. Er lässt sich seine Gefühle weniger anmerken als ein Stein. Wenn er wütend ist, dann verbirgt er das ziemlich gut.«

Dann konnte ich mir die Frage, ob er mich vermisste, gleich verkneifen.

»Ist sie mittlerweile Königin?«

»Nope.«

»Lass dir nicht jedes Wort aus der Nase ziehen. Was ist passiert, seitdem ich weg bin?«

»Raven und Peter sind zurückgekommen.«

»Das weiß ich schon. Sie haben sich von mir verabschiedet. Was denkst du, weshalb Larimar Raven begnadigt hat? Holt sie sich da nicht eine unliebsame Konkurrenz zurück?«

»Ihre Bedingung war, dass Raven auf den Thron verzichtet, und Larimar hat ihr erlaubt, mit Peter zusammenzubleiben.«

»Darauf ist Raven eingegangen?«

»Elfen können keine unendliche Zeit in der Verbannung leben. Irgendwann wäre Raven verrückt geworden.«

»Das wusste ich nicht.«

»Wie so vieles.«

»Sorry, dieser Elfenquatsch steht nicht auf unserem Lehrplan. Wäre zwar wesentlich spannender, als ständig und immer den Ersten Weltkrieg durchzukauen und die Tapferkeit unserer Soldaten zu loben. Aber ich befürchte, wenn ich das vorschlage, lande ich in der Klapsmühle.«

»Menschen sind fast noch ignoranter als Elfen.« Quirin seufzte. »Ich frage mich, wie ihr die Welt erobern konntet.«

»Das frage ich mich auch. Ihr könnt so coole Dinge, und wir bauen bloß Autos und fliegen zum Mond.«

»Mach dich bloß lustig über mich, dann komme ich nicht wieder.«

Erschrocken riss ich die Augen auf. »Bleib hier. Es geht mir gleich viel besser, wenn wir darüber reden. Jetzt ist es gar nicht mehr so schlimm, dass ich nie wieder nach Leylin kann.«

»War es das denn?«, fragte Quirin sanft.

»Als ob mir jemand das Herz herausgerissen hätte«, flüsterte ich.

»Man küsst ja auch keinen Elfen, Kleines.«

»Du klingt wie meine Grandma.«

»Sie ist ja auch die einzige vernünftige Person in eurem Haus.«

Ich knurrte. »Danke schön.«

»Sie sieht mehr als andere Menschen«, verteidigte er seine Beleidigung auch noch. »Sie ist offen für die Magie der Welt. Ich wette, sie spürt die Kraft der Leylinien.«

»Leylinien? Was soll das sein?«

Quirin hob die Augenbrauen. »Was lernt ihr überhaupt?«

»Nichts Sinnvolles, das versuche ich meiner Mum auch die ganze Zeit zu erklären.«

»Du solltest mal nach Avallach gehen, da könnten sie dir wenigstens ein paar Basics beibringen.«

»Ist das diese Zaubererschule?«, fragte ich nach. »So was wie Hogwarts?«

»Ich habe zwar keine Ahnung, was Hogwarts ist, aber – ja –, es ist eine Schule. Allerdings nicht nur für Zauberer, sondern für alle Wesen der magischen Welt. Vielleicht nehme ich dich mal irgendwann dorthin mit.«

»Jetzt gleich?«

Quirin lachte. »Ganz bestimmt nicht. Die gesamte magische Welt ist verbunden durch ein Netz unsichtbarer Linien«, referierte er stattdessen. »Dort, wo sich die Linien kreuzen, befinden sich sogenannte Kraftorte. Sämtliche Linien entspringen in Leylin. Die Hauptstadt der Elfen gab diesen Linien ihren Namen.«

Ich verschränkte die Arme vor der Brust. »Nimmst du mich mit zurück?«

»Das kann ich nicht, das weißt du doch. Dieser Weg ist dir versperrt.«

»Aber ich habe den Opal doch nicht mit Absicht mitgenommen. Das ist so unfair.«

»Das spielt in diesem Fall keine Rolle. Du hättest vorsichtiger sein müssen. Hat Cassian dir nicht gesagt, dass du deine Taschen kontrollieren sollst, bevor du durch das Tor gehst?« Er kraulte Sockes Fell, was diesem ein wohliges Schnurren entlockte.

Ich schüttelte den Kopf.

»Das dachte ich mir, und nun zerbrich dir mal dein hübsches Köpfchen, warum er das nicht getan hat.« Quirin stand auf und zupfte sich ein paar Grashalme aus den Haaren.

Ich kniff die Augen zusammen. »Hast du mit ihm über mich geredet?«

»Er redet nicht über dich. Mit niemandem.«

Bestimmt litt er genauso wie ich, dachte ich hoffnungsvoll und seufzte.

Quirin dachte bestimmt, ich wäre nicht ganz richtig im Kopf. War ich ja auch nicht, mein Gehirn und mein Herz hatten sich in Matsch verwandelt.

»Pass auf dich auf, Eliza«, sagte er mit diesem komischen Ausdruck im Gesicht, dann drehte er sich einmal um seine eigene Achse und verpuffte, direkt vor meiner Nase.

Socke sprang vor Schreck auf meinen Schoß und maunzte. Ich starrte auf die Stelle, an der gerade noch der Troll gestanden hatte, und fragte mich, ob ich vielleicht doch halluziniert hatte.

»Hast du den frechen Troll auch gesehen?«, fragte ich den Kater und bekam ein Maunzen zur Antwort. Damit musste ich mich wohl zufriedengeben.

Glücklich hüpfte ich zum Haus zurück. Quirins Besuch hatte mir gezeigt, dass es immer noch eine Verbindung zur magischen Welt gab. Es war vielleicht tatsächlich noch nicht vorbei. Hoffentlich kam er wieder. Die Karten, die Granny nach meiner letzten Rückkehr aus der Elfenwelt gelegt hatte, behielten recht: Ich hängte mein Herz an einen spinnwebfeinen Faden. Das war nicht viel, aber jeder Mensch wusste, dass so ein Spinnennetz eine Menge aushalten konnte.

»Grandma, kannst du mir die Karten legen?«

Erstaunt legte meine Großmutter den Kopf schief. »Ich dachte, du wolltest von dem Teufelszeug nichts mehr wissen.«

Ich zuckte mit den Achseln. »Darf man hier seine Meinung nicht mal ändern?«

»Doch, sooft du willst.«

»Quirin war hier«, verkündete ich.

»Dieser Troll?«, fragte Grandma erstaunt.

Ich nickte und strahlte übers ganze Gesicht. »Wenn er kommen kann, dann kann Cassian es doch auch, meinst du nicht?«

»Ich meine, du solltest dich da nicht reinsteigern. Wenn er dich sehen wollte, hätte er es längst getan. Nicht, dass ich das gutheißen würde. Du musst dich damit abfinden, dass er womöglich nicht dasselbe empfindet wie du.«

Ich spürte, wie Hitze mir ins Gesicht kroch. »Das sagst du nur, weil du nicht möchtest, dass ich mit ihm zusammen bin.«

Grandma legte mir ihre weiche Hand auf die Wange. Sie duftete nach Lavendel und Thymian. »Das sage ich, weil ich nicht möchte, dass er dich unglücklich macht.«

Tränen stiegen mir in die Augen. »Unglücklicher kann ich gar nicht sein.«

Ich wollte aufspringen, als meine Mutter eintrat. In den Händen balancierte sie ein Tablett mit Teetassen und Schokoladentorte.

»Ich dachte, ich bringe euch etwas für die Nerven.«

Grandma lächelte, während ich die Lippen zusammenpresste und mich zurück in die unzähligen bunten Kissen fallen ließ.

»Wie war es in der Schule?«, fragte meine Mutter, und ich verdrehte die Augen. Was ging mich die Schule an? Ich hatte verdammt noch mal andere Probleme.

»Ich will doch nur, dass du deine Higher ordentlich über die Bühne bringst. Du musst dich im Herbst an deinen Wunsch-Unis bewerben.«

»Das weiß ich«, fauchte ich.

»Dann ist es ja gut. Dein Dad und ich machen uns Sorgen.«

Ich mampfte die Schokotorte in mich hinein und antwortete nicht. Ich würde dieses Jahr drei Higher machen und nächstes Jahr ebenfalls. Das sollte ja wohl reichen, um an irgendeiner Uni angenommen zu werden. Vorzugsweise weit weg von nervender Verwandtschaft und bockigen Elfen. Ich sehnte den Zeitpunkt meiner Freiheit herbei. Vielleicht sollte ich auch einfach mal ein Jahr auf Reisen gehen. Dass meine Eltern dafür das Geld springen ließen, war allerdings fragwürdig. Das Studium meines hochbegabten Bruders Fynn an der St Andrews University würde alle Ersparnisse aufzehren. Aber das war meinen Eltern egal. Für mich reichte eine staatliche Universität in Stirling. Wohnen sollte ich bei irgendeiner verrückten Tante, die einsam war und einen Haufen Geld besaß, sodass ich keine Miete bezahlen musste. Logischerweise hatten meine Eltern mich nicht gefragt, ob dieses Vorhaben auch in meine Pläne passte. Ich hatte Mutter belauscht, als sie mit Dad sprach und ihn zu überzeugen versuchte, mit ihr an einem Strang zu ziehen. Fairerweise sollte ich vielleicht erwähnen, dass sie mehrfach versucht hatte, auch mit mir zu reden, aber ich hatte das Gespräch immer abgeblockt. Bis jetzt.

»Hast du auch schon beschlossen, was ich studieren soll?«, fragte ich spitz.

»Vielleicht Englisch oder Geschichte?«, schlug sie ohne eine Spur schlechten Gewissens vor.

»Englisch war wahrscheinlich deine Idee und Geschichte Dads, oder? Super. Dann kann ich in Zukunft entweder in Erde oder im Teig wühlen. Weit hat dein Literaturstudium dich ja auch nicht gebracht.«

Grandma legte mir besänftigend eine Hand auf den Arm. »Deine Mutter meint es nur gut. Es wird Zeit, dass du dich mit deiner Zukunft beschäftigst.«

Ich sprang auf. »Meine Zukunft kann mich mal«, brüllte ich und rannte aus dem Wohnzimmer.

»Sie beruhigt sich schon wieder«, hörte ich noch Grandmas Stimme. Auf der Treppe blieb ich stehen.

»Ich hatte gehofft, dass es langsam leichter wird, mit ihr auszukommen«, seufzte Mutter.

»Das wird es ganz bestimmt«, tröstete Grandma sie.

Mit schlechtem Gewissen ging ich auf mein Zimmer. Meine Mutter konnte im Grunde nichts für meine miese Laune. Daran war nur Cassian schuld.

»Kommst du mit zum Gig?« Frazers Nachricht riss mich Samstagvormittag aus dem Schlaf. Ich vergrub das Gesicht wieder in meinem Kissen. Konnte man nicht einmal ausschlafen?

»Hast du sie noch alle?«, textete ich nach einer Weile zurück. »Es ist mitten in der Nacht.«

»Es ist nach zehn, und ich war schon laufen.«

»Streber.«

»Was ist nun, kommst du mit? Je eher du antwortest, umso schneller kannst du weiterschlafen.«

»Habe ich eine Wahl?«

»Eigentlich nicht.«

»Na ja, dann ist ja alles klar«, schrieb ich zurück. Es wurde Zeit, dass ich meine selbst gewählte Isolation verließ. Es brachte ja nichts, einer völlig aussichtslosen Liebe nachzuheulen.

»Bringst du Sky mit?«

»Du gibst nicht auf, oder?«

»Nicht, solange ich noch Hoffnung habe.«

Ich sah sein schelmisches Grinsen förmlich vor mir.

»Ich gebe mein Bestes. Versprechen kann ich aber nichts.«

»Das reicht mir schon«, antwortete Frazer prompt.

»Bis heute Abend«, verabschiedete ich mich. Dummerweise war ich jetzt putzmunter. Das Einzige, was mich noch plagte, war mein schlechtes Gewissen. Immerhin musste ich zugeben, dass meine Mutter sich in den letzten Wochen wirklich Mühe mit mir gegeben hatte. Dass ich sie so angefahren hatte, tat mir leid, denn das hatte sie nicht verdient. Ich sollte mich im Café nützlich machen. Vielleicht versöhnte sie das etwas.

Am Abend machte ich mich mit dem Fahrrad auf den Weg nach St Andrews. Während der Fahrt fragte ich mich die ganze Zeit, weshalb Quirin in meine Welt gekommen war. Ich wollte mir auf gar keinen Fall unnütze Hoffnungen machen, dass auch Cassian eines Tages vor mir stehen würde. Bei dem Gedanken daran verknoteten sich meine Eingeweide.

Ein Auto raste mit überhöhter Geschwindigkeit auf mich zu und hupte. Blödmann. Ich riss den Lenker herum. Da war ich doch tatsächlich zu weit auf der Straßenmitte gefahren. Jetzt brachte der Doofmann mich schon in Lebensgefahr, weil er so sehr meine Gedanken beherrschte.

»Komm mit, Sky«, bettelte ich, nachdem ich heil bei ihr angekommen war. »Nur ein Mal. So ein Gig ist toll. Es wird dir gefallen.«

»Die Musik von diesen Pseudobands gefällt mir nicht.«

»Mein Gott, du kannst doch nicht immer nur Klassik hören. Das ist nicht gesund in deinem Alter.«

Sky runzelte die Stirn. »Hat Frazer dich gebeten, mich zu überreden?«

»Hhm«, murmelte ich. Sie kannte mich zu gut.

»Bestell ihm einen schönen Gruß von mir und sag ihm, dass es mir genügt, wenn ich in der Schule meine Zeit mit ihm verbringen muss.«

»Du bist gemein zu ihm, weißt du das?«

Sky zuckte mit den Schultern. »Besser gemein und ehrlich als nett und eine Lügnerin. Er soll sich bloß keine falschen Hoffnungen machen.«

»Das tut er bestimmt nicht«, erwiderte ich. »Wenn du es dir anders überlegst, dann weißt du ja, wo du uns findest.«

»Alles klar.« Sky umarmte mich. »Pass auf dich auf.«

»Ich gehe auf eine Party und nicht auf eine Weltreise.«

»Na ja, manchmal ist die Weltreise ungefährlicher.« Sie grinste.

»Bei dir vielleicht, weil du jedes Staubkorn auf dem Weg einplanen würdest.«

»Sie ist nicht mitgekommen, oder?« Frazer wartete vor der Tür des Klubs auf mich.

»Tut mir leid.« Kurz überlegte ich, ob ich ihm Skys Worte tatsächlich ausrichten sollte. Allerdings erinnerte sein Blick mich gerade an einen traurigen Welpen, weshalb ich darauf verzichtete, ihm auch noch einen Dolch in die Brust zu rammen.

»Wir machen uns trotzdem einen coolen Abend«, sagte er tapfer, legte einen Arm um mich und zog mich zu der Schlange, die auf Einlass wartete.

Als wir endlich hineinkamen, war die Party in vollem Gange. Indie-Pop dröhnte durch die Räume. Wir holten uns zwei Colas von der Bar und hielten Ausschau nach unseren Freunden. Als Frazer sie erspähte, drängelten wir uns zwischen den schwitzenden Körpern, die vor der Bühne auf und ab sprangen.

Grace grinste mich an. »Gibt er sich nun mit dir zufrieden?«, fragte sie.

Ich zog es vor, darauf nicht zu antworten.

Eine kleine Flasche Wodka machte die Runde, und jeder goss sich einen Schluck in seine Cola. Grace beobachtete mich genau, und ich hatte nicht vor zu kneifen, auch wenn ich Alkohol im Allgemeinen und Wodka im Speziellen nicht besonders mochte. Ich kippte einen großzügigen Schuss in mein Glas und reichte die Flasche weiter. Das schmeckte nicht mal so übel. Eigentlich schmeckte man den Alkohol gar nicht. Ich nahm noch einen zweiten Schluck und dann einen dritten. Viel zu schnell war der Becher leer.

»Sie spielen Where You Wanna Be. Sehr cool. Lass uns tanzen«, forderte ich Frazer auf, und ohne auf seinen Protest zu hören, drängelte ich mich zwischen die Tanzenden.

Die Musik vibrierte in jeder Zelle meines Körpers. Jedenfalls fühlte es sich so an. Die Hitze und der Geruch der vielen schwitzenden Menschen taten ihr Übriges. Ich war binnen kurzer Zeit vollkommen benommen. Trotzdem tanzte ich weiter, ließ mich von der Musik forttragen, bis sich alles um mich herum drehte. Jemand reichte mir eine neue Wodka-Cola. Hastig trank ich. Meine Kehle war vollkommen ausgetrocknet.

Frazer nahm mir das Glas aus der Hand. »Ich denke, das reicht.«

»Aber es schmeckt so gut«, widersprach ich und wollte mir mein Getränk zurückholen, doch Frazer hielt es hoch, damit ich nicht herankam.

»Spielverderber«, murrte ich.

»Lass uns mal einen Moment an die frische Luft gehen, damit du wieder einen klaren Kopf bekommst.«

»Okay«, stimmte ich widerwillig zu. In meinem Schädel begann sich ein Karussell zu drehen.

Vor dem Klub setzten wir uns auf eine Bank. Das Karussell beschleunigte sich, als wollte es abheben. Ich lehnte mich an Frazers Schulter.

»Kotz mich bloß nicht voll.«

»Ich gebe mir Mühe.«

Er legte einen Arm um mich und zog mich fester zu sich heran. Es fühlte sich gut an.

»Du musst die Augen auflassen. Gleich wird es besser. Anscheinend verträgst du nicht besonders viel.«

»Keine Ahnung. Bis auf Feenwein habe ich noch nie etwas getrunken, was so merkwürdige Sachen mit mir macht«, murmelte ich.

»Feenwein?« Frazer drehte sich zu mir und nahm mein Gesicht in seine Hände. »Muss ich mir Sorgen machen? Halluzinierst du nach ein paar Schlückchen Wodka?«

»Du wolltest doch wissen, wer mir das Herz gebrochen hat. Ich verrate es dir, wenn du magst.«

»Ich bin ganz Ohr.«

»Aber du darfst es nie, nie, nie weitersagen. Es ist ein Geheimnis.«

»Ich verspreche es.«

»Du musst es schwören.«

Feierlich hob Frazer drei Finger.

Ich musste kichern. Dann beugte ich mich weiter zu ihm. Er roch wirklich gut. Nicht so gut wie Cassian. Aber gut. Irgendwie herber. Seine Bartstoppeln kratzten an meiner Wange.

»Ich bin in einen Elfen verliebt«, säuselte ich.

Frazers Augen lachten. Er gab mir einen Kuss auf die Nasenspitze. »Du bist süß. Ich kenne kein Mädchen, das noch an Märchen glaubt.«

»Das ist kein Märchen«, protestierte ich und hielt ihm mein Gesicht weiter hin. Seine Augen weiteten sich vor Überraschung.

»Könntest du mich noch mal küssen? Diesmal richtig?«

»Meinst du das ernst?«

»Jeder Mensch braucht doch ein bisschen Liebe, oder nicht? Es wäre nur, damit ich mich nicht so verlassen fühle.«

»Ein Freundschaftsdienst also?«, hakte er nach.

»So könnte man es nennen.«

Seine Lippen legten sich auf meine. Sanft küsste er mich. Es fühlte sich nicht an wie Cassians Küsse, aber es war nicht übel. Ganz kurz regte sich mein schlechtes Gewissen. Doch warum eigentlich? Sky wollte Frazer nicht, dachte ich zu meiner Verteidigung.

»Besser?«, fragte Frazer und löste sich von mir.

»Ein bisschen. Danke schön.«

»Keine Ursache. Gern wieder.«

Wir grinsten uns an.

Sky trat aus dem Schatten des Gebäudes. »Ich suche dich … euch.« Dann brach sie ab und musterte uns. Wir saßen eindeutig zu eng beieinander, als dass es harmlos ausgesehen hätte.

»Aber ich wollte euch nicht stören.«

»Du störst gar nicht«, fing Frazer sich als Erster. »Ich wollte Eliza nicht allein lassen, sie brauchte ein bisschen frische Luft. Sie ist beschwipst und hat mir erzählt, dass sie in einen Elfen verliebt ist – vielleicht bringst du sie besser nach Hause.«

Sky hatte sich mit ihrem Outfit besonders viel Mühe gegeben. Sie trug ein geblümtes Kleid und hatte das Haar hochgesteckt. »Ich schätze, auf deine Begleitung legt sie mehr wert.« Sie drehte sich um und stakste davon.

»Ich rede mit ihr«, sagte ich zu Frazer, der wie erstarrt neben mir saß. »Mach dir keine Sorgen. Ich kläre das.«

»Da bin ich ja mal gespannt.«

»Wir sehen uns Montag.«

Auf wackligen Beinen lief ich Sky hinterher. »Warte doch«, rief ich. »Es war nicht so, wie es aussah!«

Dummerweise blieb Sky nicht stehen. Sie konnte furchtbar stur sein. Erst vor ihrem Haus holte ich sie ein. Ich war völlig außer Atem, aber wenigstens drehte sich nichts mehr in meinem Kopf.

»Wie war es denn dann?«, fuhr sie mich an.

»Ich bin verzweifelt«, versuchte ich mich aus der Affäre zu ziehen. »Es war nur ein winziger Kuss. Ein Trösterchen.« So hatte mein Dad früher seine Küsse immer betitelt, wenn ich gestürzt war oder mich mit Fynn gestritten hatte, weil er mal wieder etwas viel toller und besser gekonnt hatte als ich.

Skys Mundwinkel zuckten. »Ein Trösterchen?«

Ich nickte.

»Damit du über Cassian hinwegkommst?«

Wieder nickte ich heftig, froh, dass sie mich zu verstehen schien. Leider trat im selben Moment ein Vorschlaghammer in meinem Kopf seinen Dienst an, und ich presste mir die Fingerspitzen an die Schläfen.

»Das ist völlig unlogisch.«

»Nur für dich. Und überhaupt, was stört es dich? Du willst Frazer doch gar nicht«, drehte ich den Spieß um.

Der Ansatz ihres Lächelns verschwand, und Skys Schultern sackten nach vorn. Sie drehte sich weg. »Stimmt«, murmelte sie. »Geht mich nichts an, wenn du mit Herzensbrecher Nummer eins knutschst.«

Sie schloss die Haustür auf und trat ein. Ich drängelte mich hinter ihr durch die Tür. »Das ist es, was dich stört, richtig? Dass du nicht seine erste Freundin wärst. Dass er schon andere Mädchen vor dir hatte.«

»Ja, vielleicht.«

»Vielleicht? Vor mir kannst du es doch ruhig zugeben. Ich bin deine beste Freundin«, erinnerte ich sie.

»Ja, das ist es, was mich stört. Ich möchte keine seiner Trophäen sein. Ich möchte nicht, dass er mir wehtut.«

Wir standen am Fuße der Treppe und schwiegen. Ich wusste genau, wie schwer Sky dieses Geständnis fiel. Normalerweise hielt sie ihre Gefühle sorgfältig unter Verschluss. Wahrscheinlich hatte es damit zu tun, dass ihre Mutter gestorben war, als sie noch klein gewesen war. Ihr Vater war der zerstreuteste Musikprofessor, den ich kannte (okay, auch der einzige). Sky kümmerte sich mehr um ihn als umgekehrt.

»So einer ist Frazer nicht«, versuchte ich, ihn zu verteidigen. »Ich glaube nicht, dass er dich verletzen würde. Gib ihm einfach eine Chance.«

»Vielleicht würde er es gar nicht mit Absicht tun. Aber er ist so flatterhaft.«

»Flatterhaft?« Ich konnte mir ein lautes Lachen nicht verkneifen. »Wo hast du das Wort her? So was sagt doch heute kein Mensch mehr.«

»Es trifft aber ziemlich gut zu, das musst du zugeben.«

Ich grinste immer noch. »Vielleicht. Vielleicht auch nicht. Ich glaube, er mag dich sehr.«

»Ich denke drüber nach.«

»Das ist immerhin ein Anfang. Kann ich bei dir schlafen? Ich habe keine Lust, noch zurückzufahren.« Ich setzte den Blick auf, von dem ich wusste, dass sie mir bei diesem nichts abschlagen konnte, und tatsächlich lächelte sie zurück.

»Ja klar. Aber schicke deiner Mutter eine Nachricht, sonst macht sie sich Sorgen.«

»Zu Befehl. Hast du was zu essen? Ich habe einen Mordshunger.«

»Das ist der Alkohol.« Skys strafender Blick traf mich, und sie zog mich in die Küche.

»Entschuldige. Kommt nicht wieder vor.« Ich versuchte, meinen Kopf möglichst still zu halten, damit das Klopfen aufhörte.

»Frazer hätte auch ein bisschen besser auf dich aufpassen können.«

»Das kannst du ihm ja am Montag in der Schule sagen«, schlug ich vor.

»Das mache ich.« Sky schob eine vorbereitete Auflaufform mit Makkaroni und Käse in die Mikrowelle. Schon bei dem Anblick lief mir das Wasser im Munde zusammen.

»Brauchst du eine Schmerztablette?« Sie konnte einfach nicht aus ihrer Haut. Ständig musste sie sich um jemanden kümmern. Vorzugsweise um mich oder ihren Vater.

»Wenn du eine hast, gern.« Zerknirscht blickte ich ihr nach, als sie ins Badezimmer ging. »Ich glaube, das war vorerst meine letzte Begegnung mit Alkohol.«

»Besser wäre es.«

Es machte pling, und Sky zog unser Essen heraus. Ich verschlang meine Portion so schnell, dass ich mir prompt den Gaumen verbrannte. Irgendwie war das heute nicht mein Tag. Aber das war ich ja mittlerweile gewohnt.

Später lagen wir nebeneinander in Skys Bett und blickten an die mit Leuchtsternen übersäte Decke. »Spielst du die Isolde?«, fragte ich in die Stille.

»Hhm«, kam die einsilbige Antwort.

Meine Lippen verzogen sich von ganz allein zu einem Lächeln. »Ich wusste von Anfang an, dass du die perfekte Besetzung bist.«

»Hhm.«

Immer noch lächelnd kuschelte ich mich tiefer in die Decken. Sky würde nie zugeben, dass ich recht gehabt hatte. Aber das musste sie auch gar nicht.

# 3. Kapitel

»Willst du ihn denn nicht wiedersehen?«

»Er hätte versuchen müssen, zu mir zu kommen.« Quirin und ich saßen nebeneinander auf der kleinen Lichtung. Meine nackten und seine behaarten Füße baumelten im Wasser des Baches.

Er stieß ein unwilliges Schnauben aus.

»Du redest hier von einem Elfen, Kindchen. Einem besonders störrischen dazu.«

»Aber er hat mich geküsst«, beharrte ich. »Das muss ihm doch etwas bedeutet haben.«

»Soll ich ihn fragen? Du brauchst mich nur zu bitten.«

»Du glaubst es nicht, oder?«, fragte ich zaghaft und zerrupfte eine Blume. »Du glaubst nicht, dass sich ein Elf in mich verlieben könnte.«

»Ich kann nicht in sein Herz sehen«, erwiderte Quirin beinahe sanft. Seine runzlige Stirn wölbte sich über den Augenbrauen, als er darüber nachdachte.

»Bestimmt hat er mich längst vergessen.«

»Glaube ich auch.« Quirin ließ sich nach hinten fallen. Seine klobigen Finger schoben sich zu einem Dreieck zusammen, durch das er in die Sonne blinzelte.

Ich stieß empört die Luft aus. Seine Zustimmung zu meinen trüben Gedanken hatte ich eigentlich nicht gewollt. Eher etwas in der Art: Er heult sich die Augen aus nach dir.

Quirin lachte kurz auf, und ich verschränkte eingeschnappt die Arme vor der Brust. Weshalb vergaß ich immer wieder, dass auch Trolle Gedanken lesen konnten? »Larimar will, dass er und Opal sich zusammentun, habe ich recht?«

»Das ist ihre Bedingung, bevor sie ihm sein Augenlicht wiedergibt.« Er zog die Füße aus dem Wasser und schüttelte sie so heftig, dass die Wassertropfen durch die Luft flogen.

Ich duckte mich weg, um einigermaßen trocken zu bleiben. »Diese Ziege schreckt vor nichts zurück.«

»Sie muss sich seiner Loyalität versichern, auch wenn er wieder sehen kann.«

»Dann ist ja alles klar.«

»Willst du nicht, dass er gesund wird?« Er musterte mich aus ernsten, dunklen Augen.

Ich presste die Lippen zusammen und stieß dann meine Antwort hervor. »Mir gefällt der Preis nicht.«

»Du meinst den Preis, den du zahlen musst.«

Ich warf Quirin einen wütenden Blick zu. »Ja, den Preis, den ich zahlen muss.«

»Gewöhn dich lieber dran. Alles hat seinen Preis.«

»Aber ich bekomme gar nichts dafür.« Ich spürte, wie mir Tränen in die Augen traten, und schluckte heftig. Auf keinen

Fall wollte ich, dass er mich weinen sah und es bei den Elfen herumtratschte.

»Vielleicht seid ihr einfach nicht füreinander bestimmt.« Quirins fleischige Oberlippe verzog sich zu einem Grinsen. »Vielleicht bist du eigentlich für ein ganz anderes magisches Wesen bestimmt. Wir Trolle sind als gute Liebhaber bekannt.« Er reckte sich und streckte seinen krummen Rücken.

Ich schüttelte mich vor Lachen und boxte ihn in die Seite.

»Man wird ja wohl mal träumen dürfen«, sagte er und schob beleidigt das knubbelige Kinn vor.

Eine Weile schwiegen wir und lauschten dem Vogelgezwitscher in den Zweigen. Socke hatte sich zwischen uns zusammengerollt und schlief. Quirin streichelte gedankenverloren sein Fell.

»Warum besuchst du mich eigentlich? Nur weil du dir Sorgen um mich machst?«

»Wer sagt, dass ich mir Sorgen um dich mache?«

Ich legte den Kopf schief und lächelte ihn an. »Das braucht mir niemand zu sagen, ich weiß es.«

»Das war mein erster Grund«, gab er widerwillig zu. »Ich wollte wissen, ob du über ihn hinwegkommst.«

»Ich finde, ich kriege das ganz gut hin. Andere Mädels würden wie ein heulendes Elend in der Ecke hocken, oder?«

»Das würden sie. Ich bin sehr stolz auf dich. Aber eigentlich habe ich gewusst, dass du dieser Elfenmagie widerstehen kannst.«

»Ich gebe mein Bestes.«

»Ich wollte trotzdem sichergehen«, sagte Quirin. »Außerdem hat Jade mich gebeten, nach dir zu sehen.« Verlegen wandte er sich ab, was mich sofort in Alarmbereitschaft versetzte.

»Warum? Du verschweigst mir doch etwas? Ist etwas mit Sophie? Hat Larimar wieder eine Gemeinheit ausgeheckt?«

Quirin winkte ab. »Sophie geht es gut. Ich glaube nicht, dass Larimar sich trauen würde, ihr etwas zu tun, jetzt, da Raven zurück ist. Es ist etwas anderes, und ich möchte betonen, dass ich dagegen bin.«

»Sag mir schon, worum es geht«, verlangte ich ungeduldig.

Quirin atmete tief ein. »Ich würde dich nicht darum bitten, aber du kennst ja Jade. Sie hat einfach nicht damit aufgehört, bis ich ihr versprochen habe, dich wenigstens zu fragen.«

Ich verdrehte die Augen. »Spann mich nicht so auf die Folter!«

»Du sollst ihr einen Gefallen tun, obwohl ich der Meinung bin, dass man um diesen Gefallen maximal seinen ärgsten Feind bitten darf.«

»Welchen Gefallen sollte ich einer Elfe tun können?« Ich ließ nicht locker.

Quirin schwieg, als würde er mit sich ringen. »Ich rate dir davon ab, damit das klar ist.«

Ich nickte. »Das habe ich verstanden.«

»Du sollst das Orakel von Vibora befragen. Jade will wissen, was mit Elisien passiert ist«, platzte es aus ihm heraus.

»Ich soll was?« Wahrscheinlich hatte ich mich verhört.

»Ein Orakel befragen.« Er sprach ganz langsam, als wäre ich begriffsstutzig.

»Ist das so ein Orakel wie in Delphi bei den alten Griechen? Ich habe meinen Vater vor ein paar Jahren bei seinen Ausgrabungen besucht. Es war toll. Aber leider war niemand mehr da, der mir die Zukunft voraussagen konnte.«

»Ich schätze, dieses Orakel war nur dazu da, den Menschen das Geld aus der Tasche zu ziehen«, erklärte Quirin hochmütig. »Das Orakel unserer Welt kann in die Vergangenheit und in die Zukunft blicken. Seine Weissagungen treffen immer ein. Viele von uns glauben, dass es besser ist, das Orakel nicht zu befragen. Es gibt Wahrheiten, von denen man besser nie erfährt.«

»Du glaubst, die Prophezeiungen sind selbsterfüllend?«

Quirin nickte langsam. »Wenn du nur darauf wartest, dass etwas passiert, dann geschieht es mit großer Wahrscheinlichkeit auch, und das muss nicht immer gut sein.«

»Aber wir wollen doch etwas wissen, das vor langer Zeit geschehen ist. Was soll schon dabei sein? Das Kind ist doch längst in den Brunnen gefallen. Oder in diesem Fall Elisien.«

»Du kannst vorher nie wissen, was das Orakel dir prophezeit.«

»Okay, verstehe.« Dabei verstand ich nur Bahnhof.

Quirin warf mir einen skeptischen Blick zu. »Wirklich?« Seine Augenbrauen wuchsen in der Mitte beinahe zusammen, so sehr runzelte er die Stirn.

Ich zuckte mit den Schultern. »Das ist meine Chance, zurückzugehen, oder?«

»Nicht nach Leylin zu den Elfen.«

»Aber zurück in die magische Welt«, beharrte ich.

»Ja. Ich könnte dich mit zurücknehmen.«

»Dann mache ich es.«

»Du bist ein ziemlich dummes Kind.«

Die Beleidigung prallte an mir ab wie an einer Gummiwand. »Ich bin ein ziemlich hilfsbereites Kind. Wenn eine Freundin mich braucht, dann bin ich für sie da. Tadaa.« Ich grinste übers ganze Gesicht und sprang auf. »Wollen wir los?«

»Nicht so hastig. Wir dürfen nichts überstürzen. Bestimmt hast du ein paar Fragen.«

Ich setzte mich wieder, wenn auch widerwillig, und stellte die Frage, die auf der Hand lag. »Warum befragt Jade das Orakel nicht selbst?«

»Wir möchten verhindern, dass Larimar davon erfährt«, erklärte Quirin prompt. »Es wäre ihr nicht recht, wenn sie wüsste, dass Jade immer noch an Elisiens Rückkehr glaubt.«

»Ist das der einzige Grund? Larimar kann ihr doch nicht verbieten nachzuforschen, oder?«

»Nein, das kann sie nicht, noch nicht. Und nein, es ist nicht der einzige Grund.«

»Ich habe alle Zeit der Welt.« Er musste schon mit der Wahrheit herausrücken, wenn ich das Orakel befragen sollte. Noch mal würde ich mich nicht so blauäugig in eine Elfengeschichte verstricken lassen. Aber natürlich würde ich nach jedem Strohhalm greifen, um in die magische Welt zurückzukehren.

»Für Jade wäre es zu gefährlich.«

»Warum?« Ich wurde hellhörig, schließlich waren Elfen doch eigentlich viel toller als Menschen.

»Es gibt gefährliche Wesen dort, die andere magische Geschöpfe sofort wittern. Jade hätte keine Chance.«

»Und mich wittern sie nicht?«, fragte ich skeptisch. Mir war gar nicht aufgefallen, dass Elfen besonders rochen. Bis auf Cassian natürlich.

»Du bist ein Mensch«, sagte Quirin. »Du bist für ihren Geruchssinn sozusagen unsichtbar.«

»Aber sehen könnten sie mich?«, hakte ich nach.

»Du bist heute aber scharfsinnig«, gab er widerstrebend zu.

»Ist das ein Kompliment? Ihr wollt mich doch nicht irgendwelchen Monstern zum Fraß vorwerfen?«

Quirin plusterte sich empört auf und grinste. »Nein. Aber es gibt nur wenige Elfen, denen Jade vertraut, und du bist das einzige nichtmagische Wesen, das sie kennt.«

»Sie vertraut mir?«

»Wundert dich das? Schließlich konnte Larimar dich nicht um den Finger wickeln.«

»Weiß ihr Bruder, was sie vorhat? Ich könnte mir vorstellen, dass er es nicht gut findet.«

Quirin nickte. »Er würde uns vermutlich die Köpfe abreißen, wenn er erführe, dass ich dich darum bitte.«

Ich atmete tief durch. »Warum kann ich nicht einfach zurückgehen und ein bisschen Spaß haben?«

»Na, komm schon. Das letzte Mal hattest du Spaß.« Quirin schürzte die Lippen. »Du hast mit einem Elfen geknutscht.«

Ich warf einen Kieselstein nach ihm. »Hast du uns beobachtet?«

Er richtete sich auf. »Ich habe dich beschützt. Wenn ich nicht gesehen hätte, wie sehr du es magst, dann hätte ich den Bengel verprügelt.«

Ich wurde knallrot. »Es war ganz nett.«

»Lass ihn das bloß nicht hören!«

»Weshalb schert dich eigentlich, was mit Elisien geschehen ist? Ich denke, du kannst Elfen nicht ausstehen?«

»Ein paar kann ich schon gut leiden.«

»Lass mich raten. Jade ist eine davon, und Elisien mochtest du auch.«

Quirin nickte. »Jade leidet, und ich kann das nicht länger mit ansehen. Sie war immer so ein lustiges, kleines Ding. Elisien hat sie großgezogen. Die Ungewissheit, was mit der Elfenkönigin geschehen ist, zermürbt sie.«

Mein Herz flog dem kleinen haarigen Wesen zu. »Was müsste ich tun?«

»Obwohl du ein Mensch bist, ist es auch für dich nicht ungefährlich. Ich will, dass du das weißt.«

Musste er darauf herumhacken? »Pah«, winkte ich ab. »Gefahr? Hörst du mich, Gefahr? Ich lach dir ins Gesicht.«

Der kleine Troll zweifelte offenbar an meinem Verstand.

»Das ist meine Lieblingsszene aus Der König der Löwen. Wollte ich immer schon mal loswerden.«

Der Troll schüttelte den Kopf, und ich verschwieg ihm, dass in diesem Trickfilm kurz darauf diese fiesen Hyänen auftauchten. Er musste schließlich nicht alles wissen. Aber wo Licht war, war eben auch Schatten.

»Also, wo finde ich dieses Orakel?« Ich pflückte ein paar Walderdbeeren von einem Strauch und steckte sie mir in den Mund. »Und wie komme ich da hin?«, fragte ich schmatzend und verzog dann den Mund. Sie waren definitiv noch sauer.

»Es ist im Ewigen Wald.«

Ich verschluckte mich und hustete. »Im Ewigen Wald? Was ist das für ein Käse? Ich dachte, ich spaziere in einen uralten Tempel und frage eine Priesterin«, brachte ich keuchend hervor.

»Ganz so ist es nicht.«

»Jetzt bin ich doch neugierig, was auf mich zukommt. Monster? Mumien? Drachen?«

»Das weiß man vorher nie so genau. Der Ewige Wald lässt nicht jeden passieren, und er ist nicht für jeden gleich. Manche können ihn betreten, manche finden niemals wieder heraus, und andere kommen zurück und sind nicht mehr sie selbst.«

»Das klingt tatsächlich nicht besonders einladend.« Gänsehaut kroch über meinen Rücken.

»Sag ich doch. Am besten, du vergisst, dass wir darüber gesprochen haben.«

»Du könntest auf mich aufpassen.«

»Trolle dürfen den Wald nicht mal betreten.«

»Du drückst dich nur«, versuchte ich, ihn aus der Reserve zu locken.

»Nein, glaub mir. Dieser Wald lässt mich nicht hinein. Wir Trolle haben uns mit den Priesterinnen des Orakels überworfen. Seitdem ist der Wald für uns eine verbotene Zone.«

Ich dachte kurz nach. »Wo liegt dieser Wald?«

»Er beginnt nördlich von Leylin und erstreckt sich tief ins magische Land. Niemand hat ihn je ganz durchquert. Eine Legende besagt, dass er kein Ende hat und dass derjenige, der sich darin verirrt, nie wieder hinausfindet.«

»Im Verirren bin ich ganz groß. Vielleicht könnte ich Sky mitnehmen, sie kennt sich schließlich mit allem aus. Sie hat sich noch nie verlaufen.«

»Der Wald würde niemals zwei Menschen gleichzeitig einlassen. Ich weiß nicht mal, ob du hineindarfst. Bisher hat ihn noch nie ein Mensch betreten.«

»Ein ganz schön eigenwilliger Wald – findest du nicht? Ich weiß nicht, ob ausgerechnet ich die Richtige für so ein Abenteuer bin.«

»Wenn du nicht vom Weg abweichst, passiert dir nichts«, erklärte Quirin. »Du brauchst nur den Wegweisern zu folgen.«

»Warum heißt er Ewiger Wald?«, fragte ich. »Das klingt gar nicht gefährlich. Im Gegenteil, es klingt nach einem Märchenwald.«

»Ich persönlich finde die Bezeichnung überaus irreführend. Supergefährlicher Wald würde viel besser passen.«

»Aber kann mich nicht irgendwer anders begleiten? Wer weiß, was mich erwartet?«

»Ich wüsste nicht, wen wir bitten könnten. Niemand darf davon erfahren. Jade würde in Teufels Küche kommen.«

»Ihr beide wisst, dass ich es in jedem Fall versuchen werde«, behauptete ich tapferer, als ich mich fühlte.

Quirin nickte bedrückt. »Ich hätte nicht davon anfangen dürfen. Wenn dir etwas zustößt, werde ich mir das nie verzeihen.«

»Wann soll es losgehen?«

»Wir sollten die Zeit nutzen, in der Larimar nicht in Leylin weilt. Sie ist unterwegs, um anderen Völkern Besuche abzustatten, bevor sie gekrönt wird. Sie kann uns gerade nicht in die Quere kommen.«

»Okay. Ich bin bereit«, beteuerte ich, obwohl mir ganz schön mulmig zumute war. Aber hatte ich überhaupt eine Wahl? Wenn ich ablehnte, war der Elfenzug abgefahren. Quirin würde es akzeptieren und hätte keinen Grund mehr, wiederzukommen. Das war etwas, wovor ich mich mehr fürchtete als vor dem Ewigen Wald. Auf dem Weg zu bleiben, konnte wohl kaum so schwer sein.

Das Sonnenlicht verblasste langsam, und Abenddämmerung legte sich über die Lichtung. Die Bäume rauschten bedrohlich, aber wahrscheinlich war das nur Einbildung.

»Ich schlage vor, du schläfst dich aus, und ich hole dich morgen ab. Das ist kein Spaziergang. Hunderte Gefahren lauern in diesem Wald. Also nimm das nicht auf die leichte Schulter.«

»Tue ich nicht, versprochen.«

»Das war eine Schnapsidee von Jade«, murmelte der Troll.

»Dafür ist es zu spät. Du kommst doch morgen wieder?«, fragte ich ängstlich. »Du hältst dein Versprechen und nimmst mich mit zurück.«

»Willst du mich beleidigen? Natürlich halte ich mein Wort. Das tun wir Trolle immer. Na ja, die meisten von uns jedenfalls. Auch in meinem Volk gibt es ein paar schwarze Schafe.«

»Die gibt es überall«, tröstete ich ihn und stand auf. »Morgen früh treffen wir uns hier.« Plötzlich fiel mir etwas ein. »Ich denke, ich kann nicht zurück wegen des Steins.«

»Ich bringe dich zum Ewigen Wald. Nach Leylin kommst du nur, wenn drei Elfen für dich bürgen.«

Ich zuckte mit den Schultern. Das musste wohl erst mal genügen.

In meine Gedanken versunken lief ich zurück zum Haus. Worauf hatte ich mich da eingelassen? Aber ich würde meine Entscheidung nicht ändern. Das war meine einzige Chance, wieder in die magische Welt zu gelangen und vielleicht doch noch einmal auf Cassian zu treffen.

Fynn und Grace saßen auf der weiß gestrichenen Bank, die neben der Tür zum Wintergarten stand. Fynn lächelte, und Grace schoss wütende Blicke auf mich ab. Doch heute konnte mir das nichts anhaben.

Meine Mutter räumte das letzte Geschirr von den kleinen gusseisernen Tischen auf der Terrasse. Dieser Frühlingstag war ungewöhnlich warm gewesen, sodass viele Gäste draußen gesessen hatten.

»Kann ich dir helfen?«

Verwundert sah sie mich an, und ich konnte ihr das nicht verdenken, aber die Aussicht, morgen in die magische Welt zurückzukehren, stellte irgendwas mit mir an. Am liebsten hätte ich sie umarmt. Sie, Fynn, Grandma und sogar Grace. Na gut, Grace vielleicht nicht. Bevor das geschah, musste Cassian mir schon zu Füßen liegen und mir ewige Liebe schwören. Bei dieser Vorstellung kicherte ich in mich hinein und nahm meiner kopfschüttelnden Mutter das Tablett ab. Ich trug es in die Küche und ließ summend warmes Wasser in die Spüle laufen. Kurze Zeit später steckte ich bis zu den Ellenbogen in dem nach Zitrone duftenden Schaum.

»Alles in Ordnung, Schatz?« Meine Mutter lehnte in der Küchentür.

»Alles bestens.« Ich strahlte sie an.

»Ich könnte Spaghetti zum Abendbrot machen. Wenn du magst.«

»Carbonara?«

Sie nickte. »Was immer du willst. Oder mit Tomaten-Sugo.«

Entsetzt riss ich die Augen auf. Bloß nichts Gemüsiges. »Carbonara«, bekräftige ich meine Wahl.

Sie lachte. »Na, dann kochen wir heute mal ungesund. Mit viel Sahne und Speck.«

»Yummy.«

»Findest du nicht, dass diese Elfen deine Gutmütigkeit etwas zu sehr ausnutzen?«, fragte Sky. Während wir miteinander skypten, googelte ich nach Überlebenstipps für Wanderungen. Ich war nicht gerade der Naturtyp und wollte vorbereitet sein.

»Hör mal, was hier steht«, ignorierte ich ihren Einwand. »Zur Kunst, in der Wildnis zu überleben, gehören in erster Linie der Glaube an sich selbst und ein Urvertrauen in das Leben und die Natur. Der Rest ist erlernbar«, las ich vor. »Wenn das stimmt, dann kriege ich das hin.«

Sky lachte. »Ich weiß nicht, ob das auch in einem magischen Wald ausreicht.«

»Quirin hat gesagt, ich soll auf dem Weg bleiben, dann kann nichts passieren.«

»Den Tipp hat schon Rotkäppchen nicht befolgt, und das war bestimmt strenger erzogen als du.«

»Stimmt auch wieder.«

»Bei dir braucht doch nur ein attraktiver Wolf am Wegesrand zu lauern, und schon rennst du hin.«

»Danke für die Blumen.«

Sky war immer noch etwas sauer auf mich wegen des Kusses, den Frazer mir gegeben hatte. Nicht sehr, aber ein bisschen. Und eigentlich konnte ich es ihr nicht mal übel nehmen.

»Also, was soll ich mitnehmen? Ich habe eine Taschenlampe, ein Campingmesser, einen ganz dünnen Schlafsack und alle Süßigkeiten, die ich in den letzten Wochen gehortet habe.«

»Denkst du denn, du bist länger unterwegs?«, fragte Sky.

»Keine Ahnung, aber hier steht, man soll jede Menge zu futtern mitnehmen, um im Falle eines Falles vorbereitet zu sein.«

»Du meinst, in dem absolut unwahrscheinlichen und total abwegigen Fall, dass du vom Wege abweichst.«

»Zum Beispiel.«

»Versprich mir, dass du das nicht tust. Kann Cassian dich nicht beschützen?«

»Er darf doch nicht mal wissen, dass ich Jade diesen Gefallen tue. Aber sie hat nun mal mich gebeten, weil sie sonst keinen Menschen kennt. Da kann ich doch schlecht Nein sagen.«

»Muss eine echte Freundin sein, dass sie dich in diesen Wald schickt.«

»Das ist mir alles egal, ich hoffe einfach, dass ich irgendwas über Elisien rauskriege. Stell dir vor, ich finde sie und bringe sie zurück. Dann darf ich bestimmt auch nach Leylin und sehe Cassian wieder.« Klang doch eigentlich ganz leicht, versuchte ich mir selbst Mut zuzusprechen.

»Ein bisschen viel Aufwand für einen Typen, der sich nicht mal die Mühe macht, durch ein Schmetterlingstor zu dir zu kommen, wenn du mich fragst.«

Ich wand mich auf meinem Bett. »Du hast ja recht. Aber ich bin nun mal nicht so vernünftig wie du. Ich will wissen, warum er mich nicht ein Mal besucht hat.«

»Und ich will nicht, dass er dir noch mal das Herz bricht. Du bist gerade einigermaßen über ihn hinweg.«

»Bin ich das?«

»Du hast mit Frazer geknutscht«, verkündete sie spitz.

»Wir haben nicht geknutscht, er hat mich nur getröstet, und im Übrigen würde er das lieber mit dir tun.«

»Darauf kann er warten, bis er schwarz wird.« Sky setzte die hochmütigste Miene auf, zu der sie fähig war.

Ich kicherte. »Ich bin gespannt, wie lange du seiner Charmeoffensive noch widerstehen kannst. Ist dir aufgefallen, dass er seit mindestens zwei Monaten mit keinem Mädchen mehr was hatte? Und das muss ihm schwerfallen, so, wie die hinter ihm her sind. Neulich musste er sich in der Pause auf dem Klo verstecken.«

»Der Ärmste«, sagte Sky sarkastisch. »Fast tut er mir leid.« Gleichzeitig brachen wir in lautes Lachen aus.

»Irgendwas kommt mir an der Geschichte komisch vor«, stellte sie fest, nachdem wir uns beruhigt hatten.

»Unke nicht rum. Brauche ich noch was?«

»Wasser. Ich würde ein paar Wasserflaschen mitnehmen und Sandwiches.«

»Meinst du nicht, ich finde da einen Bach?«

»Du willst doch hoffentlich in einem Zauberwald nicht aus einem Bach trinken?« Sky klang völlig aufgelöst. »Hast du denn gar keine Märchen gelesen? Was, wenn du dich in irgendwas verwandelst? Du musst mir versprechen, nichts zu trinken und nichts zu essen. Am besten, du fasst nicht mal was an.«

Das Herz rutschte mir in die Hose. Ich war eindeutig zu naiv und zu blöd für so ein Abenteuer. »Daran habe ich gar nicht gedacht.« Das konnte nicht gut gehen. »Willst du nicht mitkommen?«, fragte ich zaghaft. »Nur bis zum Waldrand. Bestimmt kann ich Quirin dazu überreden.«

»Ich? Auf keinen Fall. Ich habe bis jetzt nicht an Elfen geglaubt, und ich will nicht damit anfangen.«

Ich kicherte. »Irgendwann nehme ich dich mit nach Leylin.«

»Da darfst du doch selbst nicht mehr hin. Sie lassen dich in den blöden Wald, damit du für sie mal wieder die Kohlen aus dem Feuer holst.«

»Ich bin einfach froh, dass sie nicht ganz aus meinem Leben verschwinden.«

»Tu mir den Gefallen und lass dich nicht wieder um den Finger wickeln. Egal, von wem. Das ist es nicht wert, und das weißt du.«

»Ich gebe mein Bestes.«

»Das hoffe ich. Pass bloß auf dich auf.«

Später konnte ich kaum einschlafen. Doch es war nicht so sehr die Angst vor den Gefahren, die in dem Wald auf mich lauerten, sondern die Angst vor einem Wiedersehen mit Cassian.

Obwohl das ja eigentlich der Grund war, warum ich das alles tat. Ich benahm mich völlig irrational, das war mir klar, aber ich konnte es nicht ändern.

Die ersten Tage nach unserer Trennung hatte ich gehofft, er würde zu mir kommen. Dann redete ich mir ein, dass Larimar es ihm verboten hatte oder irgendwelche schwachsinnigen Bestimmungen es ihm unmöglich machten. Danach war ich wochenlang traurig und verzweifelt gewesen und dann irgendwann stinksauer. Gehofft hatte ich trotzdem, auch wenn ich versuchte, mir vor Sky nichts anmerken zu lassen. Der Frust grub sich täglich mehr in mein Herz. Es musste einen triftigen Grund geben, dass er in den ganzen Wochen nicht versucht hatte, mit mir in Kontakt zu treten. Wenn ich die Situation von allen Seiten betrachtete, gab es nur drei Optionen, weshalb er nicht kam. Erstens: Er konnte nicht, weil es eben nicht ging. Das war immerhin möglich. Ich kam nicht rein, und er konnte nicht zu mir, weil ich diesen doofen Stein mit durch das Elfentor genommen hatte. Zweitens: Er durfte mich nicht sehen, weil Larimar es verboten hatte. Drittens, und das war der Grund, vor dem ich mich am meisten fürchtete: Er wollte mich nicht sehen, weil ich ihm nichts bedeutete.

Wenn dieser Grund zutraf, dann würde ein Wiedersehen nicht gerade ein Zuckerschlecken werden. Er würde mir auch wohl kaum zu Hilfe eilen, wenn sich in dem Wald gruselige Monster auf mich stürzten. Wenn ich ehrlich zu mir war, hatte ich diesen Kamikazejob nur angenommen, weil ich hoffte, dass Cassian mich wie die sprichwörtliche Jungfer in Nöten aus jeder Misere, in die ich mit Sicherheit geraten würde, rettete.

Jetzt war ich mir da nicht mehr so sicher. Viel wahrscheinlicher war, dass er sich mit Opal über mich kaputtlachte und zusah, wie ich von Riesenspinnen oder einem Drachen gefressen wurde. Diese Vorstellung ließ mich erschaudern.

Vielleicht war es besser, wenn ich mich mehr auf mich selbst verließ, obwohl mir bei dem bloßen Gedanken die Knie schlotterten. Noch einmal knipste ich die Nachttischlampe an und checkte meinen Rucksack. Das Essen und das Wasser würde ich morgen früh einpacken. Ich würde Mum bitten, mir ein paar Sandwiches mehr für die Schule zu machen. Schließlich war ich noch im Wachstum. Und dann würde ich anstatt zur Schule zur Lichtung gehen und auf Quirin warten. Ich konnte immer noch umdrehen, wenn es mir zu brenzlig würde, und ich würde in jedem Fall immer schön auf dem Weg bleiben. Mit diesen beruhigenden Gedanken schlief ich ein, als der Himmel sich rosarot zu färben begann.

Nervös tigerte ich auf und ab. Ausnahmsweise war ich mal sofort aus dem Bett gesprungen, als der Wecker geklingelt hatte. Das kam normalerweise nie vor. Ich hatte geduscht, mir die Haare gewaschen und mein Survival-Outfit angezogen. Richtig survivalmäßig war es eigentlich nicht, weil ich ja Schuluniform tragen musste, damit Mum nicht misstrauisch wurde. Immerhin hatte ich eine Jeans eingesteckt und einen hellen Pullover unter meine Uniformjacke gezogen. Hose und Rock musste ich dann später wechseln.

Von Quirin war nichts zu sehen gewesen, als ich am Waldrand angekommen war. Wieder schaute ich auf die Uhr. Was, wenn er es sich anders überlegt hatte? Was, wenn er gar nicht mehr kam? Nie wieder? Er war meine einzige Verbindung zur Elfenwelt, er durfte mich nicht im Stich lassen!

Zehn Minuten später begann ich, an den Fingernägeln zu knabbern. Eine Angewohnheit, die immer wieder hervorbrach, wenn ich zu nervös war.

»Wartest du schon lange?« Quirin fiel direkt vor meine Füße.

Ich zuckte zurück. »Musst du mich so erschrecken? Ich dachte schon, du kommst gar nicht.«

»Ich hatte es versprochen«, erinnerte er mich.

»Mein Vater verspricht mir auch laufend, uns zu besuchen oder anzurufen, und dann kommt irgendwas Wichtigeres dazwischen.«

»Ich habe es dir gestern schon gesagt. Ich halte meine Versprechen.« Er klang regelrecht beleidigt.

»Entschuldige. Ich bin nur etwas aufgeregt.«

»Schon gut. Kann es losgehen?«

Ich drehte und wandte mich um. »Kein Tor oder so?«

Abwertend winkte Quirin ab. »So einen Unfug brauchen vielleicht die Elfen. Wann akzeptierst du endlich, dass wir Trolle viel toller sind?«

»Ich werd's mir merken«, versprach ich und legte meine glatte Hand in seine haarige.

»Zapple nicht rum«, befahl Quirin mir. »Und lass meine Hand nicht los. Ich will nicht, dass du mir verloren gehst, bevor das Abenteuer überhaupt angefangen hat.«

Ich nickte. »Nicht zappeln und Hand festhalten. Das kann ich.«

Er seufzte, weil ihm dazu nichts Besseres einfiel. »Und ganz normal weiteratmen«, brummte er.

Hinterher hätte ich nicht sagen können, wie mir geschehen war. Ich hatte mich nicht von der Stelle bewegt, und trotzdem fühlte ich mich hochgehoben. Der Boden unter meinen Füßen verschwand. Licht flimmerte vor meinen Augen. Ein Sturm kam auf und zerrte an meinen Klamotten. Dann drehte ich mich so schnell um mich selbst, dass mir übel wurde. Ich spürte, dass meine Hände aus Quirins rutschten, aber im letzten Augenblick griff er fester zu. Etwas knallte auf meine Brust, und dann purzelte ich über harten Waldboden. Als ich aufschaute, stand Quirin neben mir. »Das müssen wir wohl noch mal üben.«

»Das glaube ich auch.« Ich rang nach Luft. Da war doch ein Elfentor deutlich angenehmer. Ich rappelte mich auf und klopfte mir den Schmutz von Rock und Strumpfhose. Ein rosa Haarband baumelte aus meinem Haar. »Wo kommt das denn her?«, fragte ich den Troll.

Er winkte ab. »Das ist wohl mal jemandem beim Transitieren verloren gegangen. Kommt immer wieder vor.«

Erschrocken starrte ich ihn an.

»War ein Scherz«, versuchte er einzulenken, aber ich war mir nicht sicher, ob das stimmte.

Um das Thema nicht weiter zu vertiefen, wandte ich meine Aufmerksamkeit dem Wald zu. Er musste uralt sein, wenn man nach dem Durchmesser der Bäume gehen konnte, die vor uns in die Höhe ragten. Ich kam mir zwischen den Stämmen geradezu winzig vor. An den Stellen, wo der Wald lichter wurde, hatten sich dichte Farne ausgebreitet, und die Rinde der uralten Eichen und Buchen war überwuchert von Bärten aus grellgrünem Moos. Die riesigen Kronen wiegten sich im Wind. Es roch nach feuchter Erde und Pilzen, die am Fuße der Bäume wuchsen. Zumeist waren es Fliegenpilze, deren unnatürlich große Kappen mit weißen Punkten übersät waren. Sie sahen fast zu perfekt aus. Wie gemalt. Zwei Eichhörnchen flitzten an mir vorbei und kletterten behände einen Stamm hinauf. In der winzigen Schnauze trug jedes eine Haselnuss. Alles wirkte völlig unwirklich. Ich hätte mich nicht gewundert, wenn vor mir auf einmal ein Lebkuchenhaus aufgetaucht wäre.

»Da ist der Weg«, sagte Quirin. Er trat neben mich und deutete auf einen schmalen Pfad, der mit Bruchsteinen gepflastert war. Er schlängelte sich von der Lichtung, auf der wir gelandet waren, in die Tiefen des Waldes. An seinem Anfang stand ein Wegweiser aus verwittertem Holz, in das die Worte Orakel von Vibora eingeritzt waren.

»Du gehst einfach diesen Weg. Er gabelt sich später. Folge immer nur den Wegweisern zum Orakel, verstanden?«

»Klingt nicht so schwer.« Ich warf einen skeptischen Blick auf den mir unendlich erscheinenden Pfad. In dem schummerigen Licht, das zwischen den Bäumen leuchtete, konnte ich gerade sehen, dass der Weg einen Knick nach rechts machte und dann verschwand.

»Jade und ich glauben, dass dir nichts geschieht, wenn du auf dem Weg bleibst. Lass dich auf gar keinen Fall ablenken!«

»Wisst ihr zwei Schlaumeier auch, wie lange ich laufen muss?«

»Ein paar Stunden sind es schon, und du darfst nicht trödeln. Du musst vor Einbruch der Nacht zurück sein.«

»Vielen Dank für den Tipp. Ich hatte nicht vor, da drin auch nur ein Auge zuzumachen.«

»Das würde ich dir auch nicht raten«, hörte ich Quirin flüstern. »In diesem Wald lauern noch ganz andere Gefahren. Ganz abgesehen davon könnte dir eine Spinne ins Ohr krabbeln. Der Wald wird versuchen, dich in die Irre zu führen.«

Ich verzog angeekelt das Gesicht. »Wartest du wenigstens hier auf mich?«

Er nickte. »Ich rühre mich nicht von der Stelle.«

»Sehr beruhigend.« Tapfer kämpfte ich die Angst nieder, die in mir aufsteigen wollte.

»Willst du das wirklich tun?«, fragte Quirin plötzlich. Es war ihm anzusehen, dass er sich um mich sorgte. Er bohrte mit seinem krummen Zeigefinger im Ohr. »Du musst nicht. Ich kann dich einfach zurückbringen. Wahrscheinlich ist die Idee nicht so gut. Dort drinnen kann dir niemand helfen, falls dir etwas zustößt.«

»Das ist lieb von dir, aber wo ich schon mal hier bin, versuche ich es auch.«

»Du bist sehr tapfer für einen Menschen. Elisien wird dich reich belohnen, wenn wir sie finden.«

»Elfenschätze nützen mir nichts in der Menschenwelt.«

»Das stimmt, aber vielleicht würde sie dann nicht von Cassian verlangen, dass er Opal heiratet.«

Meine Mundwinkel zuckten. »Dann tue ich das hier im Grunde auch für mich?«

Quirin schob beide Hände in die Taschen seiner ausgebeulten Hose. »Das musst du selbst wissen.«

»Ich mag ihn bloß, damit das klar ist.«

»Hat jemand etwas anderes behauptet?« Quirin betrachtete mich forschend.

»Ich geh dann mal, und du hältst hier die Stellung.«

»Keine Sorge.«

Ich machte ein paar Schritte auf den Pfad zu und wartete misstrauisch ab, aber alles fühlte sich normal an. Ging doch! Mutig tat ich ein paar weitere Schritte – und prallte gegen eine unsichtbare, gummiartige Wand.

»Du musst einfach weitergehen. Das ist eine Barriere. Sie gibt gleich nach.«

Es fühlte sich an, als ob man mit einem Finger in einen Luftballon pikste. Ich pendelte vor und zurück. Wie Trampolinspringen, nur im Stehen. »Lässt diese Haut, oder was das ist, mich durch?« Ich blickte zu Quirin zurück.

»Mach einen großen Schritt, oder willst du noch länger rumzappeln?« Quirin verschränkte die Arme vor der Brust.

»Ist ja schon gut«, murrte ich. »Darf man nicht mal seinen Spaß haben?«

»Den kannst du haben, wenn du zurück bist.«

»Herrischer Troll!«, grummelte ich und machte wie befohlen einen großen Schritt. Prompt wurde ich nach vorn katapultiert und landete auf allen vieren. Schon wieder. Das fing ja gut an.

»Das habe ich auch schon mal eleganter gesehen«, brummte Quirin auf der anderen Seite.

Ich stand auf und rieb mir die Hände. »Mach es doch besser.«

»Geht leider nicht. Irgendeiner meiner Vorfahren hat es sich bekanntlich mit dem Wald verscherzt. Er ist trollfreie Zone.«

»Das kann ja jeder behaupten, wahrscheinlich hast du Angst.«

»Von dir lasse ich mich nicht provozieren. Dafür musst du schon früher aufstehen.«

Ich lachte auf. »Das merke ich mir. Dann wünsch mir Glück.«

»Das mache ich, und denke an das, was ich dir gesagt habe. Bleib auf dem Weg!«

»Bla, bla, bla. Ich hab's kapiert.«

»Das habe ich gehört.«

»Das solltest du auch.«

Dann machte ich endlich den ersten richtigen Schritt. Ich richtete den Blick nach vorn und folgte den von Sonne und Wind verwitterten Steinen. Wer sich wohl die Mühe gemacht hatte, den Weg zu pflastern? Er wurde nicht besonders häufig benutzt. Gras wuchs in den Fugen, und an manchen Stellen waren die Steine vollkommen vermoost. Ein dicker blauer Käfer mit Geweih kreuzte meine Route. Im Unterholz raschelte es, und ein Kaninchen floh tiefer in den Wald. Im Grunde war das ein ganz gewöhnlicher Wald, nur eben etwas älter und dichter. Die Sonne kämpfte sich tapfer durch das Blätterdach. Nach einer Weile zog ich die Jacke aus und verstaute sie in meinem Rucksack, dann tauschte ich Strumpfhose und Rock gegen meine bequeme Jeans.

Ich dankte im Geiste Sky, dass sie mich daran erinnert hatte, etwas zu trinken einzupacken. Von einem Bach war weit und breit nichts zu sehen, und ich war jetzt schon durstig. Unermüdlich setzte ich einen Fuß vor den anderen. Waldspaziergänge hatte ich weiß Gott oft genug gemacht. Meine Eltern liebten ausgedehnte Wanderungen und hatten ständig versucht, auch Fynn und mich dafür zu begeistern. Was ihnen nicht wirklich gelungen war.

Endlich erreichte ich die erste Kreuzung. Ich wischte mir den Schweiß von der Stirn. Hier war es merklich wärmer als in gewöhnlichen schottischen Wäldern. Der an einen Baumstamm genagelte Wegweiser war von Efeu überwachsen. So konnte ich unmöglich lesen, in welche Richtung ich mich wenden musste. Ich zog und zerrte an dem festen Gestrüpp. Ein Knacken, das die Geräusche des Waldes übertönte, ließ die Vögel in den Bäumen erschreckt auffliegen. Eines der Schilder krachte zu Boden. Ich hob es auf. Orakel von Vibora stand darauf zu lesen.

»Mist«, murmelte ich und betrachtete den Stamm. Vielleicht konnte ich sehen, wo das Schild abgefallen war. Im selben Moment fielen wie von Zauberhand auch die anderen drei zu Boden.

»Großer Mist«, fluchte ich laut.

Ich setzte den Rucksack ab und legte die Schilder nebeneinander. Grotte der Wunder stand auf einem. Fälle der Ligeia und Garten der Medusa auf den anderen. Ich hatte keinen Schimmer, was das zu bedeuten hatte. Lediglich von Medusa wusste ich, dass sie nicht gerade ein friedliebendes Wesen war.

Gänsehaut kroch mir die Arme entlang und ballte sich zu einem Kribbeln in meinem Nacken. Was hatte Quirin noch mal gesagt? Der Wald erschien jedem anders? Allerdings konnten die magischen Wesen, die den Wald bevölkerten, mich nicht wittern. Welche das waren, hatte er nicht gesagt, oder doch? Hätte ich bloß besser hingehört. Aber ich habe mich ja die ganze Zeit nur gefragt, ob ich Cassian nach dieser Aktion wiedersehen würde.

Nun hatte ich vier Schilder, aber fünf Wege, zwischen denen ich wählen konnte. Einen Weg war ich gerade gekommen. Ich wandte mich um und traute meinen Augen nicht. Diese Kreuzung war vollkommen symmetrisch. Alle fünf Wege, die weiter in den Wald führten, waren identisch. Ich konnte nicht einmal sagen, woher ich gekommen war. Verflixt.

Fußabdrücke. Es musste Fußabdrücke geben! Ich betrachtete den ersten Weg, konnte aber nichts erkennen. Als ich einen Fuß auf den zweiten setzte, hob ein sanfter Wind an und wirbelte gelben Sand auf. Keine Spur mehr von den Pflastersteinen, über die ich gelaufen war. Wie war das möglich? Kleine Sandwirbel huschten um mich herum und machten jede Spur, die ich vielleicht hinterlassen hatte, unsichtbar. Das konnte man getrost als unheimlich bezeichnen. Mein Herzschlag verdoppelte sein Tempo.

Was sollte ich tun? Ich ging zurück zu den Schildern. Die Schrift darauf begann, vor meinen Augen zu verschwimmen. Die Buchstaben setzten sich neu. Orakel von Vibora, Leylin, Tal der Einhörner, Verbotener Pfad, Schlucht der Vergebung war jetzt darauf zu lesen. Ganz, ganz toll. Hier wollte mich offensichtlich jemand auf den Arm nehmen. Bei meinem Glück würde ich geradewegs in den Verbotenen Pfad hineinrennen, und dort würde etwas ganz Schreckliches passieren. Das musste ich verhindern, die Frage war nur, wie. Ich hasste es, mich zu gruseln. Ich guckte mir ja nicht mal Horrorfilme im Fernsehen an. Ganz im Gegensatz zu Sky, die sich jedes Mal halb kaputtlachte und alles als totalen Schwachsinn bezeichnete. Ich wünschte, sie wäre hier. Warum hatte ich nicht daran gedacht, ein Wollknäuel oder ein Stück Kreide mitzunehmen? Dann hätte ich ein paar Markierungen machen können.

»Weil es völlig ungefährlich sein sollte, solange du auf dem Weg bleibst«, ahmte ich wütend Quirins Stimme nach. Diesem verdammten Troll, dem würde ich was erzählen, wenn ich zurückkam! Falls ich je zurückkam. Bestimmt wusste er mehr über den Wald, als er zugab. Aber mit Vorwürfen kam ich nicht weiter. Zumal niemand da war, dem ich sie an den Kopf werfen konnte. Ich musste mich entscheiden, welchen Weg ich wählen sollte. Da ich absolut keine Idee hatte, zählte ich einfach ab. »Ene, mene, miste, es rappelt in der Kiste. Ene, mene, muh und raus bist du.« Das machte ich insgesamt viermal. Dann schulterte ich meinen Rucksack und folgte dem Pfad, der übrig geblieben war. Es würde schon schiefgehen.

Das hatte Cassian nun davon, dass er mich abserviert hatte! Ich würde in diesem Wald ums Leben kommen, und wenn es dann zu spät war, würde er schrecklich leiden, weil er mich verloren hatte. Das war jedenfalls meine derzeitige Lieblingsfantasie. Völliger Blödsinn, bei Tageslicht betrachtet. Aber abends in meinem Bett konnte ich mich so richtig hineinsteigern, und dann sah ich ihn förmlich vor mir – tränenüberströmt und unsagbar unglücklich. Das war wirklich absolut armselig von mir. Aber immerhin lenkte es mich ab, während ich weiterging.

Der Wald wurde dichter und dichter, der Pfad unter meinen Füßen immer schmaler. Dornige Büsche und junge Schösslinge verwoben sich auf beiden Seiten zu einem undurchdringlichen Dickicht. Mittlerweile war es eher ein Trampelpfad. Mehr als einmal überlegte ich, ob es nicht klüger war, umzukehren.

»Ich gehe noch fünfzig Schritte, und wenn dann nicht irgendwas zu sehen ist, drehe ich um.« Jetzt sprach ich schon mit mir selbst. Aber das war mittlerweile auch egal. Laut begann ich zu zählen: »Eins, zwei, drei …«

Bei zweiundvierzig lichtete sich der Wald auf der linken Seite. Ein sumpfiger Tümpel, in dem umgestürzte Baumstämme lagen, erstreckte sich links des Weges. Libellen und Mücken, die viel größer waren, als ich sie kannte, brummten über dem modrigen Wasser. Die grüne Schicht, die den Teich wie eine Haut überzog, teilte sich, und ein langer, schmaler, schuppiger Rücken tauchte auf und gleich wieder ab. Das musste eine Seeschlange gewesen sein, oder ein anderes Monster. Nessie?!

Ich wirbelte herum und taumelte im selben Moment zurück, als direkt vor meiner Nase ein riesiger Baum emporwuchs. Undurchdringliches Gestrüpp hatte sich sekundenschnell ausgebreitet, und den Weg, den ich gerade gekommen war, gab es nicht mehr. Panisch drehte ich mich im Kreis. Plötzlich öffnete sich ein Durchgang, und aufatmend erkannte ich den Weg wieder. Ich rannte ihn entlang, während er sich verbreiterte. Die Bäume schienen förmlich zurückzuweichen. Bunte Blumen wuchsen plötzlich am Wegrand und übten eine einladende Wirkung auf mich aus. Manche winkten mir mit ihren Blättern, andere schienen mit ihren Blüten zu zwinkern. Das war total irre. Aber darauf würde ich nicht reinfallen. Auf keinen Fall würde ich nun ein Blumensträußchen pflücken. Ich hatte meine Hausaufgaben gemacht.

Schnell rannte ich weiter, immer in der Hoffnung, auf einen neuen Wegweiser zu stoßen. Der Wald ruhte so still wie zuvor. Hatte ich mir alles nur eingebildet? Litt ich unter Halluzinationen? Was würde geschehen, wenn ich mich entschloss, zurückzugehen? Ob wieder ein Baum aus der Erde schoss? Ich wagte nicht, es auf einen Versuch ankommen zu lassen.

Ich hielt an, um einen Schluck Wasser zu trinken. Misstrauisch musterte ich die Umgebung. Warmer Wind strich über mein Gesicht und machte mich schläfrig. Ich schloss für einen Moment die Augen. Vielleicht sollte ich mich ausruhen. Ein paar Minuten nur. Erschrocken riss ich die Augen wieder auf. Ich konnte unmöglich auf einem einsamen Waldweg einschlafen! Bei meinem Glück würde es dunkel sein, wenn ich wieder aufwachte, und das Letzte, was ich wollte, war, in diesem Wald eine Nacht zu verbringen. Jedenfalls nicht allein. Ich musste weiter.

Was war das? Pilze? Hatten die gerade auch schon da gestanden? Am Rande des Weges wuchsen in einem absolut gleichmäßigen Kreis kleine, hellbraune Pilze, die ziemlich appetitlich aussahen. Ich setzte meinen Rucksack ab und näherte mich dem Gebilde. Großmutter hatte mir von ihrer Freundin Gwyn erzählt, die in so einem Kreis getanzt hatte. Wie hatte Granny es genannt? Es dauerte einen Moment, bis es mir wieder einfiel – Hexen- oder Feenring. Genau. Dabei war ihr ein Elf erschienen, und sie war ihm verfallen. Ob ich das auch versuchen sollte? Vielleicht würde dieser Ring Cassian herbeizwingen? Nicht dass ich ihm verfallen wollte. (Auf keinen Fall!) Aber ich wäre dann nicht mehr so allein. Der Wind strich über meinen schweißfeuchten Rücken. Es fühlte sich beinahe an, als wenn Hände mich berührten und mich zu dem Kreis schoben.

»Versuche es«, murmelten Stimmen an meinem Ohr. »Der Ring erfüllt deine geheimsten Wünsche.«

Das war unmöglich. Hier war niemand, der mit mir reden konnte. Nur die Blätter der Bäume raschelten leise.

»Trau dich«, säuselte es wieder. »Dir wird nichts geschehen.«

Sollte ich? So richtig ging ich ja nicht vom Wege ab. Es war nicht mal ein Schritt. Ich würde nichts anfassen und nichts essen. Ich konnte es einfach probieren.

Mit einem Schritt stand ich in diesem Kreis aus Pilzen. Nichts geschah. Ich breitete die Arme aus und begann, mich zu drehen. Dabei dachte ich an Cassian, der mit mir getanzt hatte. Es fühlte sich fast an, als würde ich fliegen. Meine Füße lösten sich von dem dunklen, moosigen Erdboden. Immer schneller drehte ich mich um meine eigene Achse, die Farben des Waldes verschmolzen wie in einem glühenden Kaleidoskop. Ich schloss die Augen, aber selbst dann noch flammten sie wie ein Feuerwerk hinter meinen Lidern auf. Ich spürte, wie ich die Besinnung verlor, doch im letzten Moment sank ich sanft auf den Boden. Ich schlug die Augen erst auf, als der Schwindel abgeflaut war. Vogelgezwitscher drang an meine Ohren, in denen es immer noch dröhnte. Ein Eichhörnchen saß neben mir und musterte mich neugierig. Als ich mich aufrichtete, floh es den nächsten Baum hinauf, dessen Äste sich ihm hilfsbereit entgegenstreckten.

Ansonsten war ich immer noch allein. Wäre auch zu schön gewesen. Vorsichtig richtete ich mich auf, doch der Schwindel war verschwunden. Ich griff nach meinem Rucksack, der im Gras lag, und erstarrte. Der Weg war genauso verschwunden wie der Kreis aus Pilzen. Ich stand inmitten hoher Bäume, und es war deutlich dunkler als zuvor.

Ich warf einen Blick auf die Uhr. Es war nicht später als zehn gewesen, als ich den Pfad betreten hatte, nun zeigte sie fünf Uhr nachmittags. Ich war nie im Leben seit sieben Stunden unterwegs! Wenn ich sieben Stunden am Stück zu Fuß gegangen wäre, dann würde ich nur noch kriechen!

Es konnte höchstens Mittag sein, aber der fahle Lichteinfall der Sonne bestätigte leider die Zeitangabe meiner Uhr. Konnte ich mich fünf Stunden in diesem Hexenkreis gedreht haben?

Jetzt hatte ich tatsächlich ein Problem. Ich war mutterseelenallein in einem magischen Wald, der mir offensichtlich nicht besonders wohlgesonnen war. Und der Weg, von dem ich nicht abweichen durfte, hatte sich in Luft aufgelöst.

# 4. Kapitel

Ich ließ mich in das saftige Moos plumpsen. Meine Beine fühlten sich an wie Wackelpudding, und ich hasste Wackelpudding. Wenn doch bloß Sky hier wäre, sie hätte in Nullkommanix einen Plan entwickelt, der uns aus dieser verzwickten Situation retten würde. Ich musste meine grauen Zellen selbst anstrengen. Es war am besten, wenn ich versuchte, zurück zum Waldrand zu kommen. Ich sollte meine Kraft darauf verwenden, vor Anbruch der Dunkelheit diesen gruseligen Ort zu verlassen. Das Orakel konnte ich immer noch an einem anderen Tag befragen, vorzugsweise mit einer Armee im Rücken.

Obwohl die Sonne ziemlich tief stand, konnte ich sie noch ausmachen. Dass die Sonne im Westen unterging, wusste selbst ich. Gegenüber lag also Osten. So weit, so gut. Ich musste mich bloß noch erinnern, wo die Sonne gestanden hatte, als ich losgelaufen war. Sosehr ich mich auch anstrengte, es fiel mir partout nicht ein. Verzweifelt biss ich in einen Schokoriegel. Wenn ich es bis zum Einbruch der Dunkelheit nicht hinausschaffte, musste ich auf einen dieser riesigen Bäume kraxeln. Bei dem Gedanken wurde mir jetzt schon schlecht. Hatte ich schon erwähnt, dass ich nicht schwindelfrei war?

Ein Rascheln riss mich aus meinen Überlegungen. Ich hoffte auf ein Eichhörnchen. Vielleicht erbarmte sich so ein Tierchen und zeigte mir den Rückweg. Ein tiefes Knurren erklang, das mir durch Mark und Bein ging. Da ich fest davon überzeugt war, dass selbst in einem Zauberwald Eichhörnchen nicht knurrten, riss ich meinen Rucksack an mich und rannte los. Es war mir egal, ob mir Zweige mein Gesicht zerkratzten und sich Spinnweben in meinen Haaren verfingen. Ich wusste nur eins: Was auch immer da knurrte, war mir nicht freundlich gesonnen.

Wenn ich Quirin jemals wieder in die Finger bekam, würde ich ihn umbringen. Die Wut verlieh mir Flügel. Erst ein undurchdringliches Brombeergestrüpp stoppte meine Flucht. Die Dornen zerstachen mir die Arme, als ich in vollem Tempo in die Ranken rannte. Mit Müh und Not befreite ich mich von den piksigen Tentakeln. Meine Arme und Beine waren von winzigen Blutstropfen übersät. Mir war zum Heulen zumute. Doch ich schien das Knurren abgeschüttelt zu haben, und immerhin gab es hier so etwas wie einen Trampelpfad, wenn der auch kein Ende zu nehmen schien. In der Ferne ertönte ein leises Grollen. Besorgt sah ich zum Himmel. Die Bäume wiegten sich im Wind, und ich erhaschte einen Blick auf die Wolkendecke, die sich dunkelgrau verfärbt hatte. Das Licht zwischen den Bäumen wurde immer dunkler, lange Schatten fielen auf den mit Farnen bewachsenen Waldboden.

Ich musste einen Ort finden, wo ich mich vor dem Gewitter verstecken konnte. Ich rannte los, und beinahe hätte ich einen Abhang übersehen. Gerade noch rechtzeitig konnte ich abbremsen, bevor ich hinunterkullerte. Ich glaubte, meinen Augen nicht zu trauen.

Unter mir erstreckte sich in einer Mulde eine Lichtung, auf der saftig grünes Gras wuchs und auf der mindestens zwei Dutzend schneeweiße Einhörner grasten. Die Tiere waren wunderschön. Ihre Hörner schimmerten im Licht der untergehenden Sonne. Zwischen den Einhörnern patrouillierten Zentauren mit Speeren in den Händen. Ihr Fell war schwarz wie die dunkelste Nacht. Ich fragte mich, ob sie die Einhörner beschützten oder gefangen hielten. Das Grollen über mir wurde lauter. Die Zentauren riefen etwas, das ich von meiner Position aus nicht verstand. Die Einhörner galoppierten zu hölzernen Unterständen, die am Rande der Lichtung standen.

Erste dicke Wassertropfen klatschten auf mich nieder, und innerhalb von Sekunden war ich vollkommen durchnässt. Ein greller, weißer Blitz zuckte über die Lichtung. Das nervöse Wiehern der Einhörner ging in dem tiefen Grollen des Gewitters beinahe unter. Ich hielt mir die Ohren zu, als eine Kaskade von Blitzen und Donner über die Lichtung brauste. Ich rappelte mich auf und versuchte, auf dem vom Regen in eine Schlammlandschaft verwandelten Waldboden nicht auszurutschen. Direkt hinter mir schlug der Blitz in eine riesige Eiche ein. Entsetzt wandte ich mich um. Der Baum brach in zwei Hälften. Eine Seite neigte sich mir in Zeitlupentempo entgegen. Ich trat zurück, um auszuweichen, und verlor dabei das Gleichgewicht. Ich ruderte mit den Armen, doch es half nicht. Schreiend rollte ich den Abhang hinunter. Verzweifelt versuchte ich, mich irgendwo festzuhalten, aber jeder Strauch und jeder Grashalm verweigerte mir seine Hilfe.

Als ich den Grund erreicht hatte, taten mir alle Knochen weh. Ich spürte den donnernden Hufschlag unter meinem Körper. Ich musste aufstehen und hier weg. Verzweifelt versuchte ich, auf die Füße zu kommen, doch der Schlamm und meine nicht gerade wetterfesten Schuhe machten mir einen Strich durch die Rechnung. Ich schlug wieder hin und lag nun wie ein hilfloser Käfer auf dem Rücken. Neben meinem Ohr sirrte es, und ein Speer rammte sich direkt neben meinem Kopf in den matschigen Boden. Schützend riss ich die Arme über mein Gesicht und kniff die Augen zusammen. Bitte lass das nur ein Traum sein!

Hände packten mich. Mit einem Ruck wurde ich in die Luft gerissen und landete auf einem Pferderücken. Zumindest dachte ich im ersten Moment, dass es ein Pferderücken war, bis sich meine Arme um einen Waschbrettbauch klammerten. Nach einem kurzen Ritt wurde ich wie eine lästige Fliege abgeschüttelt und fiel zwischen weiße Einhornbeine in trockenes Stroh. Wilde schwarze Augen stierten mich an.

»Was tust du hier?«, grollte eine Stimme, die unheimlicher klang als der Donner.

Ich wischte mir die nassen Haare aus dem Gesicht und kam keuchend zu Atem. Neugierige blaue Einhornaugen blinzelten auf mich herab – das war die gute Nachricht. Die wütenden Blicke der umstehenden Zentauren waren die schlechte. Ich stand auf, und auch wenn meine Beine zitterten, fühlte ich mich so erheblich besser. Lange würde ich mich allerdings nicht aufrecht halten können. Unendliche Müdigkeit befiel mich, und ich hatte Mühe, die Augen offen zu halten. Vermutlich brauchte ich eine Auszeit. Eines der Einhörner stupste mich an, und ich lehnte mich dankbar gegen sein warmes Fell.

»Ich frage dich noch einmal, was tust du hier?«

Der Zentaur, der diese Frage gestellt hatte, war schlanker als die anderen und jünger. Trotzdem hatte er offenbar das Sagen. Eine schmale goldene Kette baumelte auf seiner sonnengebräunten Brust. Als Einziger hatte er das dunkle lockige Haar zu einem Zopf gebunden. Um seine feinen Gesichtszüge und seine hohen Wangenknochen würde ihn in meiner Welt so manches Mädchen beneiden.

»Lass sie erst einmal zur Ruhe kommen, Perikles. Du siehst doch, dass sie völlig aufgelöst ist«, sagte das Einhorn neben mir mit sanfter Stimme.

»Du kannst sprechen?«, flüsterte ich.

Das Einhorn lachte leise. »Du doch auch.«

»Aber ich bin auch …«

Perikles unterbrach mich mit einem Schnauben. »Ein Mensch, das ist nicht zu übersehen.«

»Macht ein Feuer und gebt ihr etwas zu essen, dann ist immer noch Zeit, Fragen zu stellen«, wies das Einhorn die Zentauren an. Seine warme Stimme war sanft und doch bestimmend. Niemand würde es wagen, sich seiner Bitte zu widersetzen. Damit hatte sich die Frage nach Beschützer oder Gefängniswärter wohl beantwortet. Das Einhorn ließ sich in das Stroh sinken. »Setz dich zu mir. Ich werde dich wärmen, bis das Feuer angezündet ist.« Dankbar schmiegte ich mich an das Tier, denn mittlerweile zitterte ich wie Espenlaub. Meine Zähne klapperten schmerzhaft aufeinander.

»Ich bin Kadir, König der Einhörner. Sei Perikles nicht böse, er nimmt seine Aufgabe, uns zu schützen, sehr ernst. Er ist noch jung, er kann noch nicht in dein Herz sehen.«

»Du schon?«, brachte ich mühsam hervor.

Kadir nickte. »Natürlich. Und ich sehe, dass du reinen Herzens bist.«

»Da bin ich aber froh.« Meine Sachen begannen unter der Hitze, die der Einhornkörper ausstrahlte, zu dampfen. Die Zentauren begleiteten die anderen Einhörner in weitere Unterstände und räumten eine Stelle frei, an der sie ein Feuer entzündeten. Darüber errichteten sie ein Gestell, an das ein Topf gehängt wurde. In Windeseile brodelte darin eine duftende Suppe. Mein Magen knurrte so laut, dass Perikles mir einen strafenden Blick zuwarf. »Sorry«, murmelte ich. »Ich habe Hunger wie ein Bär.«

»Zuerst möchte ich ein paar Antworten«, fuhr er mich an.

»Du bist ja noch unhöflicher als ein Elf«, schnauzte ich zurück.

Er erstarrte in seiner Bewegung. »Hast du mich gerade mit einem Elfen verglichen?« Das wütende Funkeln in seinen Augen machte mir Angst.

»Nicht dich, deine Unhöflichkeit«, ruderte ich zurück.

Kadir schmunzelte. »Wo sie recht hat, hat sie recht.«

»Entschuldige«, murmelte Perikles und neigte den Kopf vor Kadir.

»Bei mir musst du dich nicht entschuldigen, sondern bei dem Mädchen. Wie heißt du, mein Kind?«

»Eliza.«

»Die Einzigartige«, übersetzte er. »Der Name passt zu dir.«

Ich spürte, dass ich rot wurde. So ein Kompliment hatte mir noch niemand gemacht.

»Eigentlich bedeutet es Sieben.«

»Hat Larimar dich deswegen ausgewählt?«

Ich nickte.

»Sie war schon immer eine besonders dumme Person.«

Ich konnte mir ein Kichern nicht verkneifen. »Du kennst sie?«

»Leider«, antwortete Perikles an Kadirs Stelle.

»Du bist das Mädchen, das eine Aureole zurückgebracht hat«, stellte Kadir fest.

»Ich hatte ziemlich viel Hilfe. Meine Beteiligung war eher … na ja, unbedeutend.«

Perikles reichte mir eine hölzerne Schüssel mit Suppe und ein Stück Brot. Ich schnupperte daran. Die Suppe roch fantastisch nach Fleisch und Thymian – und nach allerlei Zeug, das ich nicht identifizieren konnte.

»Iss!«, forderte Kadir mich auf.

»Ich weiß nicht recht«, gestand ich. »Eigentlich wollte ich im Ewigen Wald lieber nichts essen.«

Perikles zog die Augenbrauen zusammen. »Wir vergiften unsere Gäste nicht.«

»Vergiften nicht, aber vielleicht verwandelt ihr mich in irgendwas. In ein Eichhörnchen oder so.«

»Wohl eher in einen Käfer.«

Mit aufgerissenen Augen sah ich ihn an. »Das könntest du?«

Kadir lachte leise. »Perikles, wo ist dein Benehmen? Natürlich verwandeln wir dich nicht«, wandte er sich an mich. »Uns musst du nicht fürchten.«

Mir entging nicht, dass die Betonung seiner Worte auf dem kleinen Wörtchen uns lag.

Im Grunde hatte ich keine Wahl. Ich wollte nicht unhöflich sein, und mein Magen knurrte nun überlaut. Die Suppe und das Brot abzulehnen, hätte übermenschliche Kräfte erfordert.

Kadir ließ mich essen, bevor er die nächste Frage stellte. (Ich verwandelte mich übrigens nicht, obwohl ich aufmerksam auf meine Finger schielte, ob mir nicht Haare oder Krallen wuchsen.)

»Was tust du im Ewigen Wald? Wir haben gehört, du hast gegen Elfenregel Nummer eins verstoßen. Wer hat dich zurückgebracht?«

»Ein Troll«, antwortete ich kauend. »Dieses Brot«, wandte ich mich an Perikles. »Backt ihr das selbst? Es ist der Wahnsinn. Kann ich das Rezept haben?«

Perikles sah mich ungläubig an. »Ganz bestimmt nicht.«

»Welcher Troll?«, fragte Kadir, und ich spürte, dass er sich anspannte.

»Er heißt Quirin. Ich soll das Orakel von Vibora befragen. Jade möchte, dass ich herausfinde, was mit Elisien passiert ist.«

Bei der Erwähnung von Jades Namen fuhr Perikles herum. Fragend zog ich eine Augenbraue nach oben. Er überlegte kurz und wandte sich dann wieder ab.

Kadir entspannte sich hinter mir wieder. Quirin schien für ihn ungefährlich zu sein. »Was tust du dann hier? Das Orakel liegt auf der anderen Seite des Waldes.«

»Ich schätze, da habe ich mich wohl verlaufen. Ist ja auch kein Wunder, wenn eure Wege hier so … äh … flexibel sind.«

Perikles musterte mich. Mir fiel auf, dass seine Augen gar nicht schwarz, sondern dunkelblau waren. »Dann musst du vom Weg abgewichen sein.«

»Ich habe vielleicht einen winzigen Schritt zur Seite gemacht«, gab ich zu. »Da war ein Hexenkreis, und ich dachte, wenn ich mich darin drehe, dann könnte ich Cassian rufen. Es hat bloß leider nicht geklappt.«

Perikles sah mich an, als ob er an meinem Verstand zweifelte.

Langsam wurde ich wütend. »Was?«, fuhr ich ihn an. »Es hätte ja auch funktionieren können.«

»So funktioniert ein Hexenkreis nicht, mein Kind«, wandte Kadir belehrend ein. »Er tut nicht, was du möchtest, sondern er führt dich ins Verderben. Betritt so einen Kreis nie wieder. Nicht in dieser Welt und nicht in deiner. Wenn du uns nicht gefunden hättest, dann wärst du heute Nacht in diesem Wald gestorben.«

Obwohl meine Sachen mittlerweile trocken waren, zitterte ich bei seinen Worten.

»Perikles wird dich morgen zum Weg zurückbringen. Es ist besser, wenn du schläfst.« Der König der Einhörner sagte das in einem Tonfall, der keinen Widerspruch zuließ, und legte den Kopf auf seine Vorderbeine.

»Ich halte die erste Wache«, verkündete Perikles und trat in den strömenden Regen. Die anderen Zentauren legten sich im Unterstand nieder. Ich wollte die Augen noch eine Weile offen halten, aber ich konnte nicht. Die Aufregung und die Erschöpfung forderten ihren Tribut. Fest an Kadir geschmiegt schlief ich ein.

Meine letzten Gedanken galten Quirin. Er würde sich Sorgen um mich machen, aber das geschah ihm nur recht. Warum brachte er mich auch in so eine unmögliche Situation?

Als ich erwachte, strahlte die Sonne von einem wolkenlosen Himmel. Ich lag auf einer dicken Schicht Stroh, und jemand hatte mich mit meinem Schlafsack zugedeckt. Ich setzte mich auf und gähnte herzhaft. So gut hatte ich lange nicht geschlafen. Ich fühlte mich vollkommen ausgeruht und voller Tatendrang. Draußen grasten die Einhörner auf der Wiese. Perikles war nirgends zu sehen. Ich packte meine Sachen zusammen und fischte einen Schokoriegel aus meiner Tasche. Genüsslich biss ich hinein. Fehlte nur ein Kaffee.

»Was isst du da?« Perikles kam in den Unterstand getrabt.

»Einen Schokoriegel. Magst du auch einen?« Ich packte einen zweiten Riegel aus und hielt ihm ihn hin.

Vorsichtig griff er danach und roch daran.

»Du musst ihn gleich essen, sonst schmilzt er.«

Perikles nahm ihn in die andere Hand und leckte sich die Schokolade von den Fingern. Seine Gesichtszüge hellten sich auf, und nun sah er fast aus wie der Junge, der er wahrscheinlich war. Er konnte unmöglich viel älter sein als ich. Vorsicht biss er in die Schokolade und vertilgte sie in Windeseile.

»Ziemlich gut, oder?«

»Verdammt gut. Hast du noch mehr davon?«

»Jede Menge. Meine Freundin hat mir geraten, im Wald nichts zu essen, darum musste ich Proviant mitnehmen. Ich hoffe, das ist in Ordnung. Ich lasse auch nichts liegen. Müll oder so.«

Verständnislos sah er mich an, und mir ging auf, dass er wahrscheinlich gar nicht wusste, was Müll überhaupt war.

»Wie dem auch sei. Bringst du mich zum Weg zurück? Dann kriegst du noch einen Riegel, aber zum Tausch möchte ich ein Stück Brot.«

»Du bist nicht in der Position, mit mir zu verhandeln.«

»Dann also keine Schokolade«, erwiderte ich.

»Bist du bereit?« Jetzt schmollte er mit mir. Ich konnte es ihm direkt vom Gesicht ablesen, während er zu meinem Rucksack schielte.

»Kann ich mich noch von Kadir verabschieden?«

»Ich bringe dich zu ihm.«

Perikles reichte mir ein Stück Brot. Es war immer noch so frisch wie am Vortag. »Deine Freundin hat recht. Es ist besser, du isst nichts, was im Wald wächst. Du kannst nicht erkennen, ob es giftig ist.«

»Dann habe ich ja wenigstens etwas richtig gemacht.«

»Das hast du.«

Der Zentaur half mir auf seinen Rücken.

»Ist es in Ordnung, wenn ich mich an deiner Taille festhalte?«

»Irgendwo musst du dich ja festhalten.«

Ich verdrehte die Augen. »Was hast du eigentlich gegen mich?«

»Du bist ein Mensch.«

»Das ist nun wirklich kein Argument!«

»Für mich reicht es. Außerdem bist du mit Elfen befreundet, und Elfen kann man nicht trauen.«

»Nur gut, dass unsere Bekanntschaft bald ein Ende findet.«

»Sehe ich genauso.« Er trabte los.

Kadir erwartete uns bereits. »Du hast lange geschlafen. Perikles wird dich zum Weg zurückbringen. Du musst dich beeilen, damit du es heute zum Orakel schaffst. Denke daran, nicht vom Wege abzuweichen. Ein zweites Mal ist das Glück dir vielleicht nicht hold. Verlasse den Wald vor Einbruch der Dunkelheit, und hüte dich vor den Elfen.«

Dann wandte er sich an Perikles. »Gib ihr die Phiole.«

»Wirklich?«

Ein strafender Blick von Kadir genügte, und er reichte mir ein kleines Fläschchen, in dem eine purpurfarbene Flüssigkeit schimmerte. Das Fläschchen hing an einem Lederband.

»Wenn du jemals unsere Hilfe brauchst, dann zerbrich die Flasche. Wir werden umgehend zu dir kommen.«

»Gebrauche sie klug«, mischte Perikles sich ein. »Der Schutz des Einhornkönigs wird nur ein einziges Mal gewährt.«

Ich strich Kadir über den glatten, samtigen Hals. »Ich werde daran denken, und danke für alles.« Sorgsam verstaute ich die Phiole unter meinem Shirt. »Ich weiß nicht, was ich ohne eure Hilfe gemacht hätte. Wahrscheinlich wäre ich erfroren.«

»Wahrscheinlich hätte der Mantikor dich geholt.« Perikles flüsterte den Namen, und ich bildete mir ein, dass seine Stimme zitterte, was mir merkwürdig vorkam bei der Kraft, die der junge Zentaur ausstrahlte. Ich hätte geschworen, dass er vor nichts und niemandem Angst hatte.

»Mantikor?«

»Perikles!«, schimpfte Kadir ihn aus. »Mach dir keine Sorgen«, wandte er sich dann an mich. »Er kann dich nicht wittern, und solange du im Schutze der Bäume bleibst …« Er beendete den Satz nicht.

»Okay. Jetzt mache ich mir Sorgen.«

»Dann sollten wir uns beeilen.« Mit diesen Worten galoppierte Perikles los, und ich klammerte mich an ihm fest. Elegant sah wahrscheinlich anders aus, aber ich war ja auch kein Jockey.

»Könntest du vielleicht etwas langsamer galoppieren?«, fragte ich nach einer Weile. »Mir tut alles weh.«

»Wir haben nicht viel Zeit, aber es wäre schön, wenn du deine Beine nicht so fest um mich schlingen würdest, ich bekomme fast keine Luft. Von deinen Armen ganz zu schweigen.«

»Aber dann falle ich runter«, protestierte ich.

»Okay, du klammerst nicht so, und ich trabe langsamer. Es ist nicht mehr weit.«

»Kannst du mich nicht direkt zu diesem Orakel bringen?«

»Das hättest du wohl gerne.« Prustend warf er den Kopf zurück, sodass sein langer Zopf hin und her peitschte. »Der Weg gehört zur Aufgabe. Da ist Vibora sehr eigen. Sie würde deine Frage nicht beantworten, wenn du diese Prüfung nicht bestehst.«

»Muss es eigentlich immer so kompliziert bei euch sein?«, maulte ich. »Ich wette, diese Vibora spricht in Rätseln.«

Perikles lachte leise. »Darauf kannst du Gift nehmen.«

Ich stöhnte. »Ich wusste es. Was ist, wenn ich das Rätsel nicht löse?«

»Ich schätze, dann hast du Pech gehabt.«

»Na super. Dann war der ganze Mist umsonst?«

»Du hast den Einhornkönig kennengelernt und mich. Das würde ich nicht umsonst nennen.«

Ich musste lachen. »Du hast ja Humor.«

»Das überrascht dich?«

»Gestern dachte ich, du gehst zum Lachen in den Keller.«

»Du bist ein komisches Mädchen.«

»Das nehme ich mal als Kompliment.«

»Darf ich dich etwas fragen?«, sagte er nach einer Weile und verlangsamte seinen Schritt weiter.

»Du bittest mich um Erlaubnis? Du bist ein komischer Zentaur.«

Perikles begann zu lachen, und ich musste wohl oder übel einstimmen. »Also schieß los, was möchtest du wissen?«

»Wie geht es Jade?«

Diese Frage hatte ich als Letztes erwartet. »Ich schätze, es geht ihr gut, aber es ist ein paar Monate her, dass wir uns gesehen haben.«

»Danke schön.«

»Quirin macht sich Sorgen um sie«, versuchte ich, ihn aus der Reserve zu locken, aber Perikles schwieg eisern. Er trat aus dem Wald, und wir standen auf einer Kreuzung.

»Hier war ich gestern schon mal.« Die efeubewachsenen Schilder hingen wieder am Baum. In diesem Wald waren sogar die Wegweiser verzaubert. Hausmeister gab es hier bestimmt nicht. Das hätte mir ruhig mal jemand sagen können.

Ich rutschte von Perikles' Rücken. Schritte erklangen hinter mir, und ich drehte mich um. Das Herz rutschte mir in die Hose, als ich sah, wer da auf uns zukam.

Er war wütend. Richtig wütend. Das war mir in dem Moment klar, als ich Cassian erblickte. Seine Stirn war sturmumwölkt, und er stapfte energisch auf uns zu, wobei sein Stock bedrohlich hin- und herschwang. Ich hatte mir unser Wiedersehen in hundert Variationen vorgestellt, und jetzt stand ich einfach nur da und wusste weder, was ich tun, noch, was ich sagen sollte.

Kurz vor uns blieb er stehen und schnupperte. »Hallo Perikles«, sagte er, und ich musste wieder sein Talent bewundern, mit seiner Blindheit umzugehen.

»Hallo Cassian. Ich habe Eliza zurückgebracht. Ihr solltet besser auf sie aufpassen.«

»Danke«, presste dieser zwischen den Zähnen hervor. »Wenn ich von Jades und Quirins idiotischem Plan gewusst hätte, wäre sie nicht hier.«

Trotz seines Zorns konnte ich mich kaum an ihm sattsehen. Am liebsten hätte ich mich in seine Arme geworfen. Er sah noch besser aus als in meiner Erinnerung. Das Herz schlug mir bis zum Hals. Er war gekommen, um mich zu retten, das musste doch bedeuten, dass er mich vermisst hatte.

»Mach es gut, Eliza. Pass auf dich auf«, verabschiedete Perikles sich und reichte mir die Hand. »Zu Vibora geht es übrigens dort entlang«, er wies auf den Pfad zu meiner Rechten.

»Dort wird sie ganz bestimmt nicht hingehen. Sie kommt mit mir zurück«, knurrte Cassian.

»Sie kommt mir nicht vor wie jemand, der gern über sich bestimmen lässt«, bemerkte Perikles.

»Ich komme schon mit ihr klar«, antwortete Cassian.

»Sie ist anwesend!«, fauchte ich.

Perikles beugte sich vertraulich zu mir. »Viel Glück.« Er zwinkerte, dann fragte er flüsternd: »Hast du vielleicht doch noch etwas von dieser Schokolade?«

Ich presste die Lippen zusammen, um ein Grinsen zu vermeiden, und wickelte zwei Schokoriegel aus. Dann drückte ich ihm die Riegel in die Hand und verstaute das Papier in meinem Rucksack. »Lass es dir schmecken und danke für alles.«

Perikles biss in einen der Riegel, kaute und leckte sich die Lippen. Dann drehte er sich um und war in Sekunden in dem dichten Gewirr aus Pflanzen verschwunden.

Ich war wieder allein. Allein mit Cassian. Allerdings erinnerte mich der Cassian, der auf dieser Kreuzung stand, viel zu sehr an den eingebildeten Typen bei meinem ersten Besuch in Leylin.

»Hast du einen neuen Verehrer?«, fragte er schneidend.

Bevor ich mich zu ihm umwandte, zog ich einen Vorhang vor meine Gedanken. Ich hatte das in den letzten Wochen so oft erfolglos geübt, dass ich erstaunt war, dass es tatsächlich funktionierte. Er flatterte nur ein bisschen. Ich hatte es natürlich nicht richtig üben können, weil in meiner Welt der Vorhang nicht existierte. Aber ich hatte es mir wieder und wieder vorgestellt, und siehe da, es klappte beinahe mühelos. Allerdings hatte ich nicht geglaubt, dass ich diese neu erworbene Fähigkeit als Erstes bei Cassian anwenden musste.

»Eher einen neuen Freund«, beantwortete ich seine Frage reichlich verspätet.

»Zentauren kann man nicht trauen.«

»Das hat er von euch Elfen auch behauptet.«

Ohne darauf einzugehen, wandte Cassian sich um und wollte den Weg zurücklaufen, den er gekommen war.

»Zu Vibora geht es dort entlang«, erinnerte ich ihn.

»Wir gehen nicht zu Vibora. Wir gehen zurück, und Quirin bringt dich nach Hause.«

»Du kannst gern zurückgehen. Ich gehe zu Vibora. Jade hat mich darum gebeten, und jetzt bin ich so weit gekommen.«

Cassian lachte hart auf. »Weit gekommen? Du kannst von Glück sagen, dass du noch lebst.«

»Und genau deshalb drehe ich nicht um. Du kannst mich begleiten oder es lassen.«

Ich setzte mich in Bewegung. Als ich mich umdrehte, sah ich, dass er mir folgte. Ich grinste in mich hinein. Ging doch.

Plötzlich war er neben mir und griff nach meinem Arm. »Nur damit wir uns richtig verstehen, ich bestimme, wo es langgeht, und sobald es zu gefährlich wird, drehen wir um.«

»Wir werden ja sehen.« Mein Arm prickelte an der Stelle, an der er mich berührte.

»Wir werden gar nichts sehen. Wenn es sein muss, dann trage ich dich aus diesem Wald.«

Ich beschloss, ihm darauf keine Antwort zu geben. Schweigend liefen wir nebeneinander her. Obwohl ich Cassian eigentlich so vieles fragen wollte.

Ich wollte wissen, ob er mich vermisst hatte (offensichtlich nicht). Ich wollte wissen, was in Leylin nach unserem Theaterstück passiert war, und eigentlich wollte ich wissen, ob er mich noch mal küssen würde. Mein Gedankenvorhang flatterte hoch. Mist. Springer auf F3, dachte ich hektisch und zupfte ihn wieder zurecht. Vielleicht fand sich später ein besserer Zeitpunkt für meine Neugier. Ich spürte Cassians Unbehagen fast körperlich, und ich versuchte, mir einzureden, dass er nur Angst um mich gehabt hatte. Aber wen wollte ich eigentlich belügen? Er hatte keine Angst um mich, er wollte mich so schnell wie möglich wieder loswerden.

»Weshalb bist du so sauer auf mich?«, fragte ich leise, weil ich nicht sicher war, ob meine Stimme nicht zitterte.

»Ich bin nicht sauer, sondern wütend, und ich frage mich, warum du dich nicht einfach um deine Angelegenheiten kümmerst.«

»Jade hat mich um Hilfe gebeten. Offenbar hat sie sich nicht getraut, damit zu ihrem Bruder zu gehen«, zischte ich.

»Weil sie wusste, dass ich ihr diese Schnapsidee ausreden würde.«

»Klar, weil dir Elisiens Schicksal egal ist, solange du nur dein Augenlicht wiederkriegst.«

Cassian riss mich zu sich herum. »Weil ich nicht möchte, dass Jade sich unnütze Hoffnungen macht. Elisien ist fort. Jade muss lernen, damit zurechtzukommen.«

»Sie ist verzweifelt und greift nach jedem Strohhalm! Ich werde ihr helfen.«

Er verschränkte die Arme vor der Brust und lachte. »Da bin ich aber mal gespannt. An Viboras Rätseln haben sich schon ganz andere die Zähne ausgebissen.«

»Dann betrachte ich es eben als eine Herausforderung. Ich bin gut im Rätsellösen.« Das stimmte zwar nicht, aber das musste er ja nicht wissen. Wenn wir Black Stories spielten, versagte ich immer auf ganzer Linie. Ich knabberte auf meiner Unterlippe und nahm meinen ganzen Mut zusammen.

»Warum bist du wirklich sauer auf mich? Denkst du, ich habe den Stein absichtlich mitgenommen? Denkst du, ich wollte nicht zurück nach Leylin? So war es nicht. Dieses Biest Opal hat mir den Stein in die Tasche gesteckt. Sie war eifersüchtig, weil ich die Isolde gespielt habe. Sie war eifersüchtig, als du mich geküsst hast. Ich hätte niemals etwas mitgenommen. – Ich habe dich vermisst«, setzte ich leise hinzu.

»Das war nicht Opal.« Cassians Gesicht war regungslos, während seine blinden Augen irgendwo hinter mich in den Wald starrten.

»Nicht? Wer sonst? Larimar?«

»Nein.«

Eine Erkenntnis wollte sich in meinem Kopf einnisten. Aber ich wollte sie nicht zulassen.

»Ich war es.«

»Du wolltest nicht, dass ich wiederkomme?« Ich hasste mich dafür, dass meine Stimme so weinerlich klang.

»Nein.« Seine Stimme war fest wie immer.

Ich unterdrückte die Tränen, die mir in die Augen schossen. Diese Blöße würde ich mir nicht geben. »Warum?«, presste ich hervor.

»Du gehörst nicht nach Leylin. Deine Aufgabe war erfüllt. Ich wollte dich nicht mehr dort haben.«

»Warum hast du mich dann geküsst?«

»Ich wollte wissen, wie es ist, und du schienst mir am geeignetsten, es mir zu zeigen.«

Ich schluckte schwer. »Gut, dass wenigstens einer von uns beiden davon profitiert hat.« Ich setzte meinen Weg fort und war froh darüber, dass Cassian einige Schritte zurückfiel. Das Herz klopfte mir bis zum Hals, was merkwürdig war, wo er es mir doch gerade rausgerissen hatte. Die ganze Zeit hatte ich nicht einmal daran gedacht, dass er es gewesen sein könnte. Dabei war es für ihn so einfach gewesen. War er nur deshalb zum Tor gekommen? Nicht, um mich zu küssen, sondern um mir bei dieser Gelegenheit den Stein zuzustecken? Trau keinem Elfen, hatte Kadir gesagt. Wie hatte ich so blöd sein können? Wochenlang hatte ich dem Typen hinterhergeheult. Ich straffte die Schultern und ging schneller. Das würde mir nicht noch einmal passieren.

Das Schweigen zwischen uns war markerschütternd. Ich wandte mich nicht noch einmal zu ihm um, sondern starrte nur auf meine Füße, die mechanisch einen Schritt nach dem anderen taten. Jeden neuen Wegweiser fasste ich mit Samthandschuhen an, damit nicht wieder alle Schilder durcheinanderpurzelten. Hinter der fünften oder zehnten Kreuzung – ich hatte aufgehört zu zählen – kam ein Gebäude zum Vorschein.

Eine Art Pavillon, dessen hölzerne Säulen ein Blätterdach trugen. Unzählige filigrane Ornamente verbanden die Holzstreben dazwischen. Ein weißes Blumenmeer, das sich unter unseren Schritten zu teilen schien, umgab den Pavillon.

»Wir sind da«, erklärte Cassian.

Die letzten Meter rannte ich fast. Ich würde das schon hinkriegen. Diesem Mistkerl musste ich es einfach zeigen!

Vor den Stufen, die zum Eingang des Pavillons hinaufführten, blieb ich stehen. Weit und breit war niemand zu sehen.

»Sie kommt, wenn du bereit für sie bist«, verkündete Cassian, der mir natürlich bis hierher gefolgt war, und lehnte sich an eine der Säulen.

»Ich bin bereit.«

»Bist du nicht. Setz dich in die Mitte des Tempels«, befahl er. »Vor die kleine Schale.«

Widerwillig ließ ich mich in den Schneidersitz nieder. Nur dieses eine Mal noch würde ich mir von diesem Elfen etwas vorschreiben lassen.

»Stört es Vibora nicht, wenn du hier herumlungerst?«, stieß ich hervor. Wut loderte in mir auf. Wie hatte er mich so hinters Licht führen und mich so benutzen können? War er wegen seiner Blindheit so verbittert, dass ihm die Gefühle anderer völlig egal waren?

»Du musst deine Gefühle unter Kontrolle kriegen«, befahl er mir ungerührt. »Schließ die Augen und atme tief durch.«

Am liebsten wäre ich aufgesprungen und hätte ihm die Augen ausgekratzt. Erst jetzt merkte ich, dass mein Gedankenvorhang sich verflüchtigt hatte.

»Das kannst du immer noch tun, wenn du an dieser Aufgabe gescheitert bist«, erwiderte Cassian dann auch prompt.

Ich bohrte mir die Fingernägel in die Handflächen, bis es wehtat, und konzentrierte mich auf die russische Schacheröffnung, die mein Vater mir vor vier Tagen online beigebracht hatte. Weißer Bauer von E2 auf E4, dann weißer Springer von G1 auf F3 und schwarzen Bauern aus dem ersten Zug des Gegners schlagen. Ich spürte, wie ich ruhiger wurde. Die Genugtuung, die Fassung zu verlieren, würde ich ihm nicht verschaffen. Darauf wartete er doch bloß.

»Wenn du so weit bist, dann trink«, befahl er.

»Was?«

»Das, was in der Schale ist. Was sonst?«

»Und was ist das? Vielleicht ist es giftig.«

»Willst du nun mit Vibora sprechen oder nicht?«

»Will ich ja, aber Perikles hat gesagt, dass ich nichts in diesem Wald essen oder trinken soll.«

»Na, wenn Perikles das gesagt hat …«, höhnte Cassian.

Ich griff nach der Schale und trank das Wasser mit dem Glibber, der darin schwamm. Meine Zunge begann zu kribbeln, dann zogen sich meine Schleimhäute zusammen, und ich befürchtete, mich übergeben zu müssen. Noch niemals hatte ich so etwas Ekliges im Mund gehabt. Es schmeckte wie eine Mischung aus fauligen Blättern und vergammelten Eiern. Die schleimige Masse rutschte meine Kehle hinunter.

»Was zum Teufel war das? Hat es dir nicht gereicht, mir das Herz zu brechen?«, schrie ich Cassian an, als mein Mund, meine Speiseröhre und mein Magen plötzlich wie Feuer brannten. »Musst du mich auch noch umbringen?« Meine Augenhöhlen glühten, und unerträgliche Hitze breitete sich bis in den hintersten Winkel meines Körpers aus.

Cassian lachte leise.

Ich versuchte aufzustehen. Der Drang, ihm wehzutun, wurde von Sekunde zu Sekunde stärker. Aber ich konnte mich nicht rühren, wie festgenagelt blieb ich auf der Stelle sitzen. Cassians Gesicht verschwamm vor meinen Augen. Der Wald löste sich auf. Mittlerweile stand jeder Zoll meiner Haut in Flammen. Mein Geist löste sich, und ich sah erstaunt auf mich hinunter. Winzige Flammen züngelten auf meiner Haut.

Cassian rannte die Treppe zu mir herauf. Seine Füße berührten kaum die Stufen. Er fing mich auf, als ich zur Seite fiel. Dann bettete er meinen Kopf an seine Brust. »Eliza«, flüsterte er und strich mir mit sanften Bewegungen das Haar aus dem Gesicht. »Lass einfach los.«

Mein Geist kehrte in meinen schmerzenden Körper zurück, und plötzlich fühlte ich mich wie betrunken. Alles um mich herum drehte sich, und ich unterdrückte den Drang, zu kichern.

Ich wollte Cassian gerade sagen, dass er ein Blödmann war und mir gestohlen bleiben konnte, als ein helles Licht aus dem Wald strömte. Aus dem Licht traten Frauen, die in lange fließende Gewänder gekleidet waren. Der Zug wurde angeführt von einer Erscheinung, eingehüllt in ein hellgrünes Kleid. Ihr Haar war zu kunstvollen Zöpfen geflochten und um ihren Kopf geschlungen. Trotzdem schien sie körperlos zu sein. Ein sphärisches Leuchten umspielte die Erscheinung. Sie lächelte freundlich, und doch wäre ich am liebsten vor ihr geflohen. Denn je näher sie kam, umso deutlicher sah ich die Schlangen, die sich um ihren Hals und ihre Arme ringelten. Ich hasste Schlangen. War das die Medusa? Dann durfte ich ihr nicht in die Augen schauen. Sie würde mich in Stein verwandeln. Aber ich konnte meinen Blick nicht von ihr lösen. Fast schien es mir, als wäre ich versteinert, es war mir unmöglich, mich zu bewegen. Doch ich spürte Cassians Arme, die er fest um mich geschlungen hatte. Und obwohl ich wusste, dass ihn das bestimmt große Überwindung kostete, tröstete mich seine Nähe. Wenn bloß das Karussell in meinem Kopf aufhören würde, sich zu drehen. Wie sollte ich da einen klaren Gedanken fassen? Es fühlte sich schlimmer an als nach drei Glas Wodka-Cola.

»Du musst mich nicht fürchten«, erklärte die Frau mit weicher Stimme und kniete vor mir nieder. »Noch nie war ein Mensch bei mir. Sag, Kind, was ist dein Begehr?«

Ich spürte, wie meine Lippen sich bewegten, aber kein Ton kam aus ihnen hervor. Ich bebte unter der Anstrengung. Ich musste sie etwas fragen, aber ich wusste plötzlich nicht mehr, was. Sie beugte sich weiter zu mir. Eine der Schlangen strich über meine Wange. Ich erstarrte noch mehr, wenn das überhaupt möglich war.

»Ich bin bei dir«, hörte ich Cassian in mein Ohr flüstern. »Ich werde nicht zulassen, dass dir etwas geschieht.«

Ich durfte seinen Worten nicht trauen. Er hatte mich verraten. Ich musste ihn hassen. Bei diesem Gedanken zog er mich noch fester an seine Brust. Ich roch seinen unverwechselbaren

Duft und entspannte mich. Hassen konnte ich ihn auch morgen noch, oder übermorgen.

»So ist es gut.« Viboras Augen, die in dem ungewöhnlichsten Grün erstrahlten, lächelten mich an.

Vielleicht hätte ich mir einen Reim oder so was ausdenken müssen? So was wie: »Elisien ist verschwunden, drum sag mir unumwunden, wie sie jemals wieder gefunden. Denn ihre Tochter Jade, die findet es ganz schade.«

Vibora lächelte mich an.

Hatte ich das gerade laut gesagt? Oh Gott. Wo waren diese Worte hergekommen? Ich hatte dieser Schlangenfrau doch nicht gerade einen völlig blödsinnigen Reim aufgesagt? Am liebsten hätte ich mich vor Peinlichkeit in Luft aufgelöst. Cassian dachte bestimmt, dass ich völlig durchgeknallt war, und ich konnte es ihm nicht verdenken.

»Willst du die Antwort auf diese Frage wirklich?«

Ich runzelte die Stirn. Was meinte sie damit? Warum sonst hatte ich die Strapazen dieser Wanderung auf mich genommen? Oder sollte ich noch mal anders fragen?

»Du begibst dich auf einen gefährlichen Weg, mein Kind. Bis jetzt kannst du unbeschadet in deine eigene Welt zurückkehren. Ich könnte dir das Geschenk des Vergessens machen.« Sie lächelte mich freundlich an, aber für mich war es, als würde sie die Zähne fletschen.

Panisch schüttelte ich den Kopf. Egal, wie weh Cassians Zurückweisung tat, ich wollte ihn nicht vergessen. Ich wollte nicht vergessen, dass es diese Welt neben meiner gab.

»Bist du dir ganz sicher?«, fragte Vibora.

Ich nickte, kein bisschen verwundert, dass auch sie meine Gedanken lesen konnte. Das war hier offensichtlich eine Allerweltsgabe.

Statt einer Antwort beugte sie sich hinunter und legte ihre schlanken Finger an meine Schläfen. Sie verharrte einen Moment, und dann hörte ich ihre Stimme in meinem Kopf. Ganz hell klang sie, fast als summte sie eine Melodie.

Sie war gestern da und morgen,
verschlingt alle deine Sorgen.
Sie eilt, und sie ist unsichtbar,
nicht alle Träume werden wahr.
Niemand vermag es, sie zu halten,
nichts bleibt ewiglich beim Alten.
Erfüllen kann sie deine Gier,
aber hüte dich vor ihr.

Die Worte brannten sich in mein Gedächtnis. Dann stand Vibora auf und ging ohne ein weiteres Wort zu ihrem Gefolge zurück. Die Frauen verschwanden in einem Strudel aus Licht. Ich versuchte, ihnen hinterherzuschauen. Ich musste sie fragen, was dieser Spruch bedeutete, aber meine Augenlider wurden von Sekunde zu Sekunde schwerer. Gegen die Erschöpfung, die sich in mir ausbreitete, konnte ich nicht ankämpfen.

Alles lag in dämmerigem Licht, als ich wieder zu mir kam. Mein Kopf lag immer noch in Cassians Schoß. Ich hielt die Augen geschlossen, als ich spürte, wie seine Finger über mein

Gesicht wanderten. Wie Schmetterlingsflügel strichen sie über meine Wangen und meinen Hals. »Eliza«, flüsterte er. »Es ist Zeit. Wach auf.«

Wollte ich das? Doch dann erinnerte ich mich an seine Worte. Er hatte mich benutzt. Er hatte kein Recht, mich so zu berühren. Ich würde mich nicht noch einmal von ihm einwickeln lassen. Ich rutschte von ihm fort und stand auf. Den verletzten Ausdruck auf seinem Gesicht ignorierte ich. Wer wusste besser als ich, was für ein begnadeter Schauspieler er war? Ich stand kaum auf den Beinen, als mir schwindelig wurde.

Cassian streckte die Arme nach mir aus. Im gleichen Moment wurde mir übel. Ich hielt mir eine Hand vor den Mund und stürzte zu den Bäumen. Dort erbrach ich mich. Cassian war mir gefolgt. Er stützte mich und hielt meine Haare. Oh Gott, war das peinlich. Am liebsten wäre ich tiefer in den Wald geflüchtet, aber meine Beine zitterten so sehr, dass ich nicht einen Schritt weit kommen würde. Zum Glück sagte Cassian nichts, das hätte mir den Rest gegeben. Es dauerte eine ganze Weile, bis ich das eklige Zeug aus meinem Magen ausgestoßen hatte. Dann richtete ich mich auf und brachte den Abstand zwischen uns, den ich für angemessen hielt.

»Danke«, murmelte ich und lehnte mich an einen Baum. Als meine Beine mich wieder trugen, ging ich zu meinem Rucksack und holte eine Wasserflasche heraus. Ich spülte mir den Mund aus und aß ein wenig von Perikles' Brot. Danach ging es mir deutlich besser. Zu guter Letzt band ich mein Haar zu einem Zopf, und ohne mich nach Cassian umzudrehen, ging ich den Weg zurück, den wir gekommen waren. Er würde mir folgen.

Auf dem Rückweg grübelte ich über das Rätsel nach, das Vibora mir gestellt hatte. Falls Cassian es interessierte, dann hatte er sich meisterhaft unter Kontrolle. Ich richtete kein Wort an ihn und er keins an mich. Wie war es möglich, dass er mich hasste und mich trotzdem so in seinen Armen halten konnte. Andererseits hatte er nie behauptet, mich zu hassen. Wahrscheinlich löste ich nicht mal dieses leidenschaftliche Gefühl in ihm aus. Ich war ihm wohl völlig egal.

Den Rückweg legten wir viel schneller zurück. Entweder es lag daran, dass dieser Wald die Wege schrumpfen ließ, oder daran, dass wir viel schneller liefen, weil bereits die Abenddämmerung herankroch.

Ein Dröhnen über uns ließ mich zusammenfahren. Ich blieb stehen, blickte zum Himmel und erwartete fast, ein Flugzeug oder einen Hubschrauber zu sehen, obwohl hier ein Drache wohl wahrscheinlicher war. Bis auf die Sonne, die immer tiefer sank und den Himmel in ein kräftiges Orange tauchte, war nichts zu sehen. Cassian war neben mich getreten. Angespannt wandte auch er das Gesicht nach oben.

»Hörst du etwas?«

Ich fragte mich, weshalb er flüsterte.

Dann lauschte ich in den Wald. Jedes Geräusch war verstummt. Selbst das Rauschen der Blätter war nicht mehr zu hören. »Warum ist es so still?«, flüsterte ich zurück und spürte, wie die Angst wieder in mir hochkroch. Instinktiv rückte ich näher an Cassian heran.

Er runzelte die Stirn und lief mit langen Schritten wieder los. »Wir sollten zusehen, dass wir aus diesem Wald kommen.«

Er verschwieg mir etwas, das war klar. Aber wir hatten es fast geschafft, am Ende des Weges lichtete sich der Wald. Quirin hüpfte hinter der Barriere auf und ab.

Mit pochendem Herzen stolperte ich hinter Cassian her, ich war am Ende meiner Kräfte, während er wirkte, als wäre er gerade aufgestanden. Hastig sprang ich über den unebenen Boden und versuchte, den Abstand nicht zu groß werden zu lassen.

Ein Kreischen ließ mich zusammenfahren. Hektisch wandte ich mich um, als es sich zu einem Gebrüll steigerte. Wenn das nicht der Löwe aus dem Vorspann alter Hollywoodschinken war, dann hatten wir definitiv ein Problem.

»Lauf, Eliza!«, schrie Cassian. Er war bei der Barriere angelangt und brauchte nur einen Schritt zu tun, um in Sicherheit zu sein. »Das ist der Mantikor!« Das Grauen schwang in seiner Stimme mit.

Einer weiteren Aufforderung bedurfte es nicht. Ich spurtete los und betete, dass ich nicht über meine eigenen Füße fiel. Wenn selbst Perikles und Cassian sich vor diesem Wesen fürchteten, dann sollte ich ihm lieber gar nicht erst begegnen. Das Brüllen war ganz nah.

Ich spürte heißen Atem in meinem Nacken, stolperte und fiel hin. Flügelschläge peitschten durch die Luft und wirbelten das Laub vom Wegesrand auf. Ich versuchte, aufzustehen oder wenigstens weiterzukriechen. Eine Pranke legte sich auf meinen Rücken, und ich brach zusammen. Das war es dann wohl.

Ich schloss die Augen und spürte, wie spitze Krallen sich in meine Haut bohrten.

Plötzlich surrte Cassians Stock durch die Luft. Ich schluchzte vor Erleichterung. Er war zurückgekommen. Das Wesen ließ von mir ab. Cassian riss mich auf die Füße.

»Lauf!«, schrie er noch einmal.

Das ließ ich mir nicht zweimal sagen. Ich taumelte vorwärts, überwand die letzten Meter und sprang förmlich durch die gummiartige Wand, wo ich auf der anderen Seite auf die Knie stürzte. Noch auf dem Boden wirbelte ich herum. Der Anblick, der sich mir jenseits der Barriere bot, ließ mir das Blut in den Adern gefrieren. Ein riesenhaftes Tier – eine Kreuzung aus Löwe, Drache und Mensch, – stand Cassian auf dem Weg gegenüber. Es schlug mit seinen schuppigen Flügeln und peitschte mit seinem Schwanz, an dessen Ende Skorpionstacheln saßen, den Boden. Erdklumpen stoben zu allen Seiten. Jetzt sah es zu mir. Das Untier hatte ein menschliches Gesicht. Aber es war die abstoßendste Fratze, die ich je gesehen hatte. Eine seiner Augenhöhlen war zugewachsen. Das andere Auge stierte mich durchdringend an. Seine Nase war völlig schief und seine Wangen von unzähligen Narben überzogen. Verfilztes Haar hing an seinem Kopf und seinem Kinn hinunter. Das Vieh fletschte die Zähne, drehte sich wieder zu Cassian und setzte zum Sprung an.

»Nein«, schrie ich voller Panik und sprang auf. Ich musste zurück und ihm helfen, aber Quirin hielt mich fest.

»Er kommt schon klar«, herrschte er mich an. »Du bist ihm nur im Weg.«

Tatsächlich wirbelte Cassian seinen Stock in schier unglaublicher Geschwindigkeit durch die Luft. In dem Moment, in dem das Untier auf ihn niederstieß, schlug er ihm mit voller Wucht auf die breite Nase, dann auf seine Wangen. Das Ungeheuer fauchte so durchdringend, dass ich mir die Ohren zuhalten musste. Cassian wirbelte wie in einem wilden Tanz um das Untier herum und versetzte ihm einen Hieb nach dem anderen. Währenddessen wich er den Angriffen des Mantikors so geschickt und leichtfüßig aus, wie es kaum ein Sehender vollbracht hätte. Der Mantikor kreischte vor Wut und schlug wild mit den Flügeln um sich. Immer wieder schnappte er nach Cassian, ohne seiner habhaft zu werden. Urplötzlich hob er sich schwerfällig in die Luft und flog nur Sekunden später über die Baumwipfel davon.

Ich zitterte am ganzen Leib. Cassian verharrte an derselben Stelle, jeder Zoll seines Körpers bereit, wieder zuzuschlagen. Glaubte er nicht, dass der Mantikor das Interesse verloren hatte? Ein letztes Fauchen erklang, als er am mittlerweile nachtdunklen Himmel verschwand.

Cassian entspannte sich und ließ seinen Stock sinken. Aber es war zu früh. Alles ging so schnell, dass mein Warnruf mir im Halse stecken blieb. Cassian kam mit langen Schritten auf die Barriere zu. Im gleichen Moment kehrte das Untier zurück. Sein langer Schwanz rollte sich zusammen. Cassian duckte sich, als es über ihn hinwegflog. Ein kleiner Pfeil schimmerte im Licht des aufgehenden Mondes, als er sich aus dem Schwanzende löste. Er bohrte sich in Cassians Hals, und dieser ging augenblicklich in die Knie, dann fiel er mit dem

Gesicht voran auf den Waldboden. Das Untier schwang sich höher in die Lüfte und ließ sein Opfer zurück. Sein kreischendes, triumphierendes Lachen schien noch in der Luft zu hängen, als es längst nicht mehr zu sehen war.

Ich riss mich von Quirin los und stürzte zu Cassian zurück. Meine Hände zitterten, während ich ihn mühevoll umdrehte. Alle Farbe war aus seinem Gesicht gewichen. Selbst seine Lippen waren blutleer. Ich griff nach seiner Hand, die sich eiskalt und leblos anfühlte. Dann strich ich ihm mit fliegenden Fingern die Haare aus dem Gesicht und wischte den Schmutz von seinen Wangen. Was sollte ich tun? Was konnte ich tun? Ich biss mir auf die Lippen, um nicht zu schreien. Mein Innerstes fühlte sich ebenso eiskalt an wie Cassians Haut. Eines wusste ich in diesem Moment hundertprozentig: Er würde sterben, wenn mir nicht einfiel, wie ich ihn schnellstmöglich zurück zu den Elfen bringen konnte. Ich konnte ihn nicht verlieren. Nicht so, nicht jetzt.

Ich packte ihn bei den Schultern und rüttelte ihn. »Cassian«, schrie ich.

Sein Kopf fiel nach hinten. Die Haut seiner geschlossenen Lider begann, sich blau zu verfärben. Ich packte ihn unter den Achseln und begann zu zerren. Er rührte sich keinen Fingerbreit.

»Hol ihn da raus!«, brüllte Quirin. Der Troll hüpfte draußen von einem Bein auf das andere. »Beeil dich«, rief er. »Bevor der Mantikor zurückkommt.«

»Ich versuche es ja«, knirschte ich mit den Zähnen, »aber er ist so verdammt schwer.« Tatsächlich konnte ich Cassian nur zentimeterweise bewegen. »Stirb mir bloß nicht weg! Bestimmt war Gift an dem Pfeil«, jammerte ich. Wie um meine Aussage zu untermauern, trat ein schwarzer Blutstropfen aus der Wunde. Wer immer behauptet hatte, dass Angst unmenschliche Kräfte weckt, war ein Lügner. Entkräftet ließ ich mich neben Cassian zu Boden fallen.

»Wach doch auf«, schluchzte ich. »Bitte.« Sein Oberkörper begann zu beben. Ich strich ihm über die Wange, dann beugte ich mich über ihn und presste meinen Mund auf seinen, als würde ich ihm damit wieder Leben einhauchen können. Seine Lippen glühten.

»Du darfst nicht sterben«, flüsterte ich und küsste ihn wieder und wieder. »Es ist mir egal, ob du mich magst oder hasst, aber ich möchte, dass du lebst. So zu sterben hast du nicht verdient, auch wenn du mir das Herz gebrochen hast.« Meine Lippen kribbelten, als würde eine Ameisenarmee darüberlaufen. Tränen tropften auf Cassians Wangen. Wütend wischte ich sie fort. Heulen half ja nichts. Die Vorstellung, dass ich ihn auf dem Gewissen haben würde, wenn sein Herz jetzt und hier aufhörte zu schlagen, verwandelte meinen Magen in einen Eisklumpen. Wenn ich auf ihn gehört hätte und zurückgegangen wäre, dann wäre das alles nicht passiert. Dann müsste er nicht sterben.

»Wenn du das hier überlebst, dann höre ich zukünftig auf alles, was du sagst. Ich werde nie wieder irgendjemanden mit meiner Dummheit in Gefahr bringen. Versprochen«, schniefte ich und tastete nach seinem Puls. Er flatterte noch ganz schwach an seinem Handgelenk. Kurz überlegte ich, die kleine Taschenlampe aus meinem Rucksack zu holen, aber dann wären wir eine noch leichtere Beute. Die Angst lähmte mich. Ich konnte mich nicht mehr bewegen, alles in mir verkrampfte sich, als meine Hand über den winzigen Pfeil glitt, der tief in Cassians Hals steckte. Vorsichtig zog ich daran, aber er bewegte sich kaum. Vielleicht wachte er auf, wenn ich den Pfeil entfernte. Hoffnung loderte in mir auf. Wieder zog ich, aber er rührte sich nicht. Wahrscheinlich saßen am anderen Ende Widerhaken. Bei dem Gedanken wurde mir übel. Ich würgte.

»Zieh den Pfeil heraus«, brüllte Quirin von der anderen Seite. Tatsächlich hatte ich den Troll einige Minuten völlig vergessen.

»Es geht nicht. Er steckt fest«, wimmerte ich.

»Zieh ihn raus. Sofort. Dann kannst du ihn vielleicht retten.« Die Panik in seiner quiekenden Stimme war nicht zu überhören.

Ich kniff die Augen zusammen, legte die Finger fest um das Pfeilende und zog, so kräftig ich konnte. Der Pfeil widersetzte sich, als hätte er einen eigenen Willen. Ich stützte mich mit der anderen Hand auf Cassian Brust, und die Kälte, die er ausströmte, erschreckte mich so, dass ich meine Kräfte verdoppelte. Endlich glitt der Pfeil aus seinem Hals. Dunkles, fast schwarzes Blut pulsierte aus der Wunde, lief seinen Hals hinunter und versickerte im Boden.

»Lass es bluten«, befahl Quirin, als ich hektisch in meinem Rucksack zu wühlen begann, um etwas zu finden, was die Blutung stillen konnte.

»Aber wenn er verblutet?«, schrie ich, als der Strom nicht aufhörte.

»Das Gift muss aus seinem Körper. Warte, bis das Blut heller wird.«

Ich fragte mich, weshalb Quirin wusste, welche eklige, teerige Farbe das Blut hatte, das in wellenartigen Stößen aus Cassians Hals sprudelte.

»Nimm seinen Kopf auf deinen Schoß und streiche das Blut aus. Wenn du etwas zu trinken hast, versuche, ihm etwas einzuflößen. Der Blutverlust schwächt ihn zu stark.«

Ich befolgte Quirins Anweisungen, so gut es ging. Zum Glück war es so dunkel, dass ich das Blut kaum noch sah. Unter meinen Fingern fühlte es sich merkwürdig glitschig an. Ich war so abgelenkt, dass ich das Flügelschlagen erst hörte, als es direkt über uns war. Das Kreischen riss mich aus meinen Bemühungen, Cassians Leben zu retten. Das Schlagen der Flügel dröhnte überlaut durch die Finsternis. Voller Panik blickte ich nach oben, aber ich konnte das Vieh nicht sehen. Am liebsten wäre ich davongesprintet.

»Komm da raus. Sofort!«, befahl Quirin. »Du kannst nichts mehr für ihn tun und bringst dich nur selbst in Gefahr. Der Mantikor wird dich töten und fressen.« Seine Stimme klang unwirklich ruhig.

»Ich kann Cassian nicht alleinlassen«, schrie ich. Das Grauen betäubte mich. Ich blendete alles außer Cassian aus. Ich würde ihn nicht zurücklassen. Auch wenn er sich wie ein Idiot benommen hatte, das hatte er nicht verdient. Bestimmt war der Mantikor stark genug, um ihn wegzuschleppen.

Das Untier kam näher. Der Boden unter mir bebte. Offensichtlich stampfte es den Weg entlang. Wenn es uns erreichte, dann war alles verloren. Es spielte mit mir. Es roch meine Angst. Wenn ich je heil hier herauskam, würde ich in meine Welt verschwinden und Elfen, Trolle und Monster ein für alle Mal vergessen. Aber viel wahrscheinlicher war, dass ich mein kümmerliches Leben gleich aushauchen würde.

Ein Krachen ertönte, dann vernahm ich Hufschläge. Ich starrte auf die Bäume unmittelbar vor mir. Mehrere Zentauren schälten sich aus der Dunkelheit. Die Fackeln, die sie in den Händen trugen, warfen gespenstische Lichter auf ihre Gesichter. Mit lautem Kampfgeheul rasten sie auf Cassian und mich zu. In vollem Galopp griff Perikles nach meinem Arm und warf mich auf seinen Rücken. Zwei andere Zentauren hievten Cassian hoch, und ich klammerte mich dankbar an Perikles fest. Die wenigen Meter bis zur Barriere überwanden wir in Sekundenschnelle und durchdrangen sie mit einem rasanten Sprung. Hinter der Barriere kamen wir abrupt zum Stehen. Ich spürte einen starken Luftzug. Perikles wandte sich um. Der Mantikor knallte auf der anderen Seite gegen die unsichtbare Wand. Ich atmete auf. Er kam nicht hindurch, egal, wie stark er gegen sie anflog. Trotzdem hatten die anderen Zentauren mit aufgerichteten Speeren direkt davor Stellung bezogen. Nach mehreren Versuchen gab der Mantikor auf und flog brüllend davon.

»Du hast echt ein Faible für eindrucksvolle Auftritte«, keuchte ich und sackte auf Perikles' Rücken zusammen. Ich zitterte unkontrolliert.

»Und du dafür, dich in Schwierigkeiten zu bringen.«

»Nur in eurer Welt«, log ich.

Perikles lachte leise. »Kannst du absteigen?«

Ich glitt von seinem Rücken und schlich zu den beiden Zentauren, die Cassian gerettet hatten. Perikles blieb dicht an meiner Seite. Meine Beine versagten genau in dem Moment ihren Dienst, in dem ich neben Cassian auf die Knie ging. Er war immer noch bewusstlos, auch wenn wieder Farbe in sein Gesicht zurückgekehrt war.

»Der Mantikor hat einen Pfeil auf ihn abgeschossen«, erklärte ich Perikles. »Ich habe ihn rausgezogen.«

Er nickte mit ernster Miene, aus der nichts abzulesen war. Weder Hoffnung noch Resignation. »Es war sehr mutig von dir, dass du bei ihm geblieben bist. Mutig und dumm. Er muss sofort zurück nach Leylin. Wir können ihm nicht helfen. Die Heiler der Elfen haben ein Gegengift, aber wenn er dies nicht rechtzeitig bekommt, wird er sich verwandeln.«

»Verwandeln? In was denn?«, fragte ich, obwohl ich die Antwort bereits ahnte.

»Der Mantikor erschafft andere Mantikore mithilfe seines Giftes. Da diese Viecher sich ständig selbst bekriegen, gibt es glücklicherweise fast immer nur einen von ihnen. Sie existieren nur, um zu töten, und sind ständig auf der Suche nach neuen Opfern, die sie verwandeln können, um ebenbürtige Gegner zu erschaffen. Dich hätte er allerdings maximal gefressen. Du bist eine Frau.«

»Das beruhigt mich ungemein. Ich weiß nicht, wie ich dir danken soll.«

»Das brauchst du nicht, ich wusste, dass der Elf dich nicht beschützen kann.«

»Er hätte fliehen können, aber er hat es nicht getan. Ohne ihn wäre ich eine leichte Beute für das Monster gewesen. Er hat sein Bestes gegeben«, verteidigte ich Cassian.

»Das ist manchmal nicht genug. Er hätte es gar nicht so weit kommen lassen dürfen.«

»Das war meine Entscheidung. Ich wollte nicht umkehren.«

Perikles seufzte. »Das habe ich mir fast gedacht.«

»Wenn er stirbt, dann bin ich schuld.« Tränen tropften auf meine Hände. »Ich würde mir das nie verzeihen.«

Perikles' Hand legte sich beruhigend auf meine Schulter. »Er wird es schon schaffen, er ist ein zäher Bursche.« Seine Worte klangen beinahe bewundernd.

Es wurde gleißend hell auf der Lichtung. Ein Elfentor materialisierte sich neben uns. Die Zentauren wurden unruhig, als Jade und Raven mit einer kleinen Schar Krieger heraustraten.

Jade stürzte zu ihrem Bruder. »Was ist passiert?«, keuchte sie und fuhr mit bebenden Händen über sein Gesicht. Sie hatte sich verändert. Sie war schmaler als früher, und ihre Klamotten waren nicht mehr so farbenfroh. Die Haare trug sie zu einem strengen Zopf gebunden, aus dem sich mehrere Strähnen gelöst hatten.

»Der Mantikor hat ihn angegriffen«, erwiderte Perikles an meiner statt und trat neben sie. »Eliza hat den Giftpfeil entfernt, das verschafft euch etwas Zeit.«

»Perikles hat uns gerettet«, setzte ich hinzu, weil die Krieger den Zentauren böse anstarrten.

Raven befahl, Cassian auf eine Trage zu legen. »Bringt ihn umgehend zu Kiovar ins Haus der Heiler. Er muss sich sofort um ihn kümmern.« Panik sprach aus ihrer Stimme.

Ich hielt Cassians Hand fest umklammert, auch wenn mir klar war, dass ich im Wege hockte. Aber irgendwie hängte ich mich an die unsinnige Hoffnung, dass er nicht sterben würde, solange ich ihn festhielt.

Raven stand die Sorge um Cassian ins Gesicht geschrieben. Eine Faust presste mein Herz zusammen. Ich wollte ihnen folgen, aber Raven hielt mich zurück. »Du darfst ihn nicht begleiten.«

»Aber ich muss doch wissen, ob er überlebt.« Sie konnte mich unmöglich in dieser Ungewissheit zurücklassen.

»Bitte«, flüsterte ich und erhob mich.

Raven musterte mich. »Es tut mir leid, aber es ist besser so, für uns alle.«

Jade löste meine Hand von Cassians. Sie würde mir die Schuld geben, wenn ihr Bruder stürbe.

Ohne ein Wort eilte sie den Kriegern hinterher.

Raven wandte sich an Perikles. »Das hättest du nicht tun müssen.«

»Ich habe es für Jade und Eliza getan«, erklärte er mit abweisendem Blick. Dann drehte er sich um und galoppierte mit seinem Gefolge zurück in den Wald.

Raven, Quirin und ich standen allein auf der Lichtung.

»Wird er sterben?«, fragte ich flüsternd.

»Das weiß ich nicht«, antwortete Raven. »Unsere Heiler werden tun, was möglich ist.«

Ich sackte in mich zusammen. »Er darf nicht sterben. Dann war alles umsonst.« Eine Faust krampfte sich um mein Herz, als ich daran dachte, in welcher Gefahr er immer noch schwebte. Mit dem Ärmel wischte ich wütend die Tränen weg, die unablässig über mein Gesicht strömten, denn meine Hände waren blutverschmiert.

Raven zuckte mit den Achseln. »Das hättet ihr euch vorher überlegen müssen«, erklärte sie mitleidlos. »Du kannst natürlich gern versuchen, das Rätsel zu lösen. Aber du weißt ja nicht einmal, ob du damit etwas anfangen kannst. Vibora ist eine hinterhältige Schlange. Es gibt keinen vernünftigen Grund, weshalb sie zu dir ehrlich gewesen sein sollte.«

Sie machte einen Schritt auf mich zu, als wollte sie mich trösten. Stoppte dann aber und befahl Quirin: »Du bringst Eliza nach Hause! Und es wäre besser, wenn du dich von den Menschen fernhältst.«

Der Troll griff nach meiner Hand. Dabei schimpfte er wie ein Rohrspatz. »Diese eingebildeten Elfen. Da hilft man ihnen und erntet nichts als Undank. Jemand müsste ihnen Manieren beibringen.«

Ich hatte weder die Kraft, ihm zuzustimmen, noch, ihm zu widersprechen. Ehe ich mich versah, standen wir auf meiner Lichtung. Der Dreck und das Blut waren von meiner Kleidung verschwunden, und ich hätte mir einbilden können, ich wäre nie fort gewesen, wenn mein Herz nicht so wehgetan hätte.

»Kommst du wieder?«, fragte ich ängstlich. »Gibst du mir Bescheid, wie es ihm geht?«

Quirin wich meinem Blick aus.

»Du darfst dir von den Elfen nichts vorschreiben lassen«, versuchte ich, ihn zu überzeugen.

»Es ist nicht sonderlich klug, aber wenn du darauf bestehst, dann werde ich wiederkommen.«

»Auch wenn das Schlimmste eintritt«, forderte ich und schlurfte die Treppe hinauf zum Haus. Glücklicherweise bemerkten weder Grandma noch Mum meine Rückkehr. Ich rollte mich auf meinem Bett zusammen und ließ meinem Kummer freien Lauf. Wenn Cassian starb oder sich verwandelte, war ich daran schuld. Wie sollte ich damit leben?

# 5. Kapitel

»Du bist zu spät«, quittierte Sky mein Auftauchen am nächsten Morgen in der Schule. Ich hatte den ganzen gestrigen Nachmittag und die Nacht durchgeschlafen, und trotzdem fühlte ich mich wie gerädert. Vermutlich lag das eher an meiner Angst um Cassian als an der körperlichen Anstrengung meines gestrigen Abenteuers.

»Wenn du wüsstest, wo ich war«, sagte ich nur und setzte mich auf meinen Platz. Während der gesamten Stunde musste ich mich krampfhaft bemühen, dass mir die Augen nicht zufielen.

Sky stupste mich an. »Nicht einschlafen. Miss Bennet guckt schon so böse.«

»Ich versuche ja, ihr zu folgen, aber ich bin müde, und ich habe Angst.«

»Lord Byrons Gedichte sind nun echt nichts, wovor man Angst haben müsste«, empörte sich Sky. »Was ist passiert?«, flüsterte sie dann besorgt.

»Das muss ich dir in Ruhe erzählen«, gähnte ich.

»Eliza, möchtest du gern ein bisschen an die frische Luft?«, fragte unsere Englischlehrerin in bissigem Tonfall. »Dein Desinteresse an meinem Unterricht ist mir etwas zu offenkundig.«

Ich raffte meine Sachen zusammen. »Sorry«, stammelte ich. »Meiner Mutter ging es letzte Nacht nicht so gut, ich musste mich um sie kümmern. Wadenwickel und so.«

Miss Bennet runzelte die Stirn, und Sky ließ stöhnend den Kopf auf den Tisch knallen, was ja eigentlich ein Eingeständnis meiner Schuld darstellte. Ich warf ihr einen bösen Blick zu.

»Ich trinke nur einen Kaffee, und dann bin ich wieder voll da.«

»Ich rufe deine Mutter an und frage, ob es ihr besser geht«, rief Miss Bennet mir hinterher. »Sie hat versprochen, mir morgen einen Kuchen zu backen.«

Ich nickte mit zusammengebissenen Zähnen. »Da freut sie sich bestimmt.« Dann lief ich aus dem Raum.

Aus der Cafeteria holte ich mir einen Latte macchiato und einen Cupcake mit Erdbeercreme und setzte mich anschließend vor der Schule auf eine Bank. Obwohl mein Magen knurrte, war er wie zugeschnürt. Lustlos knabberte ich an dem Kuchen herum.

Die Vorstellung, dass Cassian in Leylin mit dem Tode rang oder sich vielleicht in einen Mantikor verwandelte, war einfach zu schrecklich. Er hätte mich nicht retten müssen. Aber er hatte es getan. Ich würde ihn nie wiedersehen, wenn das Schrecklichste eintraf. Ich würde mich nie mit ihm aussprechen können, ihn nicht fragen können, weshalb er mich nicht wollte. Nach allem, was wir gemeinsam erlebt hatten, hätte ich das als Allerletztes vermutet. Andererseits verblasste diese Tatsache jetzt zur Bedeutungslosigkeit. Sollte er mich ruhig hassen, wenn er bloß überlebte. Es würde mir sogar recht sein, dass ich ihn nie wiedersah – wenn ich nur wüsste, dass es ihm gut ging. Sollte Opal ihn doch bekommen. Sie war immerhin ein kleineres Übel als der Tod.

Ich spürte das Gewicht der kleinen Phiole, die Kadir mir gegeben hatte, um meinen Hals. Weshalb hatte ich die Einhörner nicht zu Hilfe gerufen? Sie hätten uns bestimmt helfen können. Weshalb hatte ich mich nicht früher von Quirin losgerissen und war zu Cassian gelaufen? Weil ich ein Feigling war, weil ich nicht nachgedacht hatte, weil alles einfach viel zu schnell gegangen war. Fast meinte ich, wieder sein Blut an meinen Händen zu spüren.

Ich zog die Knie an und umschlang sie. Ich würde nicht weinen, das brachte sowieso nichts.

»Alles in Ordnung mit dir?« Frazer war neben mir aufgetaucht und musterte mich besorgt.

»Klar, alles bestens.« Ich wedelte mit den Armen. Dann heulte ich doch los.

Ohne etwas zu sagen, zog Frazer mich an sich. Erst als es klingelte, befreite ich mich aus seiner Umarmung und wischte mir die Tränen aus dem Gesicht. »Danke schön«, sagte ich leise und zupfte an seinem T-Shirt, das nasse Flecken aufwies. »Das wollte ich nicht.«

»Ist nicht schlimm. Das trocknet wieder. Du kannst dich jederzeit wieder bei mir ausheulen.«

»Ich werde mich bemühen, dass es nicht allzu oft vorkommt.«

Sky kam auf uns zugelaufen. »Was hast du mit ihr angestellt?«, fuhr sie Frazer an.

»Nichts«, erklärte er. »Ich habe mich nur um sie gekümmert.«

»Sie hat geweint«, stellte Sky anklagend fest.

»Er hat mich getröstet. Lass ihn in Ruhe.«

Sky warf Frazer einen vernichtenden Blick zu, und der zog es vor, zu verschwinden.

»Du siehst aus, als wäre eine Handgranate auf deinem Kopf explodiert, und dein Gesicht ist knallrot. Vielleicht solltest du lieber nach Hause fahren.«

»Und da Trübsal blasen?«

»Was ist denn eigentlich passiert?«

»Nichts Besonderes, wenn man davon absieht, dass ich im Ewigen Wald war und von Zentauren eingefangen wurde. Dann hat mich eine Frau mit einer Vorliebe für Schlangen unter Drogen gesetzt und mir wirres Zeug eingeflüstert. Cassian hat mir eröffnet, dass ich eine leichtgläubige Kuh bin. Zu guter Letzt wurde ich von einem geflügelten Löwen angegriffen. Und weil Cassian mich davor beschützen wollte, wurde er vergiftet. Ich weiß nicht mal, ob er noch lebt.« Wieder stiegen mir Tränen in die Augen.

»Und das alles in einer Nacht? Respekt!«, sagte Sky trocken.

Ich begann zu lachen. Kichernd fiel sie ein, und als ich mich wieder beruhigt hatte, ging es mir ein bisschen besser.

»Also, wie ist dein Plan?«, fragte sie dann.

»Mein Plan ist, dass ich keine Pläne mehr mache. Jedenfalls nicht in Bezug auf Elfen.«

»Das ist ein sehr guter Plan. Willst du mir trotzdem noch erzählen, was Cassian gesagt hat?«

»Er hat mir eröffnet, dass er den Stein in meine Hosentasche gesteckt hat, damit ich nicht zurückkomme.«

»So ein hinterhältiger …« Sky schnappte nach Luft. »Das hat er dir wirklich gestanden?«

Ich nickte. »Und das war nicht gelogen.«

»Warum hast du ihn nicht abgemurkst?«

»Leider hatte ich nichts dabei, was hart genug war, um ihm den Schädel zu spalten. Hätte ich es bloß getan, dann hätte dieses Vieh ihn nicht gekriegt«, schluchzte ich. »Was soll ich bloß tun?«

»Du solltest dir einen netten Jungen suchen, der dich tröstet.«

»Super Idee, aber ich will keinen netten Jungen. Nett klingt langweilig.«

»Ein netter Junge würde dir nicht wehtun.«

»Da hast du auch wiederum recht.«

»Was ist mit Frazer?«, fragte Sky vorsichtig.

Ich raufte mir die Haare. »Erstens ist Frazer bis über beide Ohren in dich verliebt.« Sie wollte mich unterbrechen, aber ich ließ sie nicht zu Wort kommen. »Zweitens ist er mittlerweile mein zweitbester Freund, und drittens wird es Zeit, dass du dir endlich eingestehst, dass du ihn auch magst.«

»Ich denke noch drüber nach.«

»Das ist doch schon ein Fortschritt.« Ich sprang auf. »Entschuldigst du mich bei Miss Bennet? Ich fahre nach Hause. Ich bin heute nicht aufnahmefähig.«

»Du wirst zwar Ärger bekommen, aber klar. Mache ich.«

»Du bist ein Schatz.«

»Kommst du nachher zu mir? Ich muss dir noch was erzählen.«

»Es ist Dienstag. Ich spiele heute im Café«, erinnerte Sky mich.

»Stimmt, dann bis später.«

»Stopf nicht so«, ermahnte mich meine Mutter.

»Ich brauche heute eine Überdosis Kohlenhydrate. Ich bin deprimiert.« Ich streute noch eine dicke Schicht Zimt und Zucker auf den Milchreis.

»Verrätst du mir auch, weshalb?«

Mist. Wie hatte mir das rausrutschen können? Mum durfte auf keinen Fall erfahren, weshalb ich seit gestern Abend fast nonstop heulte. Obwohl das wahrscheinlich der Grund gewesen war, weshalb sie diese Köstlichkeit gekocht hatte.

Der Zucker hatte es tatsächlich geschafft, mich meinen Kummer für eine Sekunde vergessen zu lassen. Nachdem meine erste Gier gestillt war, erinnerte mich der verlockende Duft an meinen ersten Ausflug nach Leylin. Mit eben diesem Geruch hatte Larimar mich durch das Elfentor gelockt, und ich war Cassian begegnet. Meinem schönen, aber arroganten Elfen ohne Herz. Ich würgte den Milchreis herunter, den ich mir gerade in den Mund geschoben hatte, und legte den Löffel weg.

Verwundert registrierte meine Mutter den noch halb vollen Teller. »Du kamst mir in der letzten Zeit nicht besonders glücklich vor, da dachte ich, ich tue dir mal etwas Gutes.«

»Das hast du bemerkt?«

Meine Mutter lehnte am Küchentresen und ließ mich nicht aus den Augen. »Du bist meine Tochter, natürlich spüre ich, wenn es dir nicht gut geht.«

»Ich habe versucht, es mir nicht anmerken zu lassen.«

»Ist es ein Junge?«

»Ist es in meinem Alter nicht immer ein Junge?«

»Kenne ich ihn?«

Ich stocherte wieder in meinem Essen und hoffte, sie würde aufhören nachzubohren.

»Du willst nicht darüber reden. Stimmt's?«

»Am liebsten will ich ihn vergessen.«

»Das wirst du auch.«

»Er ist ziemlich besonders.«

Meine Mutter grinste. »Das sind andere auch. Das wirst du sehen, wenn du dich das nächste Mal verliebst.«

»Hast du dich vor Dad denn oft verliebt?«, fragte ich schockiert.

»Na, hör mal. Ich war neunzehn, als wir uns kennenlernten. Natürlich bin ich davor auch schon mal verliebt gewesen.«

Sonnenlicht flirrte durch die Fenster zur Küche herein und umspielte die roten Haare und das zarte Gesicht meiner Mutter. Bestimmt hatte sie in der Schule unzählige Verehrer gehabt. Einige der Jungs, die seit Ewigkeiten erwachsen waren, kamen heute noch ins Café und scharwenzelten um sie herum, wie Großmutter es nannte. Manche brachten ihr sogar Blumen mit, was ausgesprochen lächerlich war, da Mum im Café die schönsten Blumen ja selbst verkaufte. Männer konnten so einfallslos sein. Blumen waren das Letzte, was wir brauchten. Sie hätten sich eher mit kleineren Reparaturen nützlich machen können. Die Pumpe am Brunnen tropfte, und unser Rasenmäher hatte seinen Geist aufgegeben. Einige der Caféstühle konnten auch einen neuen Anstrich vertragen und so weiter. Doch Mum wollte den Männern nichts schuldig bleiben. Für sie waren es einfach nur alte Schulfreunde. Ich wette, sie würden sich überschlagen bei dem Versuch, ihr behilflich zu sein. Aber im Grunde ging es mich ja nichts an.

»Ich hoffe, du hast recht. Es gibt bestimmt noch andere Jungs. Ich werde mal Ausschau halten.« Ich warf einen Blick auf meinen Teller, aber meine Kehle war wie zugeschnürt. »Das war superlecker«, versuchte ich mich an einem Dankeschön. »Du solltest öfter Milchreis machen. Milch ist doch gesund.«

Mum lachte. »Ja, ohne Zucker und Zimt.«

»Igitt.« Lachend rannte ich aus der Küche.

Die Klavierklänge hallten bis in mein Zimmer. Sky spielte wie immer wunderschön. Gerade trug sie den Gästen den Ungarischen Tanz Nr. 5 von Brahms vor. Eines meiner absoluten Lieblingsstücke. Die meisten Gäste kamen dienstags sowieso hauptsächlich wegen Skys Spiel und nicht wegen Mums Kuchen. Ich hatte gerade eine kurze Pause, und Mum hatte Fynn dazu verdonnert, in der nächsten Stunde auszuhelfen. Ich lümmelte auf meinem Bett und versuchte mich an meinem Biologiereferat. Sky hatte mir den Entwurf mitgebracht. Ich musste nur noch die Feinarbeit leisten. Aber anstatt mir über mysteriöse Stofftransporte Gedanken zu machen, wanderten meine Gedanken immer wieder zu Cassian. Ob es ihm besser ging? Ob er sich verwandelt hatte? Was würden die Elfen mit ihm tun? Hatten sie eine andere Wahl, als ihn zu töten? Bei dem bloßen Gedanken wurde mir ganz schlecht.

Ein Klopfen ließ mich hochschrecken. Es kam nicht von der Tür. Socke fauchte und verkrümelte sich unter mein Bett. »Feigling«, murmelte ich und ging zum Fenster. Ich zog die Vorhänge beiseite, und sofort wurde es hell im Raum, was meine Unordnung offenbarte. Ich sollte wirklich mal wieder aufräumen. Nicht auszudenken, wenn sich mal ein Besucher zwischen die schmutzigen T-Shirts und angeknabberten Äpfel verirrte. Fast erwartete ich, eine Taube auf dem Fensterbrett zu sehen, die mich mit einem Blick zu Staub zerfallen ließ, aber es war nur Quirin, der sich an das Sims klammerte.

»Wurde ja auch Zeit«, murrte er. »Beinah wäre ich runtergefallen.«

»Warum kletterst du auch da draußen rum?«

»Ich kann ja schlecht durch euer Haus laufen. Deine Mutter würde vor Schreck umfallen.«

»Stimmt auch wieder.«

»Warum bist du nicht zur Lichtung gekommen?«

Ich zuckte mit den Schultern. »Ich dachte nicht, dass du wiederkommst. Wie geht es Cassian?«, stellte ich meine vordringlichste Frage. »Lebt er? Hat er Schmerzen? Hat er sich verwandelt?« In Erwartung einer Antwort hielt ich die Luft an.

»Es geht ihm gut«, erklärte Quirin langsam. »Du kannst dich entspannen.«

»Ehrlich?«, fragte ich skeptisch, atmete aber erleichtert aus. »Er ist wieder aufgewacht? Er hat sich nicht in ein Monster verwandelt?«

»Hat er nicht. Er ist noch sehr schwach, aber offensichtlich hat nicht nur er dein Leben gerettet, sondern du auch seins. Wenn du den Pfeil nicht herausgezogen hättest, wäre er mausetot oder ein Monster.«

Ich winkte ab. »Du hättest das auch getan, und ohne deine Hilfe hätte ich gar nicht gewusst, was ich tun muss.«

Quirin starrte auf seine Hände. »Ich hätte das niemals gekonnt«, erklärte er nach einer Weile.

»Wieso nicht?« Verständnislos sah ich ihn an.

»Ich kann kein Blut sehen«, gestand er. »Aber sag es bloß nicht weiter. Ich wäre sofort in Ohnmacht gefallen, und dann hätte der Mantikor mich noch verspeist.«

Vor lauter Erleichterung begann ich zu kichern. »Ich nehme an, normalerweise haben Trolle kein Problem mit Blut«, gluckste ich.

»Nein«, bestätigte Quirin. Sein Geständnis war ihm offenbar furchtbar peinlich. »Viele meiner Artgenossen sind sogar ausgesprochen blutrünstig. Ich bin eher ein Außenseiter.«

»Für mich bist du etwas ganz Besonderes«, versuchte ich ihn aufzumuntern. »Du bist ein echter Freund.«

»Weil ich dir die frohe Botschaft überbracht habe, dass dein eingebildeter Elf weiterhin auf deinen Gefühlen herumtrampeln kann, oder weil du mich magst, so wie ich bin?«

Ich tat so, als würde ich kurz überlegen. »Ich schätze, weil ich dich genau so mag, wie du bist«, erlöste ich ihn dann.

»Schön. Wo wir das geklärt haben, könntest du mir vielleicht ein Stück Kuchen anbieten? Es riecht so lecker nach Rhabarberkuchen.«

»Kein Problem. Ich bin gleich zurück. Du rührst dich nicht von der Stelle.«

»Ein Kakao wäre auch nicht schlecht«, rief er mir hinterher.

Zwei Minuten später kam ich mit einem riesigen Stück noch warmem Kuchen und Kakao zurück. »Mit besten Grüßen von meiner Grandma. Ich habe ihr gesagt, dass du auf sie stehst, und prompt hat sie dir das größte Stück aufgetan.«

Quirin lächelte verlegen und wurde fast ein bisschen rot. »Sie ist die Einzige in diesem Haus, die den Durchblick hat. Das gefällt mir.«

»Das hast du schon mal gesagt, obwohl ich gern betonen möchte, dass ich die Einzige in diesem Haus bin, die schon mal in deiner Welt war. Also habe streng genommen nur ich den Durchblick.«

»Ich meine das bei deiner Grandma auf einer anderen Ebene. Sie ist ein Medium.«

»Wenn du meinst.«

Quirin hatte es sich in meiner zerwühlten Blümchenbettwäsche gemütlich gemacht und schmatzte genüsslich.

»Also, was ist passiert, nachdem ihr zurückgegangen seid. Durftest du mit nach Leylin?«

»Selbstverständlich. Ich habe die ganze Nacht vor der Krankenstation gehockt und auf Jade gewartet. Sie ist Cassian nicht von der Seite gewichen, bis er über den Berg war. Und Opal leider auch nicht.«

Eifersucht kroch mir wie bittere Galle die Speiseröhre herauf.

»Es war ziemlich knapp, aber offensichtlich konnten die Heiler ihn retten und die Verwandlung stoppen«, erzählte Quirin ungerührt weiter.

»Dann ist alles wieder gut?« Ich wusste noch nicht, ob ich erleichtert oder wütend sein sollte.

»So gut, wie es unter den gegebenen Umständen sein kann.«

»Was meinst du damit?«

»Larimar wird wohl erfahren, dass du mit Cassian im Ewigen Wald warst, und sie wird sich fragen, was ihr dort wolltet.«

»Mist.« Das hatte ich in der Aufregung völlig vergessen.

»Irgendwer wird es ihr verraten. Einer der Krieger, der Cassian zur Krankenstation gebracht hat, Opal oder der oberste Heiler Kiovar.«

»Hat Raven keine Idee? Irgendeine Ausrede?«

Quirin zuckte mit den Schultern. »Sie ist stinksauer auf euch.«

»Bestimmt hat sie dir verboten herzukommen, oder?«

»Denkst du, ich lasse mir von einer Elfe etwas verbieten?«

Ich krauste die Stirn. »Hat Jade dich wieder bekniet?«

Quirin zuckte mit den Schultern und schmatzte ungeniert. »Was wäre, wenn?«

»Sie soll bloß vorsichtig sein. Raven hat recht: Wenn Larimar herausfindet, dass die ganze Idee auf Jades Mist gewachsen ist, möchte ich nicht in ihrer Haut stecken.«

»Wird Cassian bleibende Schäden davontragen durch das Gift?«, wechselte ich das Thema. Cassian interessierte mich gerade deutlich mehr als Ravens und Jades Probleme. Damit war ich weiß Gott schon genug beschäftigt gewesen.

»Er wird wieder dein strahlender Held sein.« Quirin zwinkerte belustigt.

Ich verschränkte die Arme vor der Brust. »Sehr lustig. Ich habe Todesängste ausgestanden. Was hatte er überhaupt im Wald zu suchen? Er wusste doch eigentlich von nichts.«

»Du wolltest bei Anbruch der Nacht zurück sein, schon vergessen? Ich war in Sorge und hab dich schon tot und angefressen zwischen den Bäumen liegen sehen. Da bin ich zurück zu Jade, und gerade als wir einen Plan zu deiner Rettung geschmiedet haben, ist Cassian aufgetaucht. Als er gehört hat, was wir angestellt haben, hat er geschäumt vor Wut. Ich dachte, er reißt uns beiden den Kopf ab. So zornig habe ich ihn noch nie gesehen, und im Grunde war er in den letzten Monaten ständig wütend und ungenießbar gewesen. Er ist am Morgen sofort losgestürmt. Ich werde ihm wohl besser in den nächsten Wochen nicht über den Weg laufen. Ich hänge an meinem Leben.«

»Stopp mal! Er war in den letzten Monaten ständig wütend, und er ist sofort zu meiner Rettung losgestürmt?«, hakte ich nach. Ein warmes Gefühl breitete sich in meiner Brust aus, das auch nicht erlosch, als Quirin die Augen verdrehte.

»Rede dir bloß nicht ein, dass er dich heimlich abgöttisch liebt und sein Leben für dich geben würde. VERGISS DAS!«, befahl er mit strenger Stimme. »Er ist ein Elf, und Elfen denken von Natur aus bloß an sich. Am liebsten würde ich dir das an die Stirn nageln, damit du es auch endlich begreifst.«

»Ist ja schon gut«, murmelte ich. »Man wird ja wohl noch träumen dürfen.«

Quirin legte seine haarige Hand auf meine. »Je früher du damit aufhörst, umso besser.«

»Wahrscheinlich konnte er es gar nicht abwarten, meine Leiche zu finden und zu verbuddeln. Muss eine ziemliche Enttäuschung gewesen sein, dass ich noch am Leben war.« Ich verzog das Gesicht zu einer Grimasse.

»Hat er dir gesagt, wer dir den Opal zugesteckt hat? Hat er überhaupt mit dir gesprochen?«

»Du weißt es wirklich nicht, oder?« Ich forschte in Quirins Gesicht nach der Wahrheit. Konnte ich wenigstes ihm trauen? »Der Blödmann wollte mich nie wirklich«, gestand ich leise. »Du hattest von Anfang an recht.«

»Normalerweise würde ich mich geschmeichelt fühlen, aber diesmal hatte ich gehofft, ich hätte falschgelegen.« Quirin musterte mich aufmerksam.

»Er hat mir den Opal in die Hosentasche gesteckt.«

Quirins Augen weiteten sich unmerklich. »Das hat er dir gestanden?«

Ich nickte. »Deutlicher konnte er mir kaum eine Abfuhr erteilen.«

»In seiner Haut möchte ich wirklich nicht stecken«, sagte Quirin mehr zu sich selbst als zu mir.

Ich setzte mich auf. »Wieso in seiner? Ich bin es doch, die hinters Licht geführt wurde. Wie konnte er nur so grausam sein? Ich dachte, wir wären Freunde. Auch ohne den Kuss. Ich dachte, er mag mich.«

»Ich habe dir von Anfang an gesagt, dass Cassian nicht bereit ist, sein Schicksal anzunehmen. Er würde alles und jeden opfern, nur um sein Augenlicht wiederzubekommen. So leid es mir tut, aber das ist die Wahrheit.«

Ich atmete tief durch. »Auch Jade?«

»Das kannst du nicht vergleichen. Sie ist seine Schwester, du bist nur ein Mensch.«

»Nur ein Mensch«, wiederholte ich traurig und lächelte dann. »Ich wusste, dass mir das eines Tages auf die Füße fällt.«

Quirin blickte mich treuherzig an. »Du hast immer noch mich.«

In diesem Augenblick flog die Zimmertür auf, und wir fuhren auseinander. Sky stand mit aufgerissenen Augen in der Tür und starrte uns an – besser gesagt, Quirin.

Ich sprang auf und zog sie ins Zimmer. »Ganz ruhig weiteratmen. Das ist Quirin. Ich habe dir von ihm erzählt.«

»Der Troll«, flüsterte Sky.

»Ganz genau.«

»Ich wusste gar nicht, dass Trolle Rhabarberkuchen essen.« Sie schielte auf die Krümel, die auf dem Teller lagen, der neben Quirin stand.

»Das ist sogar mein Lieblingskuchen. Meine Mutter hat ihn genauso gebacken.« Er leckte sich über die wulstigen Lippen.

»Trolle haben Mütter?«

Quirin sah Sky an, als hätte sie den Verstand verloren, und auch ich war einen Moment irritiert über meine normalerweise so schlaue Freundin.

»Denkst du, uns bringt der Klapperstorch?«, fragte Quirin.

Sky schüttelte sich. »Nein, Entschuldigung. Das war dumm von mir.« Sie reichte Quirin die Hand. »Ich bin sehr erfreut, dich kennenzulernen. Ich habe schon viel von dir gehört. Mein Name ist Sky.«

Quirin nahm ihre Hand und strahlte sie an. »Es freut mich auch, und ich hoffe, Eliza hat nur Gutes von mir erzählt. Du bist erstaunlich höflich, im Gegensatz zu ihr.«

»Ähm.« Ich versuchte, mich zu erinnern.

»Natürlich«, half Sky mir mal wieder aus der Patsche. »Ohne dich hätte sie gegen diesen eingebildeten Elfen keine Chance gehabt.«

Quirins Brust schwoll sichtbar an. »Man tut, was man kann.«

Dann wandte Sky sich an mich. »Erzählst du mir mal, was tatsächlich passiert ist? Ich dachte, wir hätten diese Elfengeschichte hinter uns gelassen.«

»Haben wir auch.«

Quirin hüstelte. »Noch nicht ganz. Wir müssen über das Rätsel sprechen. Vielleicht können Jade und ich das Rätsel lösen.«

»Ein Rätsel?« Damit hatte er Skys ganze Aufmerksamkeit.

»Ich konnte nichts damit anfangen«, erklärte ich.

»Sag schon«, forderte Sky und hing gebannt an meinen Lippen. Ich wischte einen Stapel Blätter von meinem Schreibtischstuhl und setzte mich. Sky ließ sich neben Quirin nieder. Sorgfältig schrieb ich die Worte, die Vibora mir eingeflüstert hatte, auf ein Blatt Papier und reichte es dann Sky.

Sie war gestern da und morgen,
verschlingt alle deine Sorgen.
Sie eilt, und sie ist unsichtbar,
nicht alle Träume werden wahr.
Niemand vermag es, sie zu halten,
nichts bleibt ewiglich beim Alten.
Erfüllen kann sie deine Gier,
aber hüte dich vor ihr.

Sky las die Zeilen mehrmals durch, während Quirin über ihre Schulter lugte. Dann guckte sie mich skeptisch an. »Das ist alles?«

Ich nickte.

»Und sie hat sonst nichts gesagt?«

»Sie hat mich gefragt, was ich von ihr möchte, und dann hat sie noch gesagt, dass noch nie ein Mensch bei ihr war.«

»Was genau war denn deine Frage?« Skys Gehirn ratterte schon wieder auf Hochtouren.

»Ich habe so einen peinlichen Reim aufgesagt. Frag mich bitte nicht, wie der in meinen Kopf kam.«

Abwartend sah Sky mich an.

»Möchtest du ihn hören?«

»Ja klar.« Sie wedelte auffordernd mit den Händen.

»Mir bleibt auch nichts erspart«, stöhnte ich. »Elisien ist verschwunden, drum sag mir unumwunden, wie sie jemals wieder gefunden. Denn ihre Tochter Jade, die findet es ganz schade.«

Fassungslos sah Sky mich an. »Ist das dein Ernst?«

»Ich sage doch, dass ich nicht weiß, woher die Worte kamen. Die hatten Schnaps in das Glibberzeug gekippt oder etwas Ähnliches.«

»Aber diese Antwort ergibt zu dieser Frage gar keinen Sinn.«

Quirin und ich blickten sie erleichtert an. Offenbar hatte sie wenigstens irgendwas kapiert.

»Dieser ganze Spruch ergibt keinen Sinn. Ich dachte, sie sagt mir einen Ort oder ob Elisien überhaupt noch am Leben ist. Sie war gestern da und morgen könnte ja darauf hindeuten, dass Elisien noch am Leben ist und irgendwann wieder auftaucht«, erläuterte ich knapp die Überlegungen, die ich in den letzten Tagen angestellt hatte.

»Stimmt«, sagte Quirin einsilbig.

»Dazu passt aber der Rest nicht«, wandte Sky ein.

»Aber verschlingt alle deine Sorgen könnte bedeuten, dass sie wieder auftaucht und alles gut wird.«

»Was – wird wieder gut?«, fragte Sky. »Dieser Spruch ist doch eigentlich für Jade gedacht, wenn ich das richtig verstehe, oder nicht?«

Ich zuckte mit den Schultern. Darüber hatte ich nicht nachgedacht. »Jetzt, wo du es sagst. Das kann natürlich sein.«

»Also gehen wir mal davon aus und versuchen, System in die Sache zu bringen.« Sky griff sich ein zweites Blatt aus meinem Drucker, und ich überließ ihr den Platz an meinem zugemüllten Schreibtisch. »Du musst echt mal aufräumen.«

»Am Wochenende«, versprach ich.

»Wer's glaubt … Sag den Spruch noch mal!«

Während ich den Spruch aufsagte, notierte Sky den Text auf dem Blatt. Danach quetschte sie ihre Überlegungen mit einem roten Stift zwischen die Zeilen.

Sie war gestern da und morgen,

Das könnte bedeuten, dass Elisien wieder auftaucht.

verschlingt alle deine Sorgen.

Wenn sie wiederkommt, dann löst sich das Problem mit Larimar.

Sie eilt, und sie ist unsichtbar,

?

nicht alle Träume werden wahr.

Offenbar gibt es etwas, von dem Jade gern will, dass es in Erfüllung geht, das wird aber nicht passieren.

Niemand vermag es, sie zu halten,

Verschwindet sie wieder?

nichts bleibt ewiglich beim Alten.

Etwas verändert sich dauerhaft.

Erfüllen kann sie deine Gier,

Was will Jade?

aber hüte dich vor ihr.

Hüte dich vor dem Zeitpunkt, an dem deine Wünsche in Erfüllung gehen?

Ich hatte mich über sie gebeugt und verfolgte aufmerksam ihre Überlegungen. Nicht zum ersten Mal fragte ich mich, wie Sky es schaffte, so strukturiert an ein Problem heranzugehen. Ich sah meist den Wald vor Bäumen nicht.

Sky drehte sich zu uns um und las vor, was sie notiert hatte.

»Dann bedeutet es, dass Elisien noch lebt?«, fragte Quirin.

»Das würde ich so interpretieren.«

»Warum hat Vibora uns dann keinen Hinweis gegeben, wo sie ist?«, fragte ich.

»Vielleicht weiß sie das auch nicht«, vermutete Sky.

»Noch mal gehe ich da nicht hin«, erklärte ich sofort.

»Es kann vielleicht noch etwas anderes bedeuten«, beschwichtigte Quirin mich.

»Vielleicht, aber was anderes fällt mir gerade nicht ein«, sagte Sky. »Obwohl, wenn ich länger darüber nachdenke …«

»Was könnte der Wunsch sein, von dem Jade unbedingt will, dass er in Erfüllung geht?«, wandte ich mich an Quirin.

Der Troll wiegte den Kopf. »Sie will jedenfalls nicht, dass Larimar Königin wird. Sie will auf keinen Fall Rubin heiraten, obwohl Larimar das nur zu gern sehen würde.«

»Wie bitte?«, hakte ich schockiert nach.

»Das ist doch nur logisch«, mischte sich Sky ein. »Sie gehören beide zur ersten Familie. Es wundert mich nicht, dass Larimar diese Verbindung anstrebt.«

»Hast du sie noch alle? Jade und Rubin?«

Sky zuckte mit den Schultern. »Ich sage doch nur, dass ich Larimars Denkweise nachvollziehen kann.«

»Das ist ganz super. Erst verkuppelt sie Cassian und Opal und nun Rubin und Jade. Sah Jade deshalb so geknickt aus?«, wandte ich mich empört an Quirin.

»Das wird wohl einer der Gründe sein«, antwortete er.

Er verschwieg mir etwas.

»Was?«, fuhr ich ihn an. Ich war so wütend. Wie konnte diese blöde Kuh es wagen, sich derart in das Privatleben anderer Leute einzumischen?

»Reg dich nicht auf«, versuchte Sky, mich zu beruhigen. »Immerhin scheint Cassian ja nicht ganz abgeneigt zu sein, eine Verbindung mit Opal einzugehen.«

Ich ballte die Hände zu Fäusten, musste aber leider zugeben, dass sie recht hatte. So große Überwindung kostete ihn das nicht. Aber wie sah es mit Jade aus? »Rubin ist doch immer noch verschwunden, oder?«

»Er ist bisher nicht wieder aufgetaucht«, bestätigte der Troll. »Ich glaube, ich weiß, was Jade sich wünscht, und zwar mehr als alles andere.«

Sky und ich sahen ihn gespannt an.

»Sie ist seit ihrer Kindheit sehr eng mit Perikles befreundet. Die beiden hingen zusammen wie Pech und Schwefel, und dann hat Larimar den Kontakt verboten. Hast du gesehen, wie sie ihn angeschaut hat? Wie ein verwundetes Tier.«

»Entschuldige, dass mir das nicht aufgefallen ist«, blaffte ich. »Ich war ein bisschen abgelenkt, weil Cassian gerade fast gestorben wäre.«

Quirin verdrehte die Augen. »Sie vermisst Perikles, und ich könnte schwören, was die beiden verbindet, ist mehr als eine Kinderfreundschaft. Deshalb hasst Perikles die Elfen.«

»Jade und Perikles?«, fragte ich. »Er ist ein Zentaur. Wie soll so eine Beziehung funktionieren?«

»So wie jede Beziehung, schätze ich«, sagte Quirin.

»Er sieht schon sehr gut aus«, sagte ich mehr zu mir selbst. Sky begann zu lachen. »Du bist manchmal so oberflächlich.«

»Was denn? Okay, er war auch nett und nur ein bisschen unhöflich.«

»Kein Vergleich zu deinem Elfen, oder?«

»Cassian ist nicht mein Elf«, protestierte ich.

Sky grinste. »Mal sehen, wie lange du das noch behauptest.«

»Trotzdem hat Perikles ihn gerettet«, lenkte ich ab.

»Das hat er für Jade getan. Er weiß, dass sie ihren Bruder sehr liebt. Wenn ihm etwas zustößt, dann gibt es in Leylin niemanden mehr, der Jade vor Larimars Willkür bewahrt.« Quirin schwieg kurz. »Wenn Elisien nicht bald auftaucht, wird Larimar sich krönen lassen und Jade zwingen, Rubin zu heiraten.«

»Dann sollten wir hoffen, dass Rubin noch eine Weile verschwunden bleibt«, sagte Sky trocken.

Quirin stand auf. »Es hat mich gefreut, deine Bekanntschaft zu machen. Ich werde Jade einen Besuch abstatten und ihr berichten, was du herausgefunden hast«, sagte er zu Sky.

Ich zog die Augenbrauen zusammen. Da engagierte ich mich ein Mal und machte die ganze Arbeit, und trotzdem heimste Sky die Lorbeeren dafür ein.

»Eliza und ich sind ein unschlagbares Team«, entgegnete Sky.

Sie war einfach die beste Freundin, die man sich wünschen konnte. Eigentlich hatte ich sie gar nicht verdient.

»Sehe ich dich wieder?«, fragte ich Quirin zum Abschied. »Eine besonders große Hilfe war ich ja nicht.«

»Aber natürlich warst du das«, versicherte er mir. »Es war allerdings nicht richtig von uns, dich einer so großen Gefahr auszusetzen.«

»Nicht der Rede wert«, winkte ich großmütig ab.

Sky sprang auf. »Mist, ich muss ja weiterspielen. Mach's gut, Quirin.« Wie ein Blitz war sie verschwunden.

Als ich mich zu dem kleinen Troll umwandte, war er bereits fort. Mein Fenster stand offen, und Skys Notizzettel war verschwunden.

# 6. Kapitel

»Eliza? Bist du wach?«

Träumte ich, oder hörte ich tatsächlich Skys Stimme aus meinem Handy? Schlaftrunken rieb ich mir die Augen.

»Wohl kaum«, stöhnte ich. »Es ist mitten in der Nacht, da schlafe ich für gewöhnlich.«

»Ich auch, aber mir ist gerade etwas eingefallen.«

»Dir fällt ständig etwas ein. Hätte das nicht bis nachher Zeit gehabt?« Ein Blick auf die Uhr sagte mir, dass es halb drei war.

»Ich kann aber nicht mehr schlafen. Und ich glaube, es ist wichtig. Außerdem hättest du ja nicht rangehen müssen.«

»Das war ein Reflex«, murmelte ich mit geschlossenen Augen.

»Bist du auch halbwegs wach? Sonst kannst du mir vielleicht nicht folgen.«

»Jetzt ja.«

»Okay. Ich glaube, wir waren auf dem falschen Dampfer. Es ist viel einfacher, als wir gedacht haben.«

»Das beruhigt mich irgendwie.« Ich gähnte.

»Du erinnerst dich bestimmt an die Rätsel, die wir als Kinder in der Schule lösen mussten.«

»Nö. Gerade nicht. War ich bestimmt nicht clever genug für.«

»Hat ein weißes Röckchen an, freut sich, dass es fliegen kann. Fängst du es mit den Händen ein, wird es bald geschmolzen sein«, rezitierte Sky.

»Ist das dein Ernst?«

»Denk doch mal nach. Es ist nicht besonders schwer.«

»Hat ein weißes Röckchen an«, überlegte ich laut. »Freut sich, dass es fliegen kann.«

»Fängst du es mit den Händen ein, wird es bald geschmolzen sein«, überholte Skys Stimme mich. »Was ist das?«

»Eine Schneeflocke?«, fragte ich vorsichtig.

»Der Kandidat erhält hundert Punkte.« Als Nächstes fragte sie: »Welcher Stuhl hat keine Beine?«

»Keine Ahnung, Sky, was soll das? Mein Gehirn ist echt nicht wach genug für Rätselspiele.«

»Der Spruch, den diese Vibora dir eingeflüstert hat, das ist so ein Rätsel. Ich glaube, dass die einzelnen Zeilen nichts mit Elisien zu tun haben. Jedenfalls nicht direkt. Wir müssen auf ein Lösungswort kommen, und das ist dann der Hinweis.«

Jetzt war ich schon deutlich wacher. »Warum bin ich da nicht draufgekommen?«

»Weil du hauptsächlich damit beschäftigt bist, sauer auf Cassian zu sein oder dir Sorgen um ihn zu machen.«

»Zu Recht! Und ich frage mich, ob ich ihm überhaupt helfen will.«

»Du hilfst ja nicht ihm, sondern Jade.«

»Stimmt. Ich will auf keinen Fall, dass sie Rubin heiraten muss. Er ist zwar ganz nett, aber sie sollte das selbst entscheiden.«

»Genau.«

»Wie lautet denn das Lösungswort?«

»Das weiß ich nicht.«

»Aber eine Idee hast du schon.«

»Ich glaube, das Lösungswort ist Zukunft.«

»Zukunft?«

»Ja, oder Liebe oder Hoffnung. Irgendetwas in der Richtung.«

Ich ließ den Spruch vor meinem inneren Auge Revue passieren. »Das passt irgendwie alles.«

»Das ist es ja gerade. Das Lösungswort ist etwas Abstraktes, und ich frage mich, wie uns das helfen soll, Elisien zu finden.«

»Vielleicht ist auch das Lösungswort ein neues Rätsel«, überlegte ich. »Vielleicht ist es so was wie eine Schnitzeljagd.«

»Das ist genial, Eliza«, lobte Sky mich, was nicht besonders oft vorkam. Mein Vater hatte früher für Fynn und mich ständig Schnitzeljagden organisiert, und er hatte an ihnen mindestens so viel Spaß gehabt wie wir. Leider hatte nur meistens Fynn die Rätsel schneller gelöst als ich. Schade, dass wir ihn nicht um Hilfe bitten konnten.

»Und was könnte Zukunft oder Hoffnung in Bezug auf unser Problem bedeuten? Verlier die Hoffnung nicht? Oder: In der Zukunft wird alles besser?«

Sky kicherte. »Das sicher nicht, und deshalb glaube ich ja

auch, dass wir noch nicht auf die richtige Lösung gekommen sind.«

»Vielleicht sollten wir noch ein paar Stündchen schlafen«, schlug ich vor. »Dann fällt uns schon etwas ein. Ausgeruht macht Denken doch gleich viel mehr Spaß.«

»Wir sehen uns nachher in der Schule«, verabschiedete sie sich.

»Schlaf gut.«

»Und danke, Sky«, murmelte ich noch in mein Handy. »Ich weiß nicht, was ich ohne dich machen würde.«

»Keine Ursache.«

An Schlaf war nicht mehr zu denken. Ich wälzte meine Gedanken von einer Seite zur anderen. Eigentlich sollte ich überlegen, was diese paar Zeilen noch bedeuten konnten, aber mein Kopf machte sich selbstständig und grübelte über Cassian nach. Jetzt, wo ich wusste, dass er nicht mehr in Lebensgefahr war, fragte ich mich wieder, weshalb er mir den Opal zugesteckt hatte. Wie hatte ich mich so in ihm täuschen können? Okay, ich war zu vertrauensselig, das hatte ja schon die Geschichte mit Grace bewiesen. Ich hatte gedacht, sie wollte meine Freundin sein, stattdessen war sie nur hinter meinem Bruder her gewesen. Vielleicht sollte ich im Umgang mit Menschen und Elfen zukünftig vorsichtiger sein. Hinter einem schönen Gesicht verbarg sich viel zu oft ein unschönes Herz. Ich seufzte. Wie hatte er mir das nur antun können? War es, weil ich ein Mensch war? Hatte er deswegen auf meinen Gefühlen herumgetrampelt? Das war nicht richtig. So ging man nicht mit anderen um, egal ob Mensch oder Elfe. Ich vergrub mich unter meiner Decke. Weshalb tat es bloß so weh? Noch nie hatte ich mich so verletzt gefühlt, und das war etwas, was ich nicht ausstehen konnte. Weil es mich völlig hilflos machte. Ich musste warten, bis dieses Brennen in meiner Brust nachließ. Ich atmete tief ein und aus. Nein, ich würde nicht heulen! So ein blöder Elf würde mich nicht fertigmachen. Dafür musste etwas ganz anderes passieren. Ich presste die Fäuste auf meine Augen, in der Hoffnung, noch einmal einzuschlafen. Doch das Einzige, was passierte, war, dass winzige bunte Punkte vor meinen Augen zu flimmern begannen, die mich an die kleinen Schmetterlinge erinnerten, die das Tor nach Leylin bewachten.

Das erste Mal in diesem Frühling saß ich auf dem Friedhof und ließ mir die Sonne ins Gesicht scheinen – die Lichtung mied ich aus wohlbekannten Gründen. Ich lehnte an einem verwitterten Grabstein (heute hatte ich mir Mary McColm ausgesucht, sie war 1919 gestorben) und zupfte an einem Grashalm herum. Mary McColm war nur einundzwanzig Jahre alt geworden. Ich fragte mich, ob die Ärmste jemals richtig verliebt gewesen war. Wenn nicht, war sie vielleicht sogar besser dran gewesen als ich. Aber ungeküsst zu sterben, war auch irgendwie doof. Meine Gedanken gerieten schon wieder auf Abwege.

»Eliza. Wo bist du?«

Ich beugte mich zur Seite und winkte Sky, die über den gut gepflegten Rasen, der zwischen den Grabsteinen wuchs, zu mir geschlendert kam. Als sie mich erreichte, setzte sie sich auf Mister Abercrombie (gestorben 1907 als alter Knacker mit dreiundneunzig Jahren – und bestimmt nicht ungeküsst). »Meinst du, Frazer kommt auch?«

»Er hat es versprochen, und er hält sich an seine Versprechen«, erklärte ich vehementer als nötig.

»Im Gegensatz zu einem bestimmten Elfen.«

»Genau.«

»Was hat Cassian dir eigentlich versprochen?«, fragte Sky. »Ewige Liebe?« Sie zwinkerte.

»Na ja«, druckste ich herum. »Eigentlich nichts«, gab ich zu. »Aber seine Küsse haben sich nach einem Versprechen angefühlt.« Ich ließ mich zur Seite kippen und drückte mein Gesicht in das Gras. »Ich weiß, dass mein Verhalten kindisch ist. Ich bessere mich, versprochen. Immerhin kann ich ihn jetzt, wo es ihm wieder besser geht, nach Herzenslust hassen.«

»Viel Spaß dabei! Und du musst dich gar nicht bessern«, sagte Sky. »Ich versuche nur, deinen Blick geradezurücken. Fakt ist, dass ihr euch zwar zweimal geküsst habt – laut seiner Aussage aber nur, weil er wissen wollte, wie es sich anfühlt. Du warst es, die sich in romantische Kleinmädchenträume reingesteigert hat. Wenn du es aus dieser Perspektive betrachtest, war es eine völlig unwichtige Episode in deinem und seinem Leben, über die es sich nicht weiter nachzudenken lohnt.«

»Du bist so was von unromantisch und viel zu realistisch«, erklang es hinter uns. Erschrocken drehten wir uns zu der Stimme. Frazer lehnte sich an Peter McDowell (der arme Kerl war 1915 auf dem Kontinent gefallen, mit gerade mal neunzehn Jahren). Er musterte Sky mit einem komisch verzweifelten Ausdruck in den Augen. Sie war tatsächlich leicht rot geworden.

»Ich möchte mich eben nicht in unsinnige Gefühle hineinsteigern, und Eliza würde sich besser fühlen, wenn sie das auch nicht täte«, verteidigte sie sich.

»Gefühle sind nicht unsinnig. Sie machen uns erst zu dem, was wir sind.«

»Nicht, wenn sie uns verletzen«, erwiderte Sky.

»Verletzungen gehören zum Leben dazu. Daran wachsen wir.«

»Sagt der Junge, der mit einem goldenen Löffel im Mund geboren wurde und schon mehr als ein Herz gebrochen hat.«

Die Diskussion machte Sky mehr als wütend. Im Gegensatz dazu schien Frazer regelrecht amüsiert.

»Ich würde dir nie das Herz brechen.«

»Stopp!«, rief ich dazwischen, bevor Sky ihm an die Kehle gehen konnte. »Diese Diskussion führt zu nichts. Wir sollten uns darauf besinnen, was wir vorhaben.«

»Ich würde diese Diskussion gerne weiterführen«, widersprach Frazer.

»Das könnt ihr gern unter vier Augen tun, ich will nicht so gern dabei sein, wenn ihr aufeinander losgeht.«

»Dabei wäre ich dann auch gern mit Sky allein.« Frazer lächelte zweideutig, oder eigentlich ziemlich eindeutig.

»Vergiss es«, zischte Sky. »Lass uns lieber anfangen, umso schneller haben wir es hinter uns.«

Frazer kam um den Grabstein herum.

»Treib es nicht auf die Spitze«, flüsterte ich ihm zu. Normalerweise war Sky die Ruhe in Person, aber Frazer schaffte es immer wieder, sie auf die Palme zu bringen. Es war nur eine Frage der Zeit, bis sie ihn umbringen würde. Irgendwie erinnerte das Verhältnis der beiden mich an meins mit Cassian. STOPP. Ich hatte mir fest vorgenommen, nicht mehr an den Elfen zu denken.

»Also los«, befahl ich. »Lasst uns mit der Probe anfangen. Viel Zeit haben wir nicht mehr bis zur Aufführung.« Ohne Widerworte stellten sich die beiden nebeneinander, und wir probten Szene um Szene, wobei Sky sich standhaft weigerte, sich von Frazer küssen zu lassen.

»Bei der Aufführung wirst du nicht drum herumkommen«, neckte Frazer sie, als sie wieder im entscheidenden Moment den Kopf wegdrehte.

»Einmal werde ich wohl überleben, aber ich muss ja nicht ständig zulassen, dass du an mir rumlutschst.«

»Ich lutsche nicht«, protestierte Frazer. »Ich küsse ziemlich gut.«

Ich biss mir auf die Lippen, um nicht laut loszuprusten.

»Sagt wer?«, giftete Sky.

Frazer sah mich Hilfe suchend an, aber ich vergrub das Gesicht kichernd zwischen meinen Knien. Ihm war einfach nicht zu helfen.

»Na, alle so«, versuchte er, sich mit einem völlig falschen Ansatz zu verteidigen.

»Dann kannst du zukünftig mit allen so rumknutschen.«

Frazer begann laut zu lachen, und selbst Sky konnte nach einigen Sekunden nicht mehr an sich halten. Ich war froh, dass ich mich nicht länger beherrschen musste, und stimmte mit ein.

Frazer war der Erste, dem das Lachen im Halse stecken blieb. Er starrte auf etwas hinter meinem Rücken, und als ich abrupt herumfuhr, entdeckte ich Jade, die sich mit ihrem zarten Elfenkörper an das Grab von Theodora Fortescue lehnte. (Gestorben mit acht! Ich wollte lieber nicht wissen, woran.) Quirin wackelte gerade an Jade vorbei und guckte ziemlich verkniffen, als ihm klar wurde, dass Sky und ich nicht allein waren.

Ich sprang auf. »Was macht ihr hier?«

»Ich wollte mich bei dir bedanken«, sagte Jade schüchtern.

»Wofür? Ich habe doch alles nur noch schlimmer gemacht.«

»Du hast Cassian nicht im Stich gelassen. Du hast ihm das Leben gerettet.«

Ich musterte Jade. Ihr Haar war weißblond und hing ihr glatt über den Rücken. Ihre Haut war blass, beinahe durchscheinend. Auch ihre kunterbunten Klamotten waren verschwunden und hatten einem schmal geschnittenen hellblauen Kleid Platz gemacht. Sie wirkte sehr ätherisch, aber auch sehr unglücklich.

Ich drehte mich zu meinen Freunden um. Frazer hatte sich schützend neben Sky aufgebaut. Fehlte nur noch, dass er einen Arm um sie legte. Aber entweder er traute sich nicht, oder Quirin wirkte dann doch nicht bedrohlich genug. Der Troll saß mittlerweile auf einem Grabstein und ließ die Beine baumeln.

Sky kam näher und reichte Jade die Hand.

»Du bist Elizas beste Freundin«, stellte diese fest. Sky nickte.

»Das ist schön. Ich wünschte, ich hätte bei uns zu Hause auch eine beste Freundin.«

»Wo kommst du denn her?«, fragte Frazer. Sein Blick glitt interessiert über die Elfe, was Sky ein Stirnrunzeln entlockte.

»Aus Leylin.«

»Nie gehört. Und du?« Er musterte Quirin. »Was bist du überhaupt?«

Quirin rümpfte die Nase. »Was könnte ich denn deiner Meinung nach sein?«

»Ich schätze, du bist ein Kobold.«

»Und du ein ganz schlaues Kerlchen.«

»Endlich mal einer, der das auf den ersten Blick erkennt«, wandte Frazer sich an Sky und lächelte sie an.

Diese zog die Augenbrauen zusammen.

»Ich bin eine Elfe«, erklärte Jade, und mir fiel ein, dass das ja nicht offensichtlich war, da Menschen in unserer Welt ihre spitzen Ohren nicht sehen konnten.

»Wo ist die versteckte Kamera?« Frazer lugte hinter zwei Grabsteine.

»Was meinst du?«

»Ich lasse mich doch nicht von euch an der Nase herumführen.«

»Wir führen dich nicht an der Nase herum«, protestierte ich.

Frazer zupfte an Quirins Haaren. »Wo habt ihr dieses Kostüm her? Es sieht so echt aus.«

»Nimm deine Hände von meinem Kopf, du dummer Mensch! Besonders viele Haare habe ich ohnehin nicht, da musst du mir die letzten nicht auch noch ausreißen«, fuhr Quirin ihn an.

Frazer ließ sich nicht aus dem Konzept bringen. Er umrundete Jade. »Ich habe dich noch nie in St Andrews gesehen«, stellte er fest. »Und du wärst mir bestimmt aufgefallen.«

Sky verdrehte die Augen. »Hör bloß nicht auf sein Gesäusel! Das zieht er bei jeder ab.«

»Warum hast du dir nicht noch spitze Ohren angesteckt?«, fragte Frazer.

»Meine Ohren sind spitz«, erklärte Jade. »Nicht so spitz, dass ich damit angeben könnte, aber sie sehen ganz gut aus. Du siehst sie nur nicht, weil du ein Mensch bist.«

Frazer lachte auf. »Das ist eine ziemlich coole Ausrede. Sehe ich sonst noch irgendwas nicht?«

»Eine Menge«, mischte sich Quirin ein. »Zum Beispiel, wie blöde es aussieht, so zu starren! Können wir zurück, Jade? Dieser Besuch entwickelt sich anders, als ich gedacht hatte. Wir sollten nicht länger bleiben.«

»Aber ich wollte mit Eliza noch kurz über das Rätsel sprechen.«

Quirin atmete tief ein. »Dann los. Aber du hältst deinen frechen Mund«, fuhr er Frazer an.

»Quirin hat mir den Zettel mitgebracht, und wir haben uns ausführlich über das Rätsel unterhalten, aber irgendwie ergibt es keinen Sinn. Ich weiß immer noch nicht, was ich tun soll.«

»Das weiß ich auch nicht. Ich glaube, ich habe mich total ungeschickt angestellt«, entschuldigte ich mich.

»Nein, du warst so mutig. Ich wäre vor Angst gestorben.«

»Wärst du nicht. Und außerdem hat Perikles mich gerettet, und das sogar zweimal.«

Zarte Röte breitete sich auf Jades Wangen aus, was sie noch hübscher aussehen ließ. »Er ist ein echter Freund.«

»Wir haben auch noch mal nachgedacht«, warf Sky ein, »und wir glauben, dass der Vers vielleicht etwas viel Abstrakteres bedeutet. Womöglich nur ein einziges Wort, das uns einen Hinweis gibt, wo Elisien sich aufhält.«

»Und wie lautet dieses Wort?« Jade sah Sky fragend an.

»Wir dachten an Zukunft oder Hoffnung. Das würde passen, ergibt aber leider auch keinen richtigen Sinn.«

»Zukunft«, überlegte Jade laut und zuckte dann mit den Schultern. »Ich habe keinen Schimmer, was das bedeuten könnte.«

»Kann ich das Rätsel mal hören?«, mischte Frazer sich ein.

Sky war anzusehen, dass sie keinen konstruktiven Beitrag von ihm erwartete. Trotzdem ließ sie sich herab und zitierte das Rätsel für ihn:

»Sie war gestern da und morgen,
verschlingt alle deine Sorgen.
Sie eilt, und sie ist unsichtbar,
nicht alle Träume werden wahr.
Niemand vermag es, sie zu halten,
nichts bleibt ewiglich beim Alten.
Erfüllen kann sie deine Gier,
aber hüte dich vor ihr.«

Ich konnte in ihrem Gesicht lesen wie in einem Comic. Ich sah die Gedankenblase mit den vielen Fragezeichen, die sie an Frazers Kopf heftete, direkt vor mir.

Dieser erwiderte ihren Blick, ohne mit der Wimper zu zucken. »Zeit«, sagte er dann.

Irritiert blickte Sky ihn an. »Wie bitte?«

»Die Lösung ist Zeit. Ist doch ganz einfach.«

»Zeit?«, fragten Sky und ich gleichzeitig und starrten ihn verblüfft an. Es dauerte einen Moment, bis mir klar wurde, dass das tatsächlich die Lösung war.

Jade klatschte in die Hände. »Das ist es!«

»Wie bist du so schnell darauf gekommen?«, knurrte Sky.

Frazer legte einen Arm um sie. »Du könntest mir ruhig zutrauen, dass ich nicht nur Stroh im Kopf habe.«

»Hmpf.« Sky verschränkte die Arme vor der Brust. »Vielleicht muss ich meine Einstellung tatsächlich etwas revidieren.«

»Tu das.« Er gab ihr einen Kuss auf die Wange, was sich als zu übermütig herausstellte, denn er erntete dafür einen Stoß vor die Brust.

»Das ist nun der Dank«, grummelte er.

»Weiber«, bemerkte Quirin, und er und Frazer tauschten einen verschwörerischen Blick.

»Okay. Zeit. Aber was ist an Zeit anders als an Zukunft oder Hoffnung? Was könnte das bedeuten? Kann Elisien in der Zeit reisen?«, kam ich auf das eigentliche Thema zurück. »Das würde erklären, warum ihr sie hier nicht findet.«

»Diese Gabe besitzen Elfen nicht«, erklärte Quirin. »Es muss etwas anderes bedeuten.«

Jade nickte. »Wir können tatsächlich nicht in der Zeit reisen, außer …« Sie schwieg.

»Außer?«, fragten Sky und ich wie aus einem Mund.

Jade wechselte einen Blick mit Quirin. »Die Aureole.«

»Nicht schon wieder«, stöhnte ich.

»Eine andere Aureole?«, fragte Sky.

»Hallo, klärt mich mal jemand auf?«, brachte Frazer sich in Erinnerung.

Jade nickte Frazer nachsichtig zu. »Die Aureolen sind unsere heiligen Gegenstände. Eliza hat uns vor einiger Zeit geholfen, eine nach Leylin zurückzubringen, die verloren gegangen war.«

Frazer kniff die Augen zusammen. »Ihr macht das wirklich gut. Seid ihr beim Theater?«

»Ich spiele für mein Leben gern Theater. Leider hat Larimar es mir verboten«, gab Jade traurig zu.

»Diese blöde Ziege«, konnte ich mir nicht verkneifen zu sagen. Frazer dachte tatsächlich, dass wir das inszeniert hatten. Aber vielleicht war das besser so.

»Was ist das denn nun für eine Aureole?«, wandte ich mich an Jade.

»Eine Uhr«, antwortete sie.

Unsinnigerweise starrte ich daraufhin auf mein Handgelenk, als ob meine eigene Uhr mir Antworten auf die tausend Fragen geben könnte.

»Und was kann diese Aureole? Tore in die Vergangenheit oder die Zukunft öffnen?«, fragte Sky, und ihre Augen funkelten vor Aufregung. Sie plante wahrscheinlich, umgehend ins Mittelalter zu reisen, um einen Plausch mit Leonardo da Vinci zu halten.

»So einfach ist das nicht«, bremste Jade ihre Begeisterung. »Reisen kann man nur in die Vergangenheit, und ändern kann man leider nichts.«

»Schade eigentlich. Es gäbe da so einiges, das ich gern rückgängig machen würde«, warf ich ein. Mein letztes Zeugnis zum Beispiel.

»Was genau muss man tun, damit die Uhr einen reisen lässt?«, fragte Sky, deren wissenschaftliche Neugier geweckt war.

»Genau weiß ich das leider auch nicht«, seufzte Jade. »Die Benutzung ist nur den Zeitenwächtern erlaubt«, erklärte sie unsicher.

Wahrscheinlich durfte sie das alles gar nicht preisgeben.

»Zeitenwächter klingt ziemlich cool.« Frazer fuhr sich durchs Haar, das ihm umgehend wieder ins Gesicht fiel, und lächelte die Elfe an.

»Finde ich auch. Schade, dass ich kein Mitglied der zweiten Familie bin. Nur sie dürfen Zeitenwächter werden. Allerdings hätten sie für Cassian eine Ausnahme gemacht. Er war sehr talentiert. Aber nachdem er blind geworden war …«

»Das war bestimmt schlimm für ihn.« Ich stellte mir vor, wie Cassian nicht nur sein Augenlicht, sondern auch seine Bestimmung verlor.

»Ich glaube, er war ganz froh. Er hat es versucht, aber er ist viel zu impulsiv, und außerdem ist er ein Kämpfer. Das war er schon immer«, erklärte Jade.

»Was immer ein Zeitenwächter ist, ich wäre es auch gern.« Frazers Lächeln nahm Superstarqualitäten an, menschliche Mädchen würden jetzt reihenweise in Ohnmacht fallen.

Glücklicherweise ließ Jade sich von seinem Charme nicht beeindrucken.

»Man kann also dieses Ereignis, zu dem man reist, beobachten, ohne selbst gesehen zu werden?«, hakte Sky nach.

»So stelle ich es mir vor. Ich habe nur wenig Kenntnis von diesen Dingen. Die Familien halten die Einzelheiten zu den Fähigkeiten ihrer Aureole geheim.«

»Die zweite Familie wird die Uhr aber doch bestimmt nicht einfach rausrücken?« Ich bekam keine Antwort auf die Frage, denn im selben Moment flammte ein Elfentor zwischen den Grabsteinen auf, und wir wichen unwillkürlich zurück.

Cassian schritt durch die aufgescheuchten Schmetterlinge.

Mein Herz schlug Purzelbäume. Quirin hatte mir zwar erzählt, dass er außer Gefahr war, aber erst jetzt fiel mir der zentnerschwere Stein vom Herzen, der sich darin eingenistet hatte, seit er blutend in meinen Armen gelegen hatte. Am liebsten wäre ich ihm vor Erleichterung um den Hals gefallen, aber Sky hielt mich im letzten Augenblick zurück. Mit tellergroßen Augen starrte sie diesen Halbgott an, was mich nicht weiter wunderte. Er sah nicht aus, als wäre er gerade vom Totenbett auferstanden, sondern perfekt wie immer. Und wütend – wie eigentlich auch immer. Sein Gesicht schien in Stein gemeißelt. In weißen, glatt polierten Marmor, um genau zu sein.

»Jade.« Er knirschte mit den Zähnen. »Hast du völlig den Verstand verloren?«

»Mit mir ist alles in bester Ordnung«, trumpfte sie auf, aber ihre Hände zitterten dabei.

»Du kommst sofort mit mir zurück.«

Hilfe suchend wandte Jade sich mir zu. Aber was konnte ich schon tun? »Geh besser mit«, flüsterte ich. »Quirin kann mit uns in Kontakt bleiben.« Ich zog sie an mich und hauchte ihr schnell einen Kuss auf die Wange. »Bis bald.«

»Wohl kaum«, schnauzte Cassian. »Und du, Eliza, wärst besser beraten, wenn du dich aus unseren Angelegenheiten heraushalten würdest!«

»Das würde ich, wenn ich sichergehen könnte, dass du dich ordentlich um deine Schwester kümmerst.«

»Das tue ich, dafür brauche ich nicht deine schlechten Ratschläge.«

»Sie sieht nicht danach aus. Aber das siehst du ja nicht einmal.«

Cassian baute sich ganz nahe vor mir auf. Seine blinden Augen schienen Funken zu sprühen. »Ich sehe mehr, als du denkst.« Wenn Cassian in dieser Stimmung war, machte er mir fast Angst.

Frazer legte schützend eine Hand auf meine Schulter. Natürlich entging Cassian diese vertrauliche Geste nicht.

»Wie gut, dass wenigstens du jemanden hast, der acht auf dich gibt«, erklärte er süffisant. Dann wandte er sich um. »Auch wenn er deine leidenschaftlichen Gefühle nicht erwidert.«

»Du arrogan…«

Frazer legte mir eine Hand auf den Mund. »Ich wäre vorsichtig, der Typ kam aus einem Tor aus Licht. Bestimmt kann er dich in eine Salzsäule verwandeln oder so. Er ist ziemlich wütend.«

Ich schob Frazers Hand zur Seite. »Du weißt gar nichts über meine Gefühle«, schrie ich Cassian hinterher.

Er war nicht beeindruckt, sondern schob erst Jade und dann Quirin durch das Tor, bevor er, ohne sich noch einmal umzudrehen, verschwand. Das Tor löste sich umgehend in Luft auf.

Ein paar Sekunden sagte niemand von uns dreien ein Wort. Dann brach Frazer das Schweigen. »Habe ich das gerade geträumt?« Sein Blick schoss zwischen Sky und mir wie eine Flipperkugel hin und her.

Sky schüttelte zuerst den Kopf. Sie war nur halb so schockiert wie Frazer, da sie immerhin bereits Quirins Bekanntschaft gemacht hatte. »Eliza ist da in eine merkwürdige Geschichte reingeraten.«

»So könnte man das tatsächlich bezeichnen«, bestätigte Frazer. »Das war wohl kein besonders cooler Special Effect auf grüner Wiese, oder? Das war echt?«

Ich nickte.

»War das der Elf, in den du unglücklich verliebt bist?«

Ich räusperte mich. »Ich bin nicht mehr in ihn verliebt. Ich war nur ein bisschen fasziniert. Was kein Wunder ist, so wie er aussieht, oder, Sky?« Hilfe suchend wandte ich mich zu meiner Freundin.

»Er ist schon verdammt sexy«, bestätigte sie und erntete einen flammenden Blick von Frazer.

»Er ist arrogant, unhöflich und so was von eingebildet, dass ich kotzen könnte«, ereiferte Frazer sich. »Mir ist schleierhaft, wie ihr Mädels auf so was abfahren könnt.«

»Mir auch.« Schlug sich Sky auf seine Seite? »Überhebliche und selbstverliebte Jungs sind echt das Letzte.«

»Weshalb habe ich den Eindruck, dass wir nicht mehr von dem Elfen sprechen?«, fragte Frazer und trat direkt vor sie.

Sky zuckte mit den Schultern, hielt aber seinem Blick stand. »Ich habe keinen blassen Schimmer.«

»Ich dachte eigentlich, dass du immer alles weißt.« Seine Augenbrauen hoben sich.

»Da hast du mich wohl überschätzt.«

»Könntet ihr mit dem Flirten aufhören und euch unserem Problem zuwenden?«

»Ich flirte nicht«, fuhr Sky mich an.

»Ich schon.« Frazer grinste.

»Die Zeit, Leute«, erinnerte ich sie. »Mich würde schon interessieren, ob diese Theorie stimmt. Ob das wirklich des Rätsels Lösung ist.«

Sky sah mich verständnislos an. »Das ist nicht unsere Sache. Jade weiß, was zu tun ist«, setzte sie hinzu und bedachte mich mit einem strengen Blick, der wahrscheinlich so was bedeuten sollte wie »denk nicht mal darüber nach«.

»Ist ja gut«, gab ich nach.

Sky trat zu mir und nahm mich in den Arm. »Du hast getan, was du konntest. Lass es gut sein. Es ist gefährlich, sich in die Angelegenheiten der Elfen einzumischen. Dieser Ewige Wald sollte dir eine Lehre sein.«

Ich nickte, fing aber einen Blick von Frazer auf. »Wenn du diese Sache auf sich beruhen lässt, dann fresse ich einen Besen.«

»Würdest du es denn auf sich beruhen lassen?«

»Nie im Leben.«

Sky stöhnte und ließ mich los. »Weshalb bin ich eigentlich immer die einzig Vernünftige?«

»Das frage ich mich auch«, erwiderte Frazer, »und es wird Zeit, dass wir das ändern.«

»Du änderst mich nicht«, antwortete Sky mit ihrer hochmütigsten Stimme.

»Wir werden ja sehen.«

Er würde sich an Sky die Zähne ausbeißen.

# 7. Kapitel

Ich fragte mich, wann Quirin wiederkommen würde. Cassian war zwar stinkwütend gewesen, aber davon würde der Troll sich nicht beeindrucken lassen. Seine Loyalität galt ganz eindeutig Jade und mir. Ob Jade wirklich wusste, was zu tun war? Würde sie Cassian bitten, ihr zu helfen?

Ich sollte schlafen, stattdessen wälzte ich mich seit Stunden im Bett. Immer wieder drängte Cassians hochgewachsene Gestalt in meine Gedanken, und ich schaffte es nicht, ihn aus meinem Kopf zu stupsen. Seine schmale Nase und seine hohen Wangenknochen luden förmlich dazu ein, mit den Fingerspitzen darüberzufahren. Ich rief mir seine Augen in Erinnerung, die, obwohl sie blind waren, so wütend gucken konnten. Darauf sollte ich mich konzentrieren. Er verabscheute mich. Wenn ich mir das immer wieder klarmachte, musste es möglich sein, ihn zu vergessen. Immerhin war er wieder gesund, und mein schlechtes Gewissen konnte sich wieder in sein Schneckenhaus zurückziehen.

Ich stand auf und schlich die Treppe hinunter. Wegen der

Ereignisse auf dem Friedhof hatte ich auf das Abendbrot verzichtet. Das rächte sich jetzt, denn mir knurrte der Magen, und nach einem Glas Milch und ein paar Keksen konnte ich bestimmt viel besser einschlafen. Als ich mit einem Teller Kekse und einem Glas Milch aus der Küche schlich, stellte ich fest, dass in Grandmas Zimmer noch Licht brannte. Mit dem Ellenbogen öffnete ich umständlich die Tür und lugte hinein. Großmutter saß auf ihrer Couch und blätterte in einem alten Fotoalbum. »Kannst du nicht schlafen?« Sie blickte mich über den Rand ihrer Brille hinweg an.

»Ist einfach zu viel passiert in den letzten Tagen.« Unaufgefordert trat ich ein, kuschelte mich zu ihr zwischen die bunten Kissen und stopfte mir einen Keks in den Mund. »Was siehst du dir da an?«, fragte ich neugierig.

»Altes Zeug«, antwortete sie und wollte das Album zuschlagen.

»Ist das Gwyn?« Ich wies auf ein Mädchen mit langem, hellem Haar. Die Fotografien waren alt und schwarz-weiß. Doch meine Großmutter hatte ich sofort erkannt, obwohl sie auf den Bildern wahrscheinlich gerade einmal so alt war wie ich jetzt.

Grandma nickte. »Sie war wunderschön. Das schönste Mädchen im Dorf. Wenn ich die Bilder betrachte, dann kommt es mir vor, als wäre es gestern gewesen. Die Jahre sind so schnell vergangen.«

»Ich möchte nicht so enden wie sie.«

Grandma legte einen Arm um mich, und ich lehnte mich gegen ihre Schulter. »Das wirst du nicht, du bist viel stärker als sie.«

»Das bezweifle ich. Es ist wirklich schwierig, damit zurechtzukommen, dass Cassian das alles nichts bedeutet hat.«

»Es ist gut, dass er ehrlich zu dir war. So hast du die Chance, jemand anderes zu finden, der dich so mag, wie du es verdienst. Gwyns Elf war nicht so gnädig.«

»Soll ich ihm noch dankbar sein, dass er mich benutzt hat?« Ich setzte mich auf, und ein weiterer Frustkeks wanderte zwischen meine Zähne. Wütend zermahlte ich ihn.

»Hat er dich denn benutzt?«

»Er hat mich geküsst, ohne mich so zu mögen wie ich ihn.«

Grandma lachte. »Kindchen, dieses Thema ist so alt wie die Zeit. Liebe wird nur selten in der Intensität erwidert, wie sie gegeben wird. Besser, du lernst diese Lektion, bevor dir wieder jemand das Herz bricht. Du wolltest ihn doch küssen, oder?«

Ich nickte.

»Na also. Dann verbuche es unter Erfahrungen. Vielleicht ist der nächste Junge, mit dem du dich einlässt, ganz furchtbar in dich verliebt. Wir werden sehen, wie rücksichtsvoll du dann mit dessen Gefühlen bist.«

»Ich küsse nur einen Jungen, den ich wirklich mag«, protestierte ich. Kurz fiel mir Frazers Kuss ein. Ihn mochte ich wirklich, entschuldigte ich den Ausrutscher vor mir. Nicht wie Cassian, das nicht. Außerdem war ich nicht ganz nüchtern gewesen, das sollte als Entschuldigung reichen. Und er war auch nicht in mich verliebt. Ich hatte also nicht seine Gefühle verletzt. In Gedanken klopfte ich mir auf die Schulter.

»Dann werden deine Erfahrungen auf diesem Gebiet sehr beschränkt bleiben.«

»Granny.« Empört sah ich sie an. »Wie viele Jungs hast du denn geküsst, bevor Grandpa dich geheiratet hat?«

Meine Großmutter kicherte. »Einige waren es schon, aber das durfte dein Großvater nie wissen.«

Zu viele Details über das Liebesleben meiner Großmutter wollte ich nicht erfahren. »Ich gehe wieder ins Bett, und du solltest auch schlafen.«

»In meinem Alter braucht man nicht mehr so viel Schlaf, und ich erinnere mich in diesen Nächten gern an früher zurück.«

Ich gab Grandma einen Kuss und lief nach oben. Als ich die Tür öffnete, prallte ich zurück. Mitten im Raum stand Cassian, und nie hatte jemand deplatzierter gewirkt.

»Was willst du hier?«, zischte ich und schloss die Tür. Nicht auszudenken, wenn meine Mutter einen Jungen in meinem Zimmer erwischte. Noch dazu einen Elfen. Auch wenn er blind war, so gab es doch Grenzen. Aber immerhin wusste ich mit einiger Bestimmtheit, dass er mich nicht auf mein Bett warf und vernaschte.

»Mit dir reden.«

Schade eigentlich. Ich zupfte den Vorhang vor meine Gedanken.

»Das ist ein blöder Ort und ein noch blöderer Zeitpunkt zum Reden.« Unauffällig schob ich ein paar schmutzige Klamotten unter mein Bett und ließ einen Apfelstrunk im Müll verschwinden. Er konnte meine Unordnung zwar nicht sehen, aber er musste ja nicht unbedingt darüber stolpern. »Wie bist du hereingekommen?«

»Durch die Tür«, antwortete er einsilbig.

»Was, wenn dich jemand gesehen hätte?«

»Menschen schlafen nachts«, wies er mich zurecht.

»Ich nicht.« Mein Zimmer schien zu schrumpfen, als er näher zu mir trat. Ich wich zurück, bis ich mit dem Hintern an den Schreibtisch stieß.

»Das ist mir auch aufgefallen. Wo warst du?«

»Das geht dich nichts an«, stieß ich atemlos hervor und wünschte, ich könnte ein Fenster aufreißen. War es vorher schon so heiß hier drin gewesen?

»Hast du dich mit diesem Bengel getroffen? Deine Mutter würde das nicht gutheißen.« Er stand so nah vor mir, dass ich nach oben schauen musste, um in seinem Gesicht zu lesen.

»Auch das geht dich nichts an. Sag mir, was du willst, und dann verschwinde.« Nicht, dass ich das wirklich wollte, aber es bestand die Gefahr, dass ich mich ihm, wenn er länger hier war, an den Hals warf.

»Am liebsten will ich, dass du dich aus unseren Angelegenheiten heraushältst«, zischte er.

»Fein, dann sind wir schon zwei.« Wie schaffte er es bloß immer in kürzester Zeit, mich zur Weißglut zu treiben?

Sein Gesicht nahm einen angespannten Ausdruck an, und ich nutzte den Moment, es ausgiebig zu betrachten. Es war schmaler als vor seiner Verletzung, wodurch seine hohen Wangenknochen stärker betont wurden. Gern hätte ich mir eingeredet, dass er mich vermisst hatte und deshalb so verhärmt aussah, aber der Gedanke war lächerlich, und ich presste frustriert die Lippen zusammen.

»Was willst du dann? Knutschen ist nicht – nur zu deiner Information.«

Seine Augen bekamen einen silbrigen Glanz. Er lachte leise auf und beugte sich zu mir herunter. »Ich kann mich gerade noch zusammenreißen. Nur falls du es dir irgendwann überlegst, frag ruhig noch mal nach. Ganz so schlimm war es nun auch nicht. Im Gegenteil. Es war recht amüsant.«

Brennende Hitze schoss durch meine Adern. »Ich würde dich nicht küssen, selbst wenn mein Leben davon abhinge«, fauchte ich.

Seine Lippen verzogen sich zu einem herablassenden Grinsen.

»Versprich nichts, was du nicht halten kannst.«

»Ich hasse dich«, brach es aus mir heraus, und ich platzte beinahe vor Wut.

Seine Kiefermuskeln mahlten unter seiner glatten, ebenmäßigen Haut »Sag das nicht noch mal«, raunte er, und jedes einzelne meiner Härchen richtete sich auf.

Ich sah nur seine Lippen. »Ich hasse dich«, flüsterte ich und dachte für einen Moment, er würde mir den Hals umdrehen.

Stattdessen senkte er den Kopf, legte seine Lippen auf meinen Mund, und ich erstarrte. Ganz langsam und konzentriert bewegte er sie, als würde er darauf warten, dass ich mich wehrte. Allerdings konnte ich mich gar nicht bewegen, jedenfalls nicht viel. Nur meine verräterischen Lippen entwickelten ein Eigenleben und erwiderten den Kuss. Ich spürte, wie Cassians Mund sich zu einem Lächeln verzog. Dann legten meine Arme sich wie von selbst um seinen Hals, und er zog mich näher an sich. Das war der Moment, in dem mein Gehirn sich in eine große Portion Plumpudding mit viel zu vielen Sultaninen und einer Überdosis Portwein verwandelte. Ich konnte nur noch ein Seufzen ausstoßen und hoffen, dass die Zeit stehen blieb.

Den Gefallen tat sie mir selbstverständlich nicht. Als Cassian sich abrupt von mir löste, musste ich mich am Schreibtisch festhalten, um nicht zusammenzusacken. In meinem Hirn herrschte ein einziges Durcheinander.

»Das fühlte sich ganz und gar nicht so an, als würdest du mich hassen«, erklärte er in großspurigem Tonfall. »Im Gegenteil, es fühlte sich …« Er tat so, als würde er nach dem richtigen Wort suchen. »Es fühlte sich ausgehungert an.« Dann wandte er sich lässig zur Tür und lief mit großen Schritten die Treppe hinunter. Ich lief ihm barfuß hinterher. Cassian riss die Haustür auf.

»Ausgehungert?«, schrie ich. »Ausgehungert? Denkst du, du bist der einzige Typ auf der Welt, der mich küssen will? Da hast du dich aber geschnitten.« Ich prallte gegen seinen Rücken. »Autsch.« Ich rieb mir die Stirn. »Kannst du mich nicht warnen, bevor du stehen bleibst?«

»Du hast doch Augen im Kopf, oder nicht? Obwohl ich mir manchmal nicht so sicher bin.«

»Ohhh.« Ich ballte die Hände zu Fäusten und begann, auf seine Brust einzutrommeln.

Spielend leicht fing er meine Handgelenke ein und hielt sie fest. Während ich vor Wut vibrierte, ging sein Atem nicht mal schneller.

»Du eingebildeter Hornochse. Du bist so ein Idiot, ein Blödmann.« Ich versuchte, meine Hände zu befreien, da Cassian aber nichts erwiderte, verpuffte meine Wut.

»Kann ich jetzt vernünftig mit dir reden?«, fragte er.

Mir ging auf, dass es einen Grund geben musste, weshalb er mitten in der Nacht in meinem Zimmer aufgetaucht war. Ein Schäferstündchen hatte bestimmt nicht in seiner Absicht gelegen. Eine Gänsehaut lief mir über den Rücken, und ich wusste nicht, ob es an der unangenehmen Kühle lag oder an der Vorstellung, wie seine Hände sich auf meiner Haut anfühlen würden. Na ja, auf meinem Snoopy-Pyjama. Oh Gott.

Zum Glück konnte Cassian mich in diesem Aufzug nicht sehen. Opal trug wahrscheinlich verführerische Spitzendessous.

Im Schein unserer spärlichen Außenbeleuchtung sah ich, dass seine Mundwinkel zuckten.

»Mach dich nicht wieder über mich lustig«, warnte ich.

»Ich kann mich gerade noch bremsen.«

Ich zog an meinem Vorhang, der sich schon bei seinem Kuss verflüchtigt hatte. So richtig hatte ich den Dreh einfach nicht raus. »Also, was willst du?« Ich hielt ganz still, denn obwohl mir die Kälte den Rücken hochkroch, war meine Vorderseite wunderbar warm.

»Ich tue das nur für Jade«, erklärte er.

»Okay.«

»Ich finde, sie sollte diese Dinge auf sich beruhen lassen.«

»Okay.« Wie jedes Mal, wenn seine Augen mir so nah waren, konnte ich nicht glauben, dass er mit ihnen nicht sehen konnte.

»Kannst du auch noch etwas anderes sagen?«

»Das kommt darauf an, was du von mir willst.«

»Du musst die Aureole der Zeit benutzen.«

»Okay.«

»Okay?«

»Wenn ich das richtig verstanden habe, dann muss ich nur an einer Uhr drehen. Klingt nicht so schwierig.«

»Ich befürchte, ganz so einfach ist es nicht.«

»Solange ich nichts Ekliges trinken muss.« Innerlich triumphierte ich. Er brauchte mich also doch noch.

»Du würdest es also tun?«

»Für Jade schon.«

Abrupt ließ Cassian mich los. »Ich komme wieder.«

»Ist das eine Drohung oder ein Versprechen?«, rief ich ihm hinterher.

»Such dir was aus«, erwiderte er, ohne sich umzudrehen.

Ich schlang die Arme um mich, während er davonstolzierte.

»War er das?«, hörte ich die Stimme meiner Großmutter hinter mir.

Ich nickte, während Cassian in der Dunkelheit verschwand.

»Er sieht wirklich unverschämt gut aus.«

Ich schob mich an ihr vorbei ins Haus. »Optik ist leider nicht alles. Hast du das nicht immer gesagt?«

»Das ist mein Job als Großmutter, trotzdem bin ich nicht blind.«

»Hast du uns beobachtet?« Ich musterte sie mit zusammengekniffenen Augen. So etwas tat eine normale Großmutter eigentlich nicht.

Sie zuckte bloß mit den Achseln ohne die Spur eines schlechten Gewissens.

»Ist ja auch schon egal. Er möchte, dass ich ihm noch einmal helfe.«

»Und wirst du es tun?«

»Jade ist ziemlich unglücklich.«

»Ist das der einzige Grund?« Ihre klugen Augen schienen bis auf den Grund meiner hoffnungslos verlorenen Seele zu blicken.

»Die Antwort kennst du doch längst, oder?«

»Ich schätze schon, aber ich möchte, dass du dir vollkommen darüber im Klaren bist, worauf du dich einlässt. Dein Abenteuer im Ewigen Wald sollte dir eine Lehre sein. Dagegen war es ein Kinderspiel, die Schneekugel zurückzuholen.«

»Ich weiß schon, was ich tue«, wiegelte ich ab. »Wenn ich Nein sage, dann sehe ich Cassian vermutlich nie wieder und sterbe wie Gwyn in einer Nervenheilanstalt.«

»Ist es so schlimm?«, fragte Granny feinfühlig.

Tränen stiegen mir in die Augen. Ich nickte und verschränkte bockig die Arme vor der Brust, als sie mich an sich ziehen wollte. Ich brauchte keinen Trost.

»Ach Kind. Ich verstehe dich nur zu gut, aber ich hoffe, es ist nicht gefährlich.«

»Das hoffe ich auch.« Ich lief die Treppe hinauf und kuschelte mich in mein Bett. Es dauerte eine Weile, bis mir wieder einigermaßen warm wurde. Klar würde ich tun, worum er mich bat. Anlügen konnte ich die anderen, doch hier in der Dunkelheit meines Zimmers gestand ich mir ein, dass ich alles tun würde, um Cassian auch nur von Weitem zu sehen. Offensichtlich war ich masochistisch veranlagt. Er konnte mich nicht leiden, und er hätte mich bestimmt nicht gebeten, wenn es eine andere Möglichkeit geben würde. Er hatte mich mal wieder nur geküsst, um mich zu quälen, was besonders fies war. Bloß weshalb fühlten sich seine Küsse gar nicht so an? Weshalb besaß ich eigentlich nicht mehr Menschen- oder Elfenkenntnis? Dann hätte ich ihn bestimmt durchschaut, bevor er mich um den Finger gewickelt hatte und ich ihm verfallen war. Andererseits wäre ich dann nicht in den Genuss seiner Küsse gekommen, und die wollte ich eigentlich nicht missen. Und ich hätte nie erfahren, dass ich doch keine so untalentierte Schauspielerin war. Ohne Cassian hätte ich mich nie auf die Bühne getraut. Er war in den Ewigen Wald gekommen, um mich zu retten, und er hatte mich festgehalten, während ich in diesem merkwürdigen Trancezustand war. Es hatte sich nicht angefühlt, als ob ihn das seine ganze Überwindung gekostet hatte. Na ja, vielleicht doch. Ich durfte mich nicht wieder in die Vorstellung hineinsteigern, dass ihm etwas an mir lag. Er hatte mir mein Herz gebrochen. Nach großer Liebe hörte sich das nicht gerade an. Wie grausam musste man dafür sein? Ob alle Elfen davon wussten und sich hinter meinem Rücken über meine Blödheit totlachten? War es am Ende ein abgekartetes Spiel gewesen?

Wütend schlug ich auf mein Kopfkissen ein. Und ich hatte ihm erlaubt, mich zu küssen. Na gut, ich hatte mich ihm regelrecht an den Hals geworfen. Wie hatte ich so dumm sein können? Hatten mich nicht genügend Leute gewarnt? Beliebt waren die Elfen nun wirklich nicht gerade. Sie waren herzlos und heimtückisch. Selbst Jade hatte mich benutzt. Dieses Vieh Mantikor hätte mich töten und fressen können! Wahrscheinlich hätte Perikles mich gerettet, aber das war mir kein richtiger Trost. Ich hatte mich total in die Vorstellung einer romantischen Romeo-und-Julia-Geschichte verrannt, nur dass mein Romeo dummerweise ein Mistkerl war.

Ich sollte herausfinden, warum nicht er oder ein anderer Elf die Aureole benutzte. Weshalb brauchte er mich dafür? Ganz kurz gab ich mich der Vision hin, dass er mich einfach in seiner Nähe haben wollte, dass alles, was er sagte, eine Lüge war, und seine Küsse seine wahren Gefühle für mich offenbarten. Über diese Bauchkribbeln verursachende Vorstellung schlief ich trotz meiner Wut ein.

# 8. Kapitel

»Warum sind Jungs eigentlich solche Idioten?«, fragte ich Frazer vor der Biologiestunde. Ich saß auf meinem Tisch und baumelte mit den Beinen. Gleich würde ich meinen Vortrag halten müssen, aber ich war nicht sicher, ob ich es in meinem deprimierten Zustand hinbekam.

»Gute Frage. Falls du auf die Antwort kommst, würde die mich auch interessieren.« Er stand vor mir und grinste mich an.

»Du bist auch einer«, fauchte ich.

Frazer hob abwehrend die Hände. »Mach mal halblang.«

»Du hast mich geküsst, obwohl du bis über beide Ohren in Sky verknallt bist.«

»Du hast mich geküsst«, erinnerte er mich.

»Ich war betrunken, und das hast du ausgenutzt.« Ich verschränkte die Arme vor der Brust.

»Dein Elf macht dir ziemlich zu schaffen, oder?« Beinahe vorsichtig trat er einen Schritt näher.

»Er kann mir gestohlen bleiben«, schniefte ich. »Er hat

mich bloß benutzt.« Ich lehnte mich an Frazers Schulter, als er tröstend einen Arm um mich legte.

»Dann hat er dich nicht verdient.«

»Hat er auch nicht. Ich will ihn nie wiedersehen.«

»Das dürfte ja nicht schwer sein. Geh ihm einfach aus dem Weg.«

»Aber es tut trotzdem weh. Ich dachte, er mag mich.«

»Sei froh, wenn sie sich nicht mehr blicken lassen«, erklärte Sky, die neben uns aufgetaucht war und sich auf ihren Platz setzte. »Das bedeutet, dass sie ihre Probleme endlich allein lösen und dich nicht ständig da mit reinziehen.«

»Stimmt ja, aber interessiert dich gar nicht, was Jade und Cassian herausfinden?«, appellierte ich an ihre Neugier.

»Schon.« Unruhig rutschte sie auf ihrem Stuhl hin und her. »Aber deine Sicherheit ist mir wichtiger.«

»Mir ja auch«, bestätigte ich halbherzig.

»Wenn ihr fertig geschwatzt habt, kann Eliza vielleicht ihren Vortrag halten«, unterbrach uns Mr Roth, dessen Kommen ich gar nicht mitbekommen hatte.

Sky setzte sich aufrechter hin, und ich ließ mich vom Tisch gleiten. Mr Roths tadelnden Blick ignorierte ich geflissentlich. Er hasste es, wenn wir die Möbel zweckentfremdeten.

In Zeitlupe griff ich nach meinen Notizen. Dann schlurfte ich nach vorn und begann, meinen Mitschülern die hochkomplexe und wahnsinnig interessante Thematik des aktiven und passiven Stofftransportes auseinanderzusetzen.

Dank Skys Vorarbeit schlug ich mich ganz wacker, trotzdem riss ich die anderen Kursteilnehmer nicht so vom Hocker, wie Mr Roth es sich vielleicht gewünscht hätte. Ich sah genau, dass die Jungs in der zweiten Reihe Schiffe versenken spielten. Frazer schmachtete von hinten gedankenverloren und Kaugummi kauend Sky an, die als Einzige an meinen Lippen hing. Aber ich hatte zuvor ein Handout verteilt, so war die Arbeit nicht ganz umsonst gewesen. Mr Roth belohnte mich zum Schluss sogar mit einem B. »Du solltest unbedingt öfter mit Sky zusammen lernen.« Er zwinkerte mir zu. »Ich will dich nicht ständig zu deinem Glück zwingen müssen.«

»Schon okay«, bedankte ich mich. »Ich brauche immer einen kleinen Anstoß von außen.«

»Das werde ich mir merken.«

Strahlend schlenderte ich zu meinem Platz zurück und klatschte Sky ab, die mir ihre Hand entgegenstreckte. »Es ist also doch nicht Hopfen und Malz bei dir verloren.«

»Noch nicht.«

In gemächlichem Tempo fuhr ich am Nachmittag nach Hause. Außer Hausaufgaben und Abwasch erwartete mich dort nichts, wenn ich von meinem Gedankenkarussell mal absah.

Ich begrüßte meine Mutter und sah bei Granny vorbei, die in ihrem Sessel ein Nickerchen hielt. Söckchen hatte es sich auf ihrem Schoß gemütlich gemacht, und obwohl ich ihn rief, war er nicht dazu zu bewegen, seinen warmen Platz zu verlassen.

»Verräter«, murmelte ich. Nicht mal mehr auf den eigenen Kater war Verlass. Ich stampfte die Treppe zu meinem Zimmer hoch und öffnete die Tür.

Abrupt blieb ich stehen. Raven saß auf meinem Bett. Sie

verzog das Gesicht, als sie den Teller hochhob, auf dem die angetrockneten Reste von Quirins Rhabarberkuchen klebten. Hatte man hier gar keine Privatsphäre mehr? Ich ärgerte mich, beschloss aber, später am Tag einen Großputz zu veranstalten. Andererseits wurde ich ja ständig davon abgehalten. Entweder zerrten die Elfen an mir herum oder meine Mutter oder die Lehrer. Kein Wunder, dass ich zu nichts kam.

Dann fiel mein Blick auf Cassian, der an der Wand lehnte und mit einer silbernen Taschenuhr spielte, die an einer angelaufenen Kette hing. So ein altmodisches Ding hatte mein Großvater auch besessen. Es wurde unten im Zimmer meiner Großmutter aufbewahrt und zeigte selbst nach so vielen Jahren noch zuverlässig die korrekte Zeit. Allerdings zog Granny die Uhr auch jeden Morgen nach dem Aufstehen auf.

»Hast du die von meiner Großmutter geklaut?«, fuhr ich ihn an.

Cassian ließ die Uhr in seiner Hosentasche verschwinden und pustete sich eine Strähne aus der Stirn. »Ich bezweifle, dass die Uhr deiner Großmutter dieselben magischen Fähigkeiten wie diese besitzt«, erklärte er in hochmütigem Tonfall.

»Cassian!« Ravens Augen blitzten wütend. »Wir haben Wichtigeres zu besprechen. Was habt ihr euch bloß bei der ganzen Sache gedacht? Wisst ihr, was passiert, wenn Larimar davon erfährt? Und das wird sie, wenn sie zurückkehrt.«

»Das war so nicht geplant«, versuchte ich, mich zu verteidigen. »Ich dachte, es wäre ganz leicht, das Orakel zu befragen.«

»Immerhin hat euer wahnwitziger Ausflug nicht im völligen Chaos geendet«, lenkte sie ein. »Ohne dich hätte Cassian sich verwandelt, und uns wäre nichts anderes übrig geblieben, als ihn zu töten.«

Mein Blick huschte zu dem Elfen, der gelangweilt an der Wand lehnte und so tat, als sprächen wir nicht über ihn.

»Cassian!«, forderte Raven.

»Ich wollte mich bei dir bedanken«, sagte er ausdruckslos.

Da bestellten die Gäste in Mums Café ihren Kuchen ja enthusiastischer. »Wofür?«, fragte ich. So leicht ließ ich ihn nicht von der Angel.

»Dass du mir das Leben gerettet hast.«

»Schon okay«, winkte ich ab, als täte ich so was alle Tage. Innerlich frohlockte ich jedoch.

»Allerdings wäre das alles nicht passiert, wenn du gleich mit mir zurückgekommen wärst. Eigentlich haben wir diese Misere nur deiner Dummheit zu verdanken.«

Ich schnappte nach Luft.

»Reiß dich zusammen, Cassian«, fuhr Raven ihn an. »Denk daran, was du mir versprochen hast.«

»Er hält seine Versprechen doch nie, wusstest du das nicht?«

»Dir habe ich gar nichts versprochen«, erklang seine Stimme.

Sicherheitshalber brachte ich etwas Abstand zwischen uns, da ich keine Ahnung hatte, wie ich meiner Mutter einen toten Elfen in meinem Zimmer erklären sollte. Allerdings konnte ich ihn im Notfall immer noch zu dem Müll unter meinem Bett schieben.

Raven lachte laut auf, und ich grinste. Manchmal war es doch super, seinen Gedanken freien Lauf zu lassen.

»Sehr lustig«, brummte Cassian. »Und, nein, es ist nicht die Uhr deines Großvaters. Es ist die Aureole.«

»Und die schleppst du einfach mit dir rum? Ich dachte, sie wäre ach so kostbar. Oder war das auch eine Lüge?«

Er zuckte mit den Achseln. »Wenn du dich besser damit fühlst.«

»Ist mir eigentlich total egal«, behauptete ich und konnte es im Grunde gar nicht abwarten, einen Blick auf das magische Ding zu werfen.

Dieser Blödmann ließ mich natürlich zappeln.

»Zeig ihr die Uhr schon«, verlangte Raven genervt. »Cassian hat mir erzählt, dass ihr die Lösung zu Viboras Rätsel gefunden habt. Ich bin beeindruckt. Normalerweise führt diese Schlange die Ratsuchenden an der Nase herum. Das macht sie besonders gern, wenn sie der Meinung ist, eine Frage sei nicht wichtig genug, um sie damit zu belästigen. Viboras Sprüche sind viel öfter nutzlos als hilfreich. Jade hätte dich allerdings nie der Gefahr aussetzen dürfen, allein durch den Ewigen Wald zu laufen.«

»Eliza hätte es besser wissen müssen als Jade«, verteidigte Cassian seine Schwester.

»Spinnst du? Ich wusste ja nicht mal, was auf mich zukommt. Quirin hat gesagt, dass mir nichts passieren kann, wenn ich nicht vom Weg abweiche.«

»Worauf du selbstverständlich nicht gehört hast«, erklärte Cassian spitz. »Es ist doch wohl klar, dass ein magischer Wald gefährlich ist. Wer etwas anderes denkt, ist ein Idiot.«

»Hört auf zu streiten«, unterbrach Raven uns. »Das ist ja

nicht zum Aushalten. Ihr benehmt euch wie zwei bockige Kinder.«

»Wir würden es auch ohne sie schaffen«, erklärte Cassian über meinen Kopf hinweg.

»Ich möchte kein Risiko eingehen, das habe ich schon hundertmal gesagt. Niemand darf wissen, dass wir nach Elisien suchen. Wir kommen sonst in Teufels Küche.«

»Ich will mit dem Teufel eigentlich auch nichts zu tun haben«, meldete ich mich zu Wort.

»Du musst keine Angst haben. Es ist nicht gefährlich«, fuhr Cassian mich an.

»Warum benutzt du die Uhr dann nicht selbst?«, motzte ich zurück. »Du kannst doch sowieso alles besser als ich.«

»Wenn Cassian die Uhr benutzt oder ich sie benutze, bleiben Spuren von uns daran haften. Die Zeitenwächter würden herausfinden, dass wir mit der Uhr gereist sind«, mischte Raven sich ein.

»Und was ist mit meinen Spuren?«

»Du wirst keine hinterlassen, da du kein magisches Wesen bist.«

»Aber ich kann sie trotzdem benutzen?«

Cassian und Raven wechselten einen Blick. »Das müssen wir erst noch herausfinden«, gestand Raven.

»Wohin soll ich reisen?«

»Die Uhr bestimmt, wohin sie dich schickt.«

»Du brauchst bloß an das Rätsel zu denken. Das solltest sogar du schaffen«, knurrte Cassian.

»Danke für die Blumen.« Gab es denn nichts, was ich ihm

über seinen arroganten Schädel ziehen konnte? Suchend ließ ich den Blick durch mein Zimmer schweifen. Aber bis auf einen Holzbügel war nichts in greifbarer Nähe.

Raven griff danach, kaum dass der Gedanke sich in meinem Kopf manifestiert hatte. »Nicht so eilig«, grinste sie. »Vielleicht brauchen wir Cassian irgendwann noch mal. Wenn die ganze Sache vorbei ist, dürft ihr euch gern die Köpfe einschlagen. Vorerst bin ich froh, dass er noch unter den Lebenden weilt.«

»Hmpf.«

»Können wir es versuchen?« Cassians Stimme klang völlig gelangweilt, als ob er gar nicht mitbekommen hatte, dass ich Mordpläne schmiedete. Noch mal würde ich ihm jedenfalls nicht das Leben retten, so viel stand fest.

»War das eine Frage oder ein Befehl?«, blaffte ich ihn an.

»Eher eine Bitte.«

»Mal ganz was Neues. Es geschehen tatsächlich noch Wunder. Ist es wirklich ungefährlich?«, wandte ich mich an Raven.

Sie nickte. »Du wirst die ganze Zeit hier neben mir sitzen bleiben.«

»Dann mache ich es.«

Raven stieß erleichtert die Luft aus. »Wir waren nicht immer nett zu dir.« Ihr Blick glitt zu Cassian. »Deshalb weiß ich deine Bereitschaft doppelt zu schätzen. Elisien wird dich belohnen, wenn wir sie finden.«

»Kein Problem. Die meisten Elfen waren nett zu mir, nur bei dreien oder vieren wünschte ich, ich könnte sie auf den Mond schießen.«

»Zum Glück gehen nicht alle unsere Wünsche in Erfüllung.« Cassian lächelte süffisant.

»Schluss damit.« Ravens Gesichtsausdruck nach zu schließen, war sie kurz davor, die Beherrschung zu verlieren. »Du musst dich hinsetzen. Es ist ein bisschen wie 3-D-Kino, und ich will nicht, dass du dich in deinem eigenen Zimmer verletzt. Dieser Saustall ist schlimmer als ein Minenfeld.«

»Du warst schon mal in einem Kino?«, fragte ich, um mein Abenteuer noch etwas hinauszuzögern.

Sie sah mich empört an. »Ich habe mit Peter monatelang in der Menschenwelt gelebt, schon vergessen?«

»Sorry«, sagte ich betreten.

»Du brauchst wirklich keine Angst zu haben. Wir sind die ganze Zeit bei dir. Du musst dir nur genau merken, was du siehst«, ergänzte sie.

»Das dachte ich mir fast.«

Cassian stieß sich von der Wand ab. »Konzentriere dich auf das Rätsel. Die Uhr wird wissen, was sie dir zeigen muss. Wir haben nicht viel Zeit, bevor sie vermisst wird.«

»Ihr habt sie geklaut?«

»Mach dich nicht lächerlich. Wir haben sie nur geliehen. Wir haben sie mit einem identisch aussehenden Exemplar vertauscht. Aber jeder Zeitenwächter, der die falsche Uhr berührt, wird sofort wissen, dass es nicht die echte ist. Wir können nur hoffen, dass dies nicht so schnell geschieht«, beschwichtigte Raven mich.

»Kann es endlich losgehen?« Cassian setzte sich neben mich auf das Bett und nahm meine Hand. Sofort durchlief mich ein zartes Kribbeln. Er spürte es auch, denn er zögerte, bevor er die Uhr in meine Handfläche legte.

»Sei vorsichtig«, bat er.

»Angeblich bin ich doch maximal ein stiller Beobachter. Ihr müsst euch schon entscheiden, ob das gefährlich werden kann oder nicht.«

Er rückte etwas von mir ab.

Die Uhr lag schwer in meiner Hand. Neugierig betrachtete ich sie. Wie die Schneekugel war sie die Arbeit eines Künstlers. Ich ließ den silbernen, mit filigranen Mustern verzierten Deckel aufspringen. Erstaunt stellte ich fest, dass auf dem vergilbten Zifferblatt keine Zahlen standen. Stattdessen breitete ein winziger Adler seine Schwingen aus, als wollte er die Uhr verlassen. Ich riss die Augen auf. Die Schwingen bewegten sich. Eine Maus huschte über das Zifferblatt, und dann sauste ein Schloss vorbei. Es war so fein gezeichnet, dass ich jedes Detail erkennen konnte. Immer neue Figuren, Tiere oder Pflanzen tauchten auf. Manche steckten nur den Kopf hervor. Einmal sah ich nur einen Fuß, der in einem spitzen, roten Schuh steckte und in das Zifferblatt hineinwinkte. Ein Baum schüttelte seine Krone so stark, dass er sämtliche Blätter verlor. Es war das Faszinierendste, was ich je gesehen hatte. Am liebsten hätte ich es stundenlang betrachtet.

»Dreh an dem Rädchen.« Auch Raven, die auf der anderen Seite neben mir saß, konnte den Blick nicht von dem Zifferblatt lösen.

Langsam drehte ich den kleinen Knopf. Seltsame Zeichen huschten über das Zifferblatt. Sie sahen aus wie alte, längst vergessene Runen. Gebannt betrachtete ich das Schauspiel. Die Uhr schmiegte sich in meine Hand, und mit jedem Ticken erwärmte sich das Silber stärker, bis ich das Gefühl hatte, es würde regelrecht glühen. Unruhig rutschte ich auf meinem Bett hin und her. Am liebsten hätte ich das heiße Zauberding weggeworfen, aber etwas sagte mir, dass es dafür zu spät war.

»Lass es zu«, flüsterte Cassian. »Die Uhr möchte herausfinden, ob du würdig bist, nur dann lässt sie dich das Tor in die Vergangenheit passieren.«

Was passierte, wenn die Uhr mich nicht für würdig befand? Klar, dass die zwei mir diesen Punkt bisher verschwiegen hatten. Wahrscheinlich verwandelte ich mich zur Strafe in eine Ameise oder so und musste dann für alle Zeiten über dieses Zifferblatt krabbeln.

Ich war versucht, Cassian die Aureole an den Kopf zu donnern. »Es ist normal, dass sie so glüht?«, flüsterte ich stattdessen, als würden zu laute Geräusche die Bewohner der Uhr erschrecken.

Cassian antwortete nicht, sondern rutschte hinter mich und zog mich an sich, sodass ich an seiner Brust lehnte. Vor Schreck machte ich mich ganz steif.

»Hab dich nicht so«, raunte er in mein Ohr.

Ich warf einen Hilfe suchenden Blick zu Raven, die mit den Schultern zuckte. »Er versteht am meisten davon, schließlich ist er bei den Zeitenwächtern in die Lehre gegangen.«

Cassian tastete nach meiner Hand. Sein Daumen strich über meine Haut. Dann verschränkte er seine Finger mit meinen und hüllte die Uhr mit ihnen ein. »Entspann dich.« Seinen zweiten Arm legte er um meine Taille, ich konnte gar nicht anders, als mich gegen ihn zu lehnen. Wie sollte ich mich unter solchen Umständen auf eine Zeitreise konzentrieren? Es war viel zu … intim. Das traf es wohl am ehesten. Seine Lippen verzogen sich an meinem Ohr zu einem Lächeln. Mein Rücken kribbelte, und mein Magen stand in Flammen. Ich spürte seine Berührungen überall. Trotzdem erfüllte mich ein Gefühl der Geborgenheit.

»Ich halte dich im Hier im Jetzt«, flüsterte er. »Du wirst in der Zeit nicht verloren gehen.«

Das war also auch möglich. Ich hörte Raven leise seufzen.

»Versprich nichts, was du nicht halten kannst«, schickte ich ihm in Gedanken eine Botschaft.

»Konzentriere dich. Denk an das Rätsel, und dreh das Rad noch einmal.«

Ich wiederholte im Kopf die Zeilen, die Vibora mir eingebrannt hatte. Immer und immer wieder. Während die Zeichen auf dem Zifferblatt immer schneller herumwirbelten und ich noch versuchte, einen Sinn oder eine Bedeutung darin zu erkennen, wurde ich in einen Tunnel gezogen. Ich wollte mich an Cassian festhalten, weil mir schwindelig wurde und sich mir der Magen umdrehte. Auf keinen Fall durfte ich mich in seiner Gegenwart übergeben. Ich wollte einem ersten Impuls folgen, aufspringen und ins Bad laufen. Aber Cassian hielt mich nur noch fester, je schneller sich alles um mich herum drehte.

»Schließ die Augen und lass es zu. Es ist gleich vorbei«, hörte ich seine Stimme wie aus weiter Ferne.

Also ließ ich los, schloss die Augen und lehnte mich an seine Brust. So geborgen hatte ich mich seit Ewigkeiten nicht gefühlt. Tatsächlich ließ der Schwindel nach. Stattdessen raste ich durch einen Strudel aus Licht. Larimars Gesicht zog an mir vorbei. Sie lag auf einem Bett und hielt einen Säugling im Arm, dessen Gesicht von blonden Locken umkränzt war. Jüngere Ausgaben von Cassian und Rubin ritten auf Pferden nebeneinander her und lachten vor Freude. Die Bilder liefen an mir vorbei wie ein Video im Speedmodus. Wie glücklich Cassian aussah! Rubin und er schienen unzertrennlich gewesen zu sein. Jetzt verschränkte Rubin bockig die Arme vor der Brust, als Larimar ihm erklärte, dass er nicht mehr mit Cassian spielen dürfe, weil das unter seiner Würde sei. »Ihm wurde endlich der Platz zugewiesen, der ihm zusteht«, erklärte sie, und dem kleinen Rubin lief eine Träne über die Wange.

Die Bilder verschwammen. Es schienen Jahre vergangen zu sein, als ich Rubin und Cassian in einem Wald wiedersah. Sie sahen fast genauso aus, wie ich sie kennengelernt hatte, nur dass Cassian noch sehen konnte.

»Du solltest nicht in den Krieg ziehen«, erklärte Rubin seinem Freund. Ich wollte mehr hören, aber der Strudel zog mich unerbittlich weiter.

Und dann hielten die Bilder unvermittelt an, ich purzelte in einen Flur und landete auf Händen und Knien. Es war dunkel. Nur das Mondlicht, das durch die Fenster hereinfiel, erhellte einen Gang mit grob verputzten Wänden. Die Türen, die diesen säumten, waren bis auf eine geschlossen. Aus dem Zimmer hinter der offenen Tür ertönten Geräusche, die mir beinahe den Kopf zerrissen. Noch nie hatte ich jemanden so schreien hören. Wer immer dieses Brüllen von sich gab, musste entsetzliche Schmerzen leiden. Warum half ihm niemand? Ich war in Leylin gelandet, auch wenn das Gebäude selbst mir unbekannt war. Allerdings roch es hier merkwürdig streng nach Kräutern. Plötzlich sprang eine weitere Tür auf, und ein Mädchen stürmte an mir vorbei. Instinktiv presste ich mich an die Wand, aber es beachtete mich gar nicht.

Das Mädchen stoppte vor der offenen Tür. Es war keine Elfe. Dafür sah es viel zu normal aus, und spitze Ohren hatte es auch nicht. Mir fiel nur ein Menschenmädchen ein, von dem ich wusste, dass es vor mir in Leylin gewesen war: Emma. Sie atmete hektisch und traute sich ganz offenbar nicht in das Zimmer. Ganz langsam, fast wie in Zeitlupe, schob sie sich weiter vorwärts. Wovor hatte Emma solche Angst? Ihrem Gesicht war anzusehen, dass sie am liebsten weglaufen würde. Ich blieb ihr dicht auf den Fersen. Die Schreie verstummten, als wir in den Raum traten. Eine reglose Person lag auf einem Bett in der Mitte des Zimmers. Wie von einem Magneten angezogen, strebte Emma dorthin. Der Junge war mir unbekannt. Er war schweißüberströmt und seine Züge schmerzverzerrt. Er hielt die Augen geschlossen, und dunkle Schatten zeichneten sich darunter ab. Sein Atem ging keuchend. Das Mondlicht warf helle Flecken auf seinen nackten Oberkörper. Ob er im Sterben lag? Erst jetzt bemerkte ich die Gurte, mit denen er gefesselt war. Kein Mensch würde einen Todkranken so fixieren. Ganz vorsichtig streckte Emma die Hand nach ihm aus und legte sie ihm zitternd auf die Wange.

Ungläubig schaute der Junge sie an. »Du bist hier?«

Ich kam mir vor wie eine Stalkerin. Langsam zog ich mich in den Schatten einer Zimmerecke zurück. Am liebsten wäre ich abgehauen, aber die Uhr hatte mich hierhergeschickt, das musste etwas zu bedeuten haben.

»Ich bin hier«, flüsterte Emma zurück.

»Geh, Emma«, forderte er. Müdigkeit und Erschöpfung lagen in seiner Stimme. Er sprach abgehackt, als kostete es ihn unendliche Mühe. Emma – sie war es also wirklich. Eigentlich sah sie völlig normal aus, gar nicht wie jemand, der fähig war, die komplette Elfenwelt durcheinanderzubringen. Sie musste ungefähr in meinem Alter sein.

»Du hast mich gerufen. Du hast mich angefleht«, widersprach sie dem Jungen.

Vehement schüttelte dieser den Kopf. »Das war sie. Geh. Bitte. Es ist gleich vorbei.«

Emma bewegte sich nicht von der Stelle. Von wem sprach er?

Der Junge bäumte sich auf. Die Fesseln, die seine Arme umspannten, zersprangen. Der Gurt über seiner Brust dehnte sich.

»Ich kann mich nicht mehr wehren«, presste er hervor, brach ab und schnappte nach Luft. Dann schien er etwas zu sehen. »Du hast es geholt?« Er wirkte wie betäubt. Wieder bäumte er sich auf und keuchte vor Schmerz. Ein irres Lachen erklang, und mir wurde eiskalt.

»Ich musste es tun. Sie haben mir keine Wahl gelassen, aber ich würde niemals …« Emmas Stimme brach, und ich hatte keinen Schimmer, worüber die zwei redeten. Tränen liefen über ihr Gesicht.

Er antwortete nicht mehr. Ich hörte ein Wimmern, das von Emma zu kommen schien. Die Finger des Jungen tasteten nach ihrer Hand und hielten sie fest.

»Lass mich los«, bat sie, und erstaunt erkannte ich, dass sie Angst vor ihm zu haben schien.

Seine Hand fiel zurück auf das schweißgetränkte Laken. »Tu es!«, verlangte er.

Sie wich zurück. »Niemals!«

»Tu es, Emma«, wiederholte er mit brechender Stimme.

»Ich tue alles für dich. Alles! Aber ich werde dich nicht töten.«

Hatte ich mich gerade verhört? Er verlangte von ihr, dass sie ihn tötete? In was war ich hier nur hineingeraten?

»Du hast Excalibur geholt, also benutze es«, forderte der Junge.

Wer war er? Weshalb hatte sich niemand die Mühe gemacht, mir ein paar Hintergrundinfos zu geben?

»Du solltest tun, was Calum sagt«, forderte jemand. Emma und ich schnellten gleichzeitig herum. Rubin stand in der Zimmertür. Erleichtert atmete ich auf. Er würde Emma helfen.

Der Junge im Bett hieß also Calum. Hatte ich den Namen schon mal gehört? Ich versuchte, mich zu erinnern. Offensichtlich waren Emma und er ein Paar. Nur weshalb wollte er, dass sie ihn umbrachte?

Von meinen eigenen Gedanken und Rubins Erscheinen abgelenkt, erhaschte ich zu spät die Bewegung in meinem Augenwinkel.

Calum schnellte vom Bett hoch und riss Emma ein Messer

vom Gürtel. Wo war das hergekommen? Sie taumelte und fiel über ihn. Seine Hand fuhr in die Höhe. Er wollte sich doch wohl nicht etwa selbst …

Erschrocken schrie ich auf. Rubin stockte und blickte sich um. Ich schlug mir auf den Mund. Er konnte mich unmöglich gehört haben. Einen unendlichen Moment starrte er in meine Richtung, bevor er sich abwandte.

Emma klammerte sich an Calums Arm. Sie musste gewaltige Kräfte entwickeln, aber trotzdem erreichte sie das Messer nicht.

Endlich rannte Rubin zu den beiden Kämpfenden. »Lass es ihn zu Ende bringen«, schrie er. Ich musste mich verhört haben. In meinen Ohren dröhnte es. Er versuchte, sie fortzuziehen, damit Calum sein todbringendes Werk verrichten konnte. Emma hatte gegen die beiden keine Chance. Ich konnte nicht tatenlos zusehen, wie sie sich gegen beide Jungs gleichzeitig wehrte. Ich sprang hinzu und versuchte, Rubin von ihr fortzuziehen. Das funktionierte natürlich nicht. Meine Hand glitt einfach von ihm ab. Ich fühlte nicht mal einen Widerstand, während Emma verbissen und schweigend um Calums Leben kämpfte.

Ein gellendes Lachen ertönte. Es gehörte eindeutig einer Frau, aber außer mir und Emma konnte ich keine entdecken. Es klang so was von unheimlich, dass ich mir wünschte, ich würde auf der Stelle zurückfliegen.

Das Lachen hatte Rubin abgelenkt, Emma stieß mit dem Ellenbogen nach hinten. Er stöhnte auf und ließ sie los. Sie sprang hoch, griff nach dem Messer, das Calum immer noch umklammert hielt. Die Klinge fuhr in ihre Haut, aber sie ließ nicht los. Blut quoll zwischen ihren Fingern hervor, und mir wurde übel.

Doch dann erkannte ich mit Entsetzen, dass das Messer sich wie in Zeitlupe auf Calums Brust senkte. Emmas Kräfte waren erschöpft.

»Nein!«, brüllte sie verzweifelt, als auch Rubin wieder zupackte. »Lass los!«

Unbarmherzig traf die Klinge Calums Brust und bohrte sich bis zum Anschlag in sein Herz hinein.

Ich konnte nicht an mich halten und schrie. Emmas und meine Stimme hallten als zweistimmiger Chor des Entsetzens durch den Raum.

Gleißendes Licht sammelte sich unter Calums Haut, dann schoss es aus seinem Körper, der für einen kurzen Moment zu schweben schien und sich dann sanft zurücklegte. Alles um mich herum bebte, nur ganz langsam hörten die Erschütterungen auf.

Rubin ließ Emmas Hand los und taumelte zurück. Ich konnte meinen Blick nicht von Calum nehmen. Sein Gesicht wirkte wie durchsichtig, seine Augen waren geschlossen. Die restlichen Fesseln fielen zu Boden. Das Messer war verschwunden, die Haut auf seiner Brust makellos.

Während Emma wie erstarrt auf den Toten blickte, drehte Rubin sich zu mir um. Seine grauen Augen glühten mich an. Ich las Entsetzen darin und wusste mit Sicherheit, dass er mich sah. Er machte einen Schritt auf mich zu, und ich wich stolpernd zurück. Eiseskälte flutete wie eine Welle durch meine

Glieder. Ich zitterte, und meine Zähne klapperten. Wahrscheinlich stand ich unter Schock. Ich hatte gerade gesehen, wie Calum ermordet worden war. In meinem Kopf ging alles völlig durcheinander. Was hatte das mit Elisiens Verschwinden zu tun?

Ich sackte auf dem Fußboden zusammen und schlang die Arme um mich. Rubin trat noch näher. Wimmernd vergrub ich meinen Kopf zwischen den Knien. Ich musste hier weg, bevor ich erfror. Sofort. Mein stummes Gebet wurde erhört. Um mich herum begann sich alles zu drehen, der Lichtwirbel erfasste mich und schleuderte mich zurück. Wieder flogen Bilder von Rubin und Cassian an mir vorbei. Ehe ich mich versah, befand ich mich wieder in meinem Körper. Ich schnappte nach Luft und begann zu husten. Mir war übel vor Angst und Kälte.

»Was ist passiert?«, fragte Cassian, und seine Stimme klang panisch. Er hielt mich immer noch fest umschlungen. »Du bist eiskalt. Wo warst du?«

»In Leylin«, röchelte ich zwischen zwei Hustenanfällen. »Es war so kalt.«

Cassian hielt mich, während ich abwechselnd nach Luft schnappte und zitterte. Er zog die Quiltdecke über mich, die auf meinem Bett lag.

»Dir wird gleich wieder warm.« Er drückte mich an sich, und ich schmiegte mich eng an ihn. Die Decke zog ich bis zur Nasenspitze. Erschöpft schloss ich die Augen. Das Zittern ließ langsam nach, was wohl bedeutete, dass ich diesen Platz bald wieder aufgeben musste. Lange würde Cassian mich nicht so halten. Was tat man nicht alles für seine Königin, dachte ich verbittert.

Seine Hände wanderten über meinen Rücken und verursachten mir eine Gänsehaut. Ich hielt ganz still, obwohl ich mich fragte, wo Raven hin war. Irgendwie hatte ich angenommen, dass sie beide auf mich warten würden.

»Geht es wieder?«, fragte Cassian, aber er rührte sich ebenso wenig wie ich.

Ich schüttelte den Kopf, obwohl mir mittlerweile ziemlich warm war. Cassian war eine lebende Heizung.

Die Zimmertür ging auf, und ich schrak hoch. Raven trat ein, und verlegen löste ich mich aus Cassians Umarmung.

»Du warst lange weg«, sagte Raven und musterte mich besorgt. In der Hand hielt sie die Wärmflasche meiner Großmutter.

»Ich dachte, die würdest du brauchen, aber offensichtlich hatte Cassian eine wirksamere Methode, dich zu wärmen.«

Meine Wangen begannen zu glühen, und ich nickte nur.

»Ich habe getan, was getan werden musste.« Er stand auf und verzog sich auf die andere Seite meines Zimmers.

So viel dazu. Im Grunde hatte ich es ja gewusst. Er hatte wie immer seine Pflicht erfüllt, und ich sollte ja schließlich herausfinden, wo Elisien war. Da konnte er mich schlecht vorher erfrieren lassen.

Raven ignorierte seine Worte. »Was hast du gesehen?«, fragte sie mich stattdessen, aber ihr verärgertes Stirnrunzeln war nicht zu übersehen.

»Ich war in einem Haus in Leylin. Ein Junge namens Calum lag gefesselt auf einem Bett, und Emma, hat ihn erstochen.

Sie wollte das nicht. Im Gegenteil. Aber es war so ein großes Durcheinander.« Das war die Kurzfassung. »Es sah aus, als wollte er unbedingt sterben. Rubin war auch dort. Erst dachte ich, dass er Emma helfen würde. Dann hat er praktisch das Messer geführt. Ich glaube, der Junge war tot. Mir wurde eiskalt, und ich dachte, ich erfriere. Und ich glaube, Rubin hat mich gesehen.«

»Das ist unmöglich«, erklärte Cassian.

»Ich habe mir das doch nicht eingebildet«, protestierte ich. »Er hat mich direkt angesehen, und er hat bestimmt auch gehört, dass ich geschrien habe.«

Cassian und Raven wechselten einen kurzen Blick.

»Du warst im Haus der Heiler. Hast du Elisien gesehen?«, fragte Raven, ohne weiter darauf einzugehen.

»Nein. Und ich konnte mir nicht aussuchen, wohin die Uhr mich bringt.«

Raven legte mir beruhigend eine Hand auf den Arm. »Die Aureole hat ihren eigenen Kopf.«

Raven und Cassian schienen sich kein bisschen zu wundern über das, was ich berichtet hatte. »Ist Calum tatsächlich gestorben?«, hakte ich nach.

»Er ist nicht gestorben. Er wurde befreit«, sagte Raven.

»Befreit? Komische Methode.«

»Es lag ein Fluch auf ihm, der drohte, die ganze magische Welt zu vernichten. Aber das ist eine andere Geschichte.«

»Warum hat die Uhr mir diese Szene gezeigt, wenn ihr darüber Bescheid wisst?«

Raven zuckte mit den Achseln. »Keine Ahnung.«

Es klopfte, und die Stimme meiner Mutter ertönte. Ich drängte die beiden Elfen hinter die Tür.

»Hast du Besuch, Schatz?«

»Nein. Ich räume nur auf und führe dabei Selbstgespräche.« Ich öffnete die Tür einen Spalt.

»Kannst du bitte den Abwasch machen? Mir reicht es für heute.«

Ich seufzte. »Klar, mache ich.«

»Fynn soll dir helfen.« Sie wies mit dem Kopf zu seiner Zimmertür, hinter der Graces Quietschen erklang. »Hört sich bei ihm nicht nach Selbstgesprächen an.«

»Mum.« Ich schüttelte den Kopf, aber sie fing an zu kichern. So hatte ich sie schon ewig nicht erlebt. Misstrauisch beäugte ich sie. »Wer bist du, und was hast du mit meiner Mutter gemacht?«

»Es ist etwas Wunderbares passiert.« Sie strahlte über das ganze Gesicht. »Dad hat angerufen. Ich fliege morgen übers Wochenende nach Paris und treffe mich dort mit ihm.«

»Einfach so? Habe ich was verpasst?« Fieberhaft überlegte ich, ob einer von beiden Geburtstag hatte und wo ich auf die Schnelle ein passendes Geschenk auftreiben sollte.

»Es ist unser Hochzeitstag. Er hat mir gerade per Mail die Bordkarte geschickt.«

Vor sich hin summend ging sie die Treppe hinunter. Ich liebte meinen Vater sehr, aber er kümmerte sich definitiv zu wenig um uns. Mum verzieh ihm das jedes Mal sofort, wenn er ihr den kleinen Finger reichte. Das würde ich mir von meinem zukünftigen Mann nicht gefallen lassen. Dad sollte viel öfter zu Hause bei uns sein, anstatt sich auf Ausgrabungen und Forschungsreisen herumzutreiben. Wenn ich ihn im letzten halben Jahr drei Mal gesehen hatte, war das schon hochgegriffen.

»Deshalb wirst du es auch schwer haben, einen Mann zu finden«, flüsterte Cassian in mein Ohr.

Raven zog ihn von mir weg, bevor ich handgreiflich werden konnte.

»Wir kommen wieder«, sagte Raven. »Meinst du, du kannst es noch mal versuchen? Wir müssen mehr herausfinden.«

Ich vergrub meine Hände in den Hosentaschen und begutachtete meine Füße, die in geringelten Socken steckten. Gesteigerten Wert legte ich eigentlich nicht darauf.

»Es ist sehr wichtig für uns. Aber ich werde dich nicht drängen«, sagte Raven.

Ich nickte resigniert. Weshalb konnte ich den Elfen eigentlich nichts abschlagen?

»Danke schön.« Raven lief leichtfüßig die Treppe hinunter. Cassian folgte ihr, ohne noch ein Wort mit mir zu wechseln. Aber das hatte ich auch gar nicht erwartet. Aufgewühlt donnerte ich gegen Fynns Tür.

Mein Bruder öffnete mit zerzaustem Haar und freiem Oberkörper. »Was ist dein Problem?«

»Kannst du dir nicht was anziehen?«, maulte ich. »Wir haben Küchendienst.«

»Wir sind gerade beschäftigt«, rief Grace.

»Das ist nicht zu überhören.«

Viel zu laut polterte ich in die Küche hinunter. »Ich lasse euch was übrig.«

Weshalb waren alle um mich herum glücklich verliebt? Nur ich dumme Kuh hatte mich in den Falschen verguckt. Das Leben war so ungerecht. Selbst Sky und Frazer waren da besser dran. Es war nur eine Frage der Zeit, bis Sky sich nicht mehr gegen ihre Gefühle wehren würde. Wenn die beiden dann auch noch knutschend um mich herumscharwenzelten, würde ich mir einen Strick nehmen, schwor ich mir.

Granny kam in die Küche und griff nach einem Geschirrtuch.

»Das sollen Fynn und Grace machen«, murrte ich, als sie begann, die Gläser zu polieren.

»Ich mache das gern«, wiegelte sie ab. »Lass die beiden doch in Ruhe lernen.«

»Lernen?«, lachte ich verbittert auf. »Grace lernt von Fynn nur eines, und das ist nicht Mathe.«

Um Grannys Mundwinkel zuckte es. »Das Eine ist in eurem Alter auch deutlich wichtiger als Mathe.«

»Sehr lustig. Fang du nicht auch noch mit diesem Liebesquatsch an. Ich für meinen Teil bin geheilt.«

»Diese Raven ist übrigens ein sehr nettes Mädchen.«

»Du hast sie gesehen?«, fragte ich erschrocken.

»Natürlich. Ich habe ihr doch die Wärmflasche für dich mitgegeben, und wir haben zusammen eine Tasse Tee getrunken. Sie hatte es nicht besonders eilig, zu dir und Cassian zurückzugehen.« Grannys Augen blitzten neugierig. »Im Gegenteil. Sie meinte, Cassian würde sich gut um dich kümmern.«

»Es ist nichts passiert«, sagte ich missmutig, »… was nicht selbst du hättest sehen dürfen.«

»Das ist aber schade«, sagte Granny mit Bedauern.

»Granny«, ermahnte ich sie, musste aber gleichzeitig grinsen. »Du hast gesagt, ich soll keinen Elfen küssen.«

Sie hob die Schultern. »Das muss ich ja wohl sagen, aber wenn du schon mal mit ihm allein und ungestört bist … Es wäre schließlich nicht das erste Mal.«

»Er will mich doch nicht«, erinnerte ich sie traurig. »Er will nur, dass ich herausfinde, wo Elisien ist.«

Granny trat zu mir und tätschelte mein Gesicht. »Natürlich will er dich, mein Kind. Er weiß es nur noch nicht.«

»Diese Weisheit werde ich ihm jedenfalls nicht auf die Nase binden.«

In diesem Moment stürmten Grace und Fynn kichernd in die Küche. Ich verdrehte die Augen und drückte Fynn den Abwaschlappen in die Hand. »Der Rest ist dein Part.«

# 9. Kapitel

»Das ist der Wahnsinn«, sagte Sky, der ich am Telefon brühwarm erzählte, was geschehen war.

»Und was hältst du von der ganzen Geschichte?«, fragte ich.

»Ich kann mir da keinen Reim drauf machen. Wie war das mit der Kälte? War es in dem Haus so kalt, oder kam das eher von innen?«

»Jetzt, wo du fragst, würde ich sagen, die Kälte kam eher aus meinem Inneren. Erst habe ich es gar nicht bemerkt. Ich glaube, es war der Schock. Man sieht schließlich nicht alle Tage einen Mord.«

»Ich denke, der Kerl hat überlebt?«

»Ja, aber das konnte ich zu dem Zeitpunkt ja nicht ahnen.«

»Es hätte sonst was passieren können. Du darfst Raven und Cassian nicht alles glauben. Ständig behaupten sie, die Sachen, die sie von dir verlangen, wären nicht gefährlich. Du hättest erfrieren können.«

»Ich glaube ihnen ja gar nicht alles«, verteidigte ich mich halbherzig. »Außerdem übertreibst du. Cassian hat mich warm gehalten. Wahrscheinlich wussten sie selbst nicht, dass so etwas passieren kann. Schließlich sind sie keine ausgebildeten Zeitenwächter. Alles, was sie darüber wissen, ist nur Spekulation.«

»Das kann schon sein«, lenkte Sky ein. »Aber das macht es auch nicht besser.«

»Sehen wir uns Samstag?«, wechselte ich das Thema. Sky hatte am nächsten Tag ein Vorspiel, deshalb würde ich den Schultag allein überstehen müssen.

»Hhm«, druckste Sky herum. »Ich bin mit Frazer verabredet. Wir wollen Eis essen gehen. Ich habe beschlossen, ihm eine zweite Chance zu geben.«

»Du hast was?« Ich verschluckte mich fast, als ich nach Luft schnappte.

»Als Freund«, beruhigte Sky mich. »Nur als Freund. Vielleicht ist er mal ganz nützlich.«

»Was soll das denn nun wieder heißen?«

»Du weißt schon, ab und zu sind selbst Jungs brauchbar. Sie stehen körperlichen Auseinandersetzungen grundsätzlich offener gegenüber.«

Ich prustete los. »Du meinst, Frazer soll sich für uns prügeln? Mit wem denn bitte?«

»Beispielsweise mit deinem Elfen. Der ist nicht besonders höflich. Vielleicht braucht er mal jemanden, der ihn in die Schranken weist.«

»Lieber nicht. Cassian würde den armen Frazer grün und blau schlagen.«

»War ja klar, dass du der Meinung bist, dass dein Elf stärker ist als er«, entgegnete sie verschnupft.

»Verteidigst du ihn?«

»Nein«, entgegnete sie empört. »Ich wäge nur die Möglichkeiten ab.«

»Schon klar. Schlaf gut.«

»Du auch.«

Ich hatte eigentlich erwartet, dass Raven und Cassian am folgenden Tag wiederkommen würden. Aber Pustekuchen. Der Freitag und der halbe Samstag verstrichen, ohne dass sich jemand blicken ließ. Nicht einmal Quirin machte sich die Mühe, mich auf dem Laufenden zu halten. Mein kleiner Ausflug in die Vergangenheit konnte das Rätsel ja wohl kaum gelöst haben. Es war schließlich nur so was wie eine Probefahrt gewesen. Weshalb ließen sie mich zappeln? Das war mal wieder typisch. Andererseits legte ich keinen Wert darauf, noch mal in die Vergangenheit zu reisen. Die Kälte saß mir noch in den Knochen, und obwohl die Sonne für einen Frühlingstag warm vom Himmel schien, trug ich einen dicken Pullover.

Ich badete die Hände im heißen Abwaschwasser. Das schien irgendwie mein Schicksal zu sein. Ich war angekettet an einen riesigen Berg Geschirr, der nicht weniger zu werden schien, obwohl meine Finger schon ganz schrumpelig waren.

Mum war am Vorabend nach Paris geflogen, um sich das ganze Wochenende mit meinem Vater in den Betten zu wälzen, und Granny und ich schoben Dienst im Café. Theoretisch hatte auch Fynn versprochen zu helfen, aber praktisch hatte er sich schon vor zwei Stunden abgesetzt. So hatte ich die Blumen in Vasen verfrachtet, neue Bücher einsortiert und

Kuchen aufgeschnitten. Granny bezirzte die Gäste, und ich wusch nun das Geschirr ab. So stellte ich mir ein ausgefülltes Wochenende vor.

Sky und Frazer hatten sich auch noch nicht sehen lassen, wahrscheinlich knutschten sie irgendwo rum. Mein Leben war erbärmlich.

Eine Bewegung lenkte meine Aufmerksamkeit von dem Geschirr in den Garten. Ich kniff die Augen zusammen, um besser sehen zu können. War das Quirin, der da auf und ab hüpfte und winkte?

»Ich muss mal kurz Pipi«, erklärte ich Granny, die in die Küche kam.

»Kümmere dich lieber um den Troll, bevor ihn jemand sieht. Er hibbelt schon seit zehn Minuten hinter der Hecke herum. Ich hätte dir früher Bescheid gesagt, aber der Pastor hat mir seine Predigt für morgen vorgelesen, und dann wollte er wissen, wie ich sie finde.« Erschöpft ließ sie sich auf einen Stuhl fallen.

Ich gab ihr einen Kuss auf die Wange. »Du bist die Beste. Ich bin gleich wieder da. Versprochen.«

Im Laufen wischte ich mir die nassen Hände am T-Shirt ab. Atemlos kam ich hinter der Hecke zum Stehen. Ich sollte echt an meiner Kondition arbeiten. »Wo warst du so lange?«

»Ich habe auch noch etwas anderes zu tun, als mich um die Elfen und dich zu kümmern. Es ist bald Mittsommerfest, da gibt es jede Menge vorzubereiten.«

»Ihr feiert Mittsommer?«, fragte ich erstaunt.

»Selbstverständlich. Mittsommer und Mittwinter markieren die wichtigsten Ereignisse bei uns Trollen. Wobei Mittwinter fast noch wichtiger ist. Da ist es richtig schön kalt und stürmisch.«

Mich fröstelte schon bei dem Gedanken. »Tanzt ihr um ein Lagerfeuer, oder was treibt ihr da so?«

»Wir tanzen, lachen, singen, werfen Baumstämme und was man sonst noch so macht, um sich zu amüsieren. Wundert dich das?«

»Wo du es erwähnst, wundert mich eher, dass ich außer dir keinen anderen Troll kenne.«

»Es sind nicht alle Trolle so liebenswürdig wie ich«, erklärte Quirin hoheitsvoll.

»Du meinst, es gibt nur sehr wenige Trolle, die ihre Nase in fremde Angelegenheiten stecken.«

»Das ist die unfreundliche Variante.«

»Sorry. Ich hab dich vermisst.«

»Du vermisst doch nur Nachrichten von Cassian.«

»Blödsinn«, verteidigte ich mich. »Gibt es was Neues?«

»Wäre ich sonst hier?« Er sah mich treuherzig an.

»Natürlich. Du bist doch mein Beschützer.«

Quirin schien ein paar Zentimeter zu wachsen. »Ganz genau. Ich soll dir ausrichten, dass sie dich heute Abend treffen möchten. Auf der Lichtung. Es war nicht so einfach, die Uhr noch mal auszuleihen, ohne dass jemand etwas merkt. Meinst du, du kannst kommen?«

»Klar. Meine Mutter ist weggefahren. Fynn schläft bei Grace. Die Luft ist also rein.«

»Dann erwarten wir dich.«

Ich würde mir nicht extra etwas Schickes anziehen. Und ich würde mir auch nicht vorher die Haare waschen. Der Kerl sollte sich nicht einbilden, dass ich mich für ihn in Schale warf. Obwohl – ich schnupperte an einer Strähne. Mein Haar roch eindeutig nach Kuchen. Nach verbranntem Kuchen. Eine Dusche würde da nicht schaden.

Frazer pfiff, als ich die Treppe hinunterkam.

»Sehr lustig.«

Er und Sky waren vor einer halben Stunde bei mir eingetrudelt und ließen sich von Granny die Karten legen. Frazer flüsterte seine Fragen Granny allerdings nur ins Ohr, weil er es zu persönlich fand.

»Du siehst sehr hübsch aus. Wenn Cassian das nicht auffällt, dann ist er ein Idiot.«

»Er ist blind«, erinnerte ich ihn.

»Ich wette, er sieht dich trotzdem. Vor seinem inneren Auge. Außerdem duftest du gut.«

Sky verdrehte hinter seinem Rücken die Augen. »Willst du wissen, was die Karten sagen?«

»Ja klar, aber sollten wir Eliza nicht zur Lichtung bringen? Es ist stockfinster draußen.«

Ich winkte ab. »Ich finde den Weg schon. Keine Sorge.«

Im selben Moment klopfte es an der Tür.

Wer kam um diese Zeit noch zu uns? Mit Frazer im Schlepptau öffnete ich und fragte mich, ob Sky ihn auf seine Rolle als Bodyguard eingeschworen hatte.

Quirin grinste uns an. Hinter ihm standen Cassian, Raven und Jade.

»Wir haben gehört, dass du sturmfreie Bude hast, und hier ist es doch viel netter als auf der feuchten Lichtung«, verkündete Jade. Sie sah fast wieder so fröhlich aus wie das Mädchen, das ich vor einem halben Jahr kennengelernt hatte. Raven lächelte entschuldigend, und nur Cassian guckte verkniffen wie immer.

»Ich war dagegen«, murmelte er, als er an mir vorbeiging. Kurz sog er die Luft ein. »Du riechst sehr gut.«

Frazer zwinkerte mir zu, was wohl so viel hieß wie: Sag ich doch.

Ich führte die Truppe ins Wohnzimmer meiner Großmutter, wo Jade sich freundlich vorstellte und vor Granny einen kleinen Knicks machte. Ich konnte mir ein Kichern nicht verkneifen. Granny blickte mich vorwurfsvoll an. »Setz dich neben mich, Kind«, forderte sie Jade auf und musterte dabei Cassian ungeniert. »Du musst Cassian sein.«

Dieser nickte knapp, bevor er sich neben der Tür postierte.

Raven zog sich einen Stuhl heran, und Quirin fläzte sich auf meine Sessellehne. »Wir hatten befürchtet, dass uns jemand auf die Schliche gekommen ist. Deshalb konnten wir nicht eher wiederkommen.«

»Ihr müsst sehr vorsichtig sein, Kinder«, mischte Granny sich ein. »In den Karten sehe ich dunkle Schatten.«

Weshalb klang ihre Stimme so komisch? Es gab keine Schattenkarte.

»Etwas bedroht das Gleichgewicht der magischen Welt.« Granny blickte zu Quirin. »Du spürst es auch, nicht wahr?«

»Natürlich, aber es ist sehr diffus. Ich habe keine Ahnung, was es bedeutet.«

»Ich habe den Turm in Elizas Zukunft gesehen. Das bedeutet nichts Gutes. Ich würde dir verbieten, dich in die Angelegenheiten der Elfen einzumischen, wenn ich hoffen könnte, du würdest auf mich hören.«

So ernst klang meine Großmutter nur selten, und die Haare auf meinen Unterarmen richteten sich auf. »Was bedeutet der Turm?«, fragte Frazer.

»Der Turm bedeutet nahendes Unheil«, erklärte Cassian, und mir blieb vor Staunen der Mund offen stehen. Ich hatte bisher nicht gewusst, dass die Elfen das Tarot kannten. »Er bedeutet, dass deine Welt auf Illusionen und Lügen gebaut ist. Das blockiert deine Energien und Kräfte. Meistens sind negative Gefühle daran schuld, oder irgendwelche finsteren Mächte. Normalerweise liegt die Ursache aber bei dir selbst.« Er sagte das völlig teilnahmslos, trotzdem fühlte ich mich wieder mal angegriffen. Ich wusste selbst, dass meine Gefühle für ihn überaus negativ waren, da brauchte mich niemand mit der Nase draufzustoßen.

»Okay.« Frazer sah nach diesen Erläuterungen kein bisschen schlauer aus.

»Können wir loslegen?«, fragte Cassian.

Ich nickte, wandte mich aber Frazer zu. »Es sind nur Karten.«

»Klingt schon etwas gruselig, wenn er es so erklärt«, flüsterte Frazer und wies mit einem Kopfnicken auf Cassian.

Da hatte er recht. Cassians Stimme hatte gruselig orakelhaft geklungen. Das war wieder mal typisch für ihn. Weshalb musste er so oberlehrerhaft mit Frazer reden und einen auf Ich-kenne-mich-mit-allem-aus machen?

»Cassian und ich haben herausgefunden, dass du Einfluss darauf nehmen kannst, in welcher Vergangenheit du landest«, unterbrach Raven unser Geplänkel.

»Den Eindruck hatte ich nicht. Der Tunnel hat mich einfach irgendwo rausgeschmissen.«

Raven nickte. »Weil es dein erstes Mal war.«

Sky unterbrach sie. »Weshalb konnte Rubin Eliza sehen? Und weshalb ist Eliza so kalt geworden? Ich habe den Eindruck, ihr verschweigt einiges.«

Ravens Blick wanderte von ihr zu mir. »Wir wissen nicht, ob Rubin dich wirklich sieht. Eigentlich ist das unmöglich. Wenn er dich gesehen hätte, meinst du nicht, er hätte dich dann wiedererkannt, als ihr euch zum ersten Mal im Hier und Jetzt getroffen habt?«

Diesem Argument hatte ich nichts entgegenzusetzen, und auch Sky knabberte nachdenklich auf ihrer Unterlippe.

»Es gibt tatsächlich Elfen, die sensibler sind als andere, die Magie stärker durchschauen, wenn sie ihr begegnen. Wir wussten nicht, dass Rubin zu ihnen gehört. Bisher ist er nie durch besondere Fähigkeiten aufgefallen. Im Gegenteil. Er kann nicht mal Gedanken lesen«, ergänzte Raven.

»Echt nicht? Ich dachte, das wäre bei euch ein Naturgesetz.«

»Eher eine natürliche Gabe. Wir werden mit dieser Fähigkeit geboren. Fast immer. Aber manchmal eben nicht. Rubin leidet sehr unter diesem Makel, deshalb hängt es niemand von uns an die große Glocke.«

»Was ist da eigentlich tatsächlich passiert? Was hat Eliza gesehen?«, setzte Sky ihr Verhör weiter fort.

»Calum ist ein Shellycoat. Er war besessen. Muril, das Böse schlechthin, hatte von seinem Körper Besitz ergriffen. Die einzige Möglichkeit, Muril für immer zu vernichten, war, dass Emma ihn tötete. Sie hat getan, was getan werden musste, obwohl sie ihn liebte«, erklärte Cassian geduldig.

»Aber Raven hat gesagt, er ist nicht gestorben«, wandte ich ein.

»Das ist er auch nicht, und wir wissen nicht genau, warum. Und Emma wusste es vorher auch nicht. Vielleicht schützte ihn ihre Liebe.«

»Das klingt mir eher nach einem Kitschfilm als nach Abenteuer«, flüsterte Frazer.

»Offensichtlich verstehst du nichts von der Macht der Liebe«, wies Cassian ihn zurecht.

Ich musste mich verhört haben und unterdrückte nur mit Mühe ein hysterisches Kichern.

»Hast du sonst noch Fragen?« Klang er etwa besorgt, oder bildete ich mir das nur ein?

»Du hättest Eliza die ganze Geschichte vorher erzählen müssen, schließlich war Emma der Auslöser für Elisiens Verschwinden«, mischte Jade sich ein und erntete von ihrem Bruder einen bösen Blick.

»Du hast versprochen, dich nicht einzumischen«, fuhr er sie an.

»Das bedeutet nicht, dass ich still in der Ecke sitzen muss.«

»Eigentlich schon.«

Granny legte beruhigend eine Hand auf Jades und reichte ihr einen Keks.

»Wenn du durch den Tunnel fliegst, musst du genau die Bilder betrachten, die dir gezeigt werden. Steige erst aus, wenn du glaubst, dass diese Episode wichtig für uns ist«, verlangte Cassian von mir.

»Das ist kein Fahrstuhl«, protestierte ich.

»Versuch es einfach. Deine erste Reise bestätigt nur, was wir im Grunde schon wissen. Emma und Calum haben etwas damit zu tun. Elisien war auf dem Weg nach Avallach zu einer Ratssitzung. Es gab keinen Grund, vorsichtig zu sein. Ihr drohte keine Gefahr. Sie kam jedoch nie in Avallach an. Wir haben wochenlang nach ihr gesucht, aber keine einzige Spur entdeckt«, fasste Raven noch einmal zusammen.

»Bist du bereit?«, unterbrach Cassian sie ungeduldig. Er kniete vor mir nieder und legte die Uhr in meine Hand. Ich drehte an dem Knopf und versuchte, mich auf das Rätsel zu konzentrieren, was schwieriger war als beim letzten Mal, weil alle mich anstarrten.

»Du kannst das.« Als er lächelte, bildeten sich kleine Grübchen auf seinen Wangen, die vor meinen Augen verschwammen, als ich kurz darauf in den Lichttunnel gesogen wurde.

Ich plumpste neben Sophie auf eine harte Holzbank. Das war aber schnell gegangen. Sie beachtete mich gar nicht. Der Raum, in dem wir uns befanden, war nur schwach beleuchtet. An den Wänden standen Sitzbänke, die bis zum letzten Platz besetzt waren und sich wie in einem Kino stufenweise nach oben zogen. Fackeln steckten in eisernen Halterungen und erhellten notdürftig den Raum, in dem es keine Fenster gab. Ich konnte mich nicht erinnern, dass Cassian mir diesen

Saal schon einmal gezeigt hatte. Die Anwesenden waren ausnahmslos Elfen, bis auf Dr. Erickson und Sophie. Die beiden saßen schweigend am Rand der Sitzbank und musterten besorgt Raven, die in der Mitte des Saales auf einem Stuhl saß. Ich winkte ihr zu, bis mir einfiel, dass sie mich ja nicht sehen konnte.

Der Raum war beinahe rund, und in der Mitte befand sich eine Art Podium. Ravens Haut war unnatürlich blass, das konnte ich bis in die letzte Reihe erkennen, und Elfen waren schon von Natur aus nicht gerade dunkelhäutig.

Die drei anderen Stühle auf dem Podium waren ebenfalls besetzt, allerdings kannte ich nur Larimar. Die beiden Männer, die sie flankierten, hatte ich noch nie gesehen. In jedem Fall sahen sie nicht gerade freundlich aus. Beide trugen langes graues Haar, und von ihren bartlosen Gesichtern war ihr Alter kaum abzulesen. Sie machten keine Anstalten, den herrschenden Tumult zu unterbrechen.

Larimar gab dem Elfen, der vor den Sitzreihen stand, ein Zeichen, und dieser klopfte mit einem Stock dreimal auf den Boden. Das Geschrei verstummte beinahe sofort.

»Ich verstehe euren Unmut«, verkündete sie in die Stille. »Aber ich frage euch: Können wir tatsächlich eine Elfe zur Königin wählen, die Schuld trägt am Verschwinden Elisiens?«

Der Tumult brandete wieder auf. »Lügnerin!«, schrien einige. »Verbannt sie!«, forderten andere. »Sie muss bestraft werden!«, verlangte eine Frau vor mir.

»Raven ist die rechtmäßige Nachfolgerin Elisiens«, flüsterte Sophie, aber niemand außer mir hörte ihre Worte.

Das Geschrei ebbte nur langsam ab, und ich musterte die gespannten oder misstrauischen Gesichter. Erst jetzt fiel mir die Nummerierung der Reihen auf. Die einzelnen Familien saßen getrennt voneinander. Hinter den Sitzbänken prangten große verschnörkelte Zahlen. An die Steinwand hinter mir war eine Sieben gepinselt. Neben die Zahlen war, zwar deutlich kleiner, aber immer noch gut erkennbar, die jeweilige Aureole der Familie aufgemalt.

Ich brauchte auch nicht lange zu rätseln, worum es ging. Raven wurde verdächtigt, an Elisiens Verschwinden die Schuld zu tragen. Gespannt folgte ich dem Disput. Endlich würde ich ein paar Hintergründe erfahren, die Cassian immer sorgfältig vor mir verborgen hatte.

»Elisien hat dir vertraut«, sagte Larimar. »Du hast sie hintergangen.«

»Das ist nicht wahr«, erklärte Raven. »Ich habe mit Elisiens Verschwinden nichts zu tun.«

»Wir haben die Königin nicht gefunden. Von ihr fehlt weiterhin jede Spur.«

»Ich selbst habe die Suchmannschaft angeführt!«, begehrte Raven auf.

»Was dir die Möglichkeit gab, alle Spuren deiner Beteiligung zu verwischen.«

»Das ist lächerlich. Wie sollte ich das bewerkstelligen? Diese Verhandlung ist eine Farce.«

»Das hast du dir fein zurechtgelegt«, fauchte Larimar. »Natürlich hast du dir die Hände nicht selbst schmutzig gemacht. Das hast du Emma überlassen, habe ich recht? Sie hat die dunkle Magie in unser Land gebracht. Sie trägt die Schuld an dem vergangenen Krieg und seinen Opfern.«

»Das glaubst du doch nicht wirklich. Emmas und Calums Unschuld ist vor allen Völkern bewiesen worden«, verteidigte Raven das Menschenmädchen.

»Und doch muss Emma etwas damit zu tun haben. Kein Elf hätte die Macht, die Königin spurlos verschwinden zu lassen. Das wirst selbst du zugeben.«

»Das ist richtig.« Raven neigte den Kopf.

»Kein Elf hatte ein Motiv, die Königin verschwinden zu lassen«, setzte Larimar nach. »Nur du, Raven. Du hast eins. Kann es sein, dass du es nicht abwarten konntest, ihren Platz einzunehmen? Kann es sein, dass du ihre Gutmütigkeit ausgenutzt und sie schamlos hintergangen hast?« Larimars Worte peitschten durch den Saal.

»Du wirst diese Anschuldigungen niemals beweisen können.«

»Oh doch, das werde ich. Denn es gab Zeugen für dein Vergehen.«

Raven sprang auf. »Das ist unmöglich.«

Larimar lachte verächtlich auf und winkte den Wachen zu, die am Eingang standen. »Führt ihn herein!«

Zu meinem Erstaunen trat Rubin in den Gerichtssaal. »Vielen Dank, dass du dich bereit erklärt hast, heute hier auszusagen. Ich weiß am besten, wie schwer es für dich sein muss. Aber glaube mir, du tust das Richtige«, begrüßte Larimar ihn mit honigsüßer Stimme.

Rubin erwiderte nichts. Er sah müde aus. Sein blondes Haar war zerzaust und seine Kleidung unordentlich. Offensichtlich war er gerade erst aus dem Bett gestiegen und fühlte sich unwohl in seiner Haut. Nervös huschte sein Blick über das Publikum, und ich duckte mich aus Angst, dass er mich auch diesmal sehen konnte. Unruhig knetete er die Hände.

»Berichte uns, was du an besagtem Tag gesehen hast«, forderte Larimar ihren Sohn auf.

»Ich war im Wald.« Er sprach so leise, dass ich ihn kaum verstehen konnte.

»Hast du jemanden gesehen?«, fragte Larimar.

»Emma und Raven. Aber sie haben nichts getan. Soweit ich das beurteilen konnte, haben sie nur im Gras gesessen und sich unterhalten.«

Raunen setzte ein, und ich fragte mich, was daran so ungewöhnlich war.

»Warum bist du nicht zu ihnen gegangen?«, fragte Larimar interessiert.

»Ich dachte, sie wollten ihre Ruhe haben. Da wollte ich nicht stören.«

»Haben sie geflüstert?«

»Kann sein«, bestätigte Rubin ihre Vermutung.

Larimar blickte nachdenklich und tippte sich mit einem Finger an die Lippen. »Sie haben also geflüstert, obwohl sie allein im Wald waren. Fandest du das nicht merkwürdig?«

Rubins Blick glitt zu Raven. »Darüber habe ich nicht weiter nachgedacht. Mädchen flüstern nun mal.«

Larimar ließ diese Bemerkung unkommentiert.

»Ich habe mich mit Emma getroffen. Das ist schließlich kein Verbrechen«, erklärte Raven in die Stille.

»Zufällig an einer Stelle, an der auch Elisien vorbeigeritten ist? War es nicht viel mehr so, dass du Emma gebeten hast, dein Problem für dich zu lösen? Du warst ihr immer eine treue Freundin. War Emma dir da nicht etwas schuldig?«, fragte Larimar.

»Emma war mir nichts schuldig, und ich wünsche mehr als jeder andere, dass Elisien noch bei uns wäre.«

»Und doch hast du uns verschwiegen, dass du an diesem Tag im Wald warst. Ich frage mich, warum?«

Ein kollektives Aufstöhnen ging durch die Zuschauer der siebten Familie. Ravens Familie. Larimar hatte ihre Falle gut gestellt.

»Ich habe nicht mehr daran gedacht«, erklärte Raven, und ihre Stimme zitterte unmerklich.

Selbst ich hatte den Eindruck, dass sie etwas verbarg oder zumindest ein schlechtes Gewissen hatte.

»Nicht daran gedacht?« Larimar lachte auf. »War es nicht viel eher so, dass du den Eindruck erwecken wolltest, dass du Leylin an diesem Tag nicht verlassen hast? Wäre es nicht an der Zeit, die Wahrheit zu sagen?«

»Du hast recht«, lenkte Raven ein. »Es war dumm von mir, dieses Treffen zu verschweigen. Ich entschuldige mich dafür.«

Larimar baute sich ganz nah vor Raven auf. »Für eine Entschuldigung ist es zu spät. Es wäre besser, wenn du uns berichtest, was Emma mit Elisien gemacht hat. Hat sie sie verhext?«

»Emma kann nicht hexen.«

»Das behauptest du, aber ich glaube dir nicht. Dieses Mädchen besitzt mehr Macht als je ein Mensch vor ihm. Emma vereint die Kräfte zweier Völker, und sie hat die Undinen und Muril besiegt. Sie ist gefährlich, und du hast dich ihrer Freundschaft versichert. Ich habe im Großen Rat gefordert, dass sie und Calum getötet werden. Der Rat hat anders entschieden und die beiden von jeder Schuld freigesprochen. Elisien hat sich sogar für dieses Mädchen verbürgt, und zum Dank hat Emma sie verschwinden lassen. Wir werden vermutlich niemals herausfinden, wie ihr das gelungen ist. Es sei denn, du gestehst endlich.«

»Es gibt nichts zu gestehen. Emma besitzt diese Kräfte nicht, von denen du sprichst, und jede Minute, die wir vergeuden, trägt nur dazu bei, dass Elisien unerreichbarer wird.«

»Du bleibst also dabei, dass du unschuldig bist und nichts mit dem Verschwinden der Königin zu tun hast?«, fragte Larimar.

»Alles andere wäre eine Lüge.«

»Trotz Rubins Aussage?«

Raven seufzte. »Was hat er schon gesehen? Ich habe mich mit Emma getroffen. Nicht mehr und nicht weniger. Sie ist meine Freundin.«

»Warum habt ihr euch nicht in Leylin getroffen?«

»Ich habe Emma davon abgeraten«, sagte Raven.

»Warum?«, hakte Larimar sofort nach. »Wenn euer Treffen so harmlos war, warum seid ihr nicht in ein Café gegangen oder habt Sophie besucht? Emma soll doch schließlich unschuldig sein.« Schon daran, wie sie diese Sätze aussprach, war zu erkennen, dass sie die Antwort bereits kannte.

»Du weißt genauso gut wie ich, dass die Vorbehalte gegen

Emma in der Stadt noch groß genug sind. Es gibt immer noch Elfen, die nicht glauben, dass Muril vernichtet wurde. Dieses Schmierblatt Haruspex hat gründliche Arbeit geleistet.« Ravens Blick glitt zu einem kleinen, dünnen Elfen mit Brille auf der Nase, der emsig mitschrieb.

Jetzt, wo Raven eine Pause machte, schaute er auf und grinste sie mit einem schmierigen Lächeln an. Fast entschuldigend breitete er die Arme aus. »Ich tue nur meine Arbeit. Wir müssen unser Volk informieren und warnen.«

»Ihr hetzt sie auf«, zischte Raven ihn an. »Ihr seid schuld, dass Emma in Leylin nicht sicher war.«

»Offensichtlich hatten wir recht mit unserer Vermutung«, erklärte der Mann. »Wieder ist etwas Schreckliches geschehen, und dieses Menschenmädchen war zufällig wieder einmal in der Nähe.«

Raven sprang so plötzlich auf, dass ich zusammenzuckte. Rubin reagierte am schnellsten und hielt sie zurück. Ansonsten wäre sie dem selbstgefälligen Schmierfinken vermutlich an die Gurgel gegangen und hätte das Papier in seinen Händen zerfetzt.

»Er ist es nicht wert«, erklärte Rubin.

Raven wandte sich zu ihm um. »Ich weiß. Elfen wie er machen mich trotzdem wütend.« Sie ließ sich wieder auf ihren Stuhl fallen. »Ich habe zwei Wochen lang Tag und Nacht nach Elisien gesucht. Ich liebe sie nicht nur als meine Königin. Sie war wie eine Mutter zu mir. Ich hätte sie mit meinem Leben beschützt. Sie hat mir alles beigebracht, was ich wissen muss, um unserem Volk eine gute Königin zu sein. Ich hatte keinen Grund, ihr Schaden zuzufügen. Im nächsten Jahr wäre ihre Regierungszeit vorbei gewesen und ich wäre rechtmäßige Herrscherin von Leylin geworden. Aus welchem Grund hätte ich Emma bitten sollen, sie verschwinden zu lassen?«

Larimars Augenbrauen verengten sich. »Diesen Grund würden alle Anwesenden gern erfahren. Kann es vielleicht sein, dass Elisien deine Beziehung zu Peter missbilligt hat?«

»Elisien schätzt die Menschen. Sie sieht in ihnen nicht nur das Böse. Sie hat nie gefordert, dass ich mich zwischen Peter und meinem Volk entscheide.«

»Ich glaube, dass du uns auch hier nicht die Wahrheit sagst. Elisien war nicht glücklich mit deiner Wahl.«

Raven wurde noch blasser, wenn das überhaupt möglich war. Die Schlinge um ihren Hals zog sich mehr und mehr zusammen. Ich kannte das Ergebnis der Verhandlung ja schon. Raven wurde verbannt, und erst nachdem sie half, die Schneekugel zu finden, begnadigte Larimar sie und erlaubte ihr, nach Leylin zurückzukehren.

»Ich glaube, dass sie mit dir darüber gesprochen und verlangt hat, dass du dich von Peter trennst. Deshalb hast du Emma gebeten, dir zu helfen. Du wolltest weder auf Peter noch auf die Krone verzichten.«

»Das stimmt nicht. So etwas hätte Elisien nie erwartet.« Raven wandte den Blick nicht von Larimar. »Aber egal, was ich sage, dein Urteil steht längst fest. Ist es nicht so?«

Ein Funke blitzte in Larimars Augen auf, und Raven zuckte zurück. Ob dies außer mir noch jemand bemerkt hatte? Abrupt drehte Larimar sich um und ging zu ihrem Stuhl.

Alle starrten die drei Richter an, die über Ravens Zukunft diskutierten. Es war ein bisschen wie bei dem Film *Titanic*. Sky und ich hatten ihn gefühlte hundert Mal gesehen, und trotzdem hoffte ich jedes Mal, dass Leonardo nicht ertrank. Und immer heulte ich wie ein Schlosshund, wenn er doch untergluckerte. Ich wusste, wie das endgültige Urteil ausfallen würde, und trotzdem drückte ich Raven die Daumen. Blöd, dass ich die Vergangenheit zwar sehen, aber nicht ändern konnte.

»Ich treffe dieses Urteil nicht gern«, erklärte Larimar mit fester Stimme. Lange hatte sie sich mit den beiden anderen Richtern nicht beraten. »Erhebe dich!«

Raven stand auf und fixierte mit starrem Blick ihre Gegnerin.

»Ich kenne dich seit deiner Kindheit, und genauso, wie du Elisien getäuscht hast, so hast du auch mich getäuscht.«

Bei der Schleimspur, die Larimar hinter sich herzog, wurde mir übel.

»Für dein Vergehen kann es nur eine Strafe geben.« Sie machte eine kunstvolle Pause, und die Zuhörer schienen kollektiv die Luft anzuhalten. »Wir müssen dich verbannen.«

Schreie des Entsetzens zogen durch die Reihen. Selbst die Mitglieder der ersten und zweiten Familie schrien auf, obwohl sie Raven vermutlich nicht besonders wohlgesonnen waren. Ich erinnerte mich noch ziemlich genau daran, was Cassian mir über die Rivalitäten zwischen den Familien erzählt hatte. Im Grunde mussten sie froh über das Urteil sein, bedeutete es doch, dass der Thronanspruch auf Larimar überging. Das hatte sie geschickt eingefädelt. Sie hatte die Situation ausgenutzt, um ihre Nebenbuhlerin aus dem Rennen zu werfen. Ich fragte mich, ob sie es nicht sogar selbst war, die die Schuld an Elisiens Verschwinden trug.

»Diese Strafe wurde seit Hunderten von Jahren nicht verhängt«, flüsterte Sophie ihrem Mann zu.

Raven selbst zuckte nicht mit der Wimper. Fast schien es, als ob sie dieses Urteil erwartet hatte.

»Du wirst mit Peter Leylin umgehend verlassen«, forderte Larimar.

Raven nickte wortlos, was die Hohepriesterin wütend zu machen schien.

»Noch in dieser Nacht«, keifte sie. »Und ihr werdet nicht zurückkehren.« Sie winkte zwei Wachen herbei, die Raven hinaus eskortierten, dann verließ sie selbst fluchtartig den Saal.

Rubin blieb sitzen, während die anderen Elfen laut diskutierend aus dem Saal strömten. Fast alle ignorierten ihn, obwohl er mit gesenktem Kopf in der ersten Reihe hockte. Er hatte gerade seine Freundin verraten, dafür konnte er kaum ein Lob erwarten. Er tat mir leid. Er schien immer zwischen den Stühlen zu sitzen. Das musste nicht leicht für ihn sein. Dabei würde ich wetten, dass Raven ihm seine Aussage nicht einmal übel nahm.

Rubin fixierte die Stelle, an der ich saß. Ich wagte nicht, mich zu rühren. Kurz darauf schüttelte er frustriert den Kopf. Offensichtlich sah er mich heute nicht. Jedenfalls nicht so genau wie bei meinem ersten Besuch. Er stand auf und ging in meine Richtung. Ich hielt die Luft an. Wenn ich jetzt schon zurückreiste, hatte ich im Grunde wieder nichts in Erfahrung gebracht, was Cassian und Raven nicht schon wussten.

»Rubin?«

In der Tür stand Cassian. Erleichtert atmete ich auf, als Rubin sich abwandte. Ich spürte, wie die eisige Kälte langsam in mir hochkroch. Lange würde ich es hier nicht mehr aushalten. Mir wurde nicht einfach nur kalt, es fühlte sich an, als erfror ich von innen heraus, obwohl es gar kein Innen gab.

»Bist du hier?« Cassians Stock klackerte auf der Erde.

»Ja«, antwortete Rubin schleppend. »Ich hätte nicht gedacht, dass meine Mutter das durchzieht, und ich Idiot habe Raven auch noch ans Messer geliefert. Ich dachte, meine Aussage würde ihr helfen.«

»Deine Mutter hat getan, was sie für richtig hielt«, verteidigte Cassian Larimar.

»Weshalb bist du immer auf ihrer Seite?«

»Weil sie für Stabilität sorgt. Weil dank ihr nicht das totale Chaos ausgebrochen ist, nachdem Elisien verschwunden ist.«

»Das ist nicht für alles eine Entschuldigung. Nur weil sie glaubt zu wissen, was das Beste für Leylin ist, muss es das noch lange nicht sein.«

»Das mag sein, aber mir fällt niemand ein, der es besser machen könnte.«

Rubin zuckte mit den Schultern. »Mir auch nicht. Leider.«

Ich sprang auf, um ihnen zu folgen, doch ich fühlte den mittlerweile vertrauten Ruck, und der Tunnel zog mich zurück durch die Zeit.

Wieder flogen die Bilder an mir vorbei, als säße ich in einem Zug und würde die Zeit beobachten, die am Fenster vorbeiflackerte, und unvermittelt plumpste ich in eine Küche. In eine Menschenküche mit Spülmaschine und allem Drum und Dran. Am Tisch saß eine Kleinkind-Ausgabe von Rubin, die verzweifelt versuchte, einen Löffel zum Mund zu führen. Klatschend landete der Brei schließlich auf dem Fußboden. Das war doch unmöglich. Was tat er hier?

»Kannst du nicht ordentlich essen?«, brüllte ein ungepflegter Mann, der sich die Hände an einem fleckigen Geschirrtuch abwischte. Mit zwei Schritten war er bei dem Kleinen und gab ihm einen Schlag auf den Hinterkopf. Rubin fing an zu brüllen, worauf der Mann ihm den Teller fortnahm. »Dann bekommst du eben nichts zu essen, du Wechselbalg.«

Am liebsten hätte ich dem Idioten gegen das Schienbein getreten, wenn es denn genutzt hätte. Stattdessen kniete ich mich vor den weinenden Rubin. Es dauerte nur Sekunden, und ich hatte die ganze Aufmerksamkeit des kleinen Kerls. Nun war es an mir, verwirrt zu sein. Er lächelte mich an, während auf seinen Wangen die Tränen trockneten und ihm der Rotz aus der Nase lief. Jetzt gluckste er sogar vor sich hin und versuchte, mit seinen Karottenhänden nach mir zu greifen. Warum lebte Rubin in diesem Loch? Überall stapelten sich Schmutz und Müll. Aus dem Nachbarzimmer ertönte weiteres Kindergeschrei. Als ich hineinging, hockten dort zwei größere Mädchen. Auf dem Sofa saß eine Frau mit strähnigen Haaren. Neben ihr lag ein Säugling auf einer ausgefransten Decke. Wo war ich hier bloß hingeraten, oder besser: Wie war der kleine Elf hierhergekommen?

Der Mann drängelte an mir vorbei und setzte Rubin, dessen blondes Haar eine orangerote Färbung angenommen hatte, zu den beiden Mädchen, die am Boden spielten. Das ältere war vielleicht gerade mal neun Jahre alt. »Mach das Balg sauber«, befahl er. Das Mädchen sprang ängstlich auf und nahm Rubin an die Hand.

»Du weißt genau, dass er Rubin heißt«, sagte die Frau auf dem Sofa, ohne den Blick vom Fernsehbildschirm zu lösen. »Nenn ihn auch so, wenn die Frau von der Fürsorge das nächste Mal kommt. Wenn sie ihn uns wegnehmen, geht das schöne Geld flöten. Sie haben uns sowieso schon auf dem Kieker. Laras Lehrer hat dem Weibsstück von den blauen Flecken erzählt.«

»Mit dem muss ich wohl mal ein Wörtchen reden«, zischte der Mann. »Der soll seine Nase nicht in fremde Angelegenheiten stecken«, schnauzte er und trat wütend den Holzturm um, den die Mädchen gebaut hatten. Holzklötzchen flogen durch die Luft, und das kleinere Mädchen wurde von einem am Nacken getroffen. Ich keuchte erschrocken auf, das Baby fing an zu schreien, aber das Mädchen biss nur die Zähne zusammen.

Der Typ riss seine Jacke vom Sessel und stürmte hinaus.

»Wo gehst du hin?«, brüllte die Frau hinterher und sprang auf.

»In den Pub, wohin sonst? Ist ja nicht auszuhalten hier«, kam es in derselben Lautstärke zurück.

Die Frau rannte hinterher, während das kleine Mädchen das Baby auf den Arm nahm, um es zu trösten. Als die Frau zurückkam, fauchte sie es an. »Verschwindet in euer Zimmer und lasst euch nicht mehr blicken!«

Der nun saubere Rubin und das ältere Mädchen hatten die Szene schweigend verfolgt. »Rubin hat Hunger«, flüsterte sie nun. »Und wir auch.«

»Es gibt nichts«, wiegelte die Frau ab und griff nach einer Bierdose, die auf dem Boden stand. Dann zündete sie sich eine Zigarette an und würdigte die Kinder keines Blickes mehr.

Als die vier bedrückt das Wohnzimmer verließen, wäre ich ihnen am liebsten gefolgt und hätte sie getröstet. So eine Kindheit hatte niemand verdient.

Während ich noch in dem vor Dreck starrenden Flur stand, rollte plötzlich ein Apfel an mir vorbei. Der Apfel umrundete einen Klamottenhaufen und drängte sich durch einen Türspalt. Dahinter hörte ich die Kinder flüstern. »Kannst du nicht etwas anderes besorgen als immer nur Äpfel, Rubin?«

»Sei froh, dass er das überhaupt kann, sonst würden wir verhungern. Er ist doch noch klein.«

Ein weiterer Apfel kullerte durch die Tür, dann eine Tomate.

»Schokolade wäre toll«, seufzte das kleinere Mädchen. »Ich weiß, dass Joanne welche im Schrank hat. Versuch es doch, Rubin, bitte.«

Rubin antwortete nicht, und mir fiel auf, dass er die ganze Zeit nicht gesprochen hatte. Seiner Größe nach zu urteilen war er bestimmt zwei oder drei Jahre alt. Weshalb ein Junge in seinem Alter mit Karottenbrei abgefüttert wurde, war mir schleierhaft.

Etwas schlitterte über den Boden und verhakte sich zwischen den Klamotten. Ich beugte mich hinunter, und tatsächlich zuckte da ein Schokoriegel herum. Er konnte sich nur nicht allein befreien, also gab ich ihm mit dem Fuß einen Stups, und der Riegel flutschte ins Kinderzimmer. Rubin verfügte über merkwürdige Fähigkeiten für einen Elfen.

Die Kinder aßen schweigend, und ich spürte, wie meine Beine unter mir nachgaben. Deutlicher als beim letzten Mal spürte ich die tödliche Kälte in mir hochkriechen. Ich hätte früher darauf achten müssen. Ich musste unbedingt zurück. Eis prickelte in meinen Fingern, als der Ruck durch meinen Körper ging und ich in den Lichtstrudel eintauchte. Mir wurde schwarz vor Augen, als ich durch den Strudel flog. In meinem Magen schien sich ein Baum aus Eis eingenistet zu haben, aus dem nun Äste und Zweige durch meinen Körper rankten. Ich durfte nicht ohnmächtig werden, wer wusste, ob die Uhr mich an der richtigen Stelle entließ?

Als ich zu mir kam, ruhte mein Kopf auf muskulösen Beinen. Ein riesiger Stapel Decken war über mir ausgebreitet, und an den Füßen spürte ich eine Wärmflasche. Ich musste nicht lange raten, auf wessen Schoß ich lag und wer meine Hände wärmte.

Sky kam mit einer dampfenden Tasse Tee ins Zimmer. Granny diskutierte mit Jade und Raven über ein Kartenbild, während Frazer und Quirin eine Partie Schach spielten. Es wirkte sehr gemütlich, und ich fragte mich, wie lange ich fort gewesen war.

Wie war ich auf die Couch gekommen? Ob Cassian die ganze Zeit meine Hand gehalten hatte? Mein Blick fiel auf unsere verschränkten Finger. Auf jeden Fall war mir viel wärmer als nach meinem letzten Ausflug.

»Du bist wieder da?«, fragte Cassian leise.

»Hhm.« Mehr brachte ich nicht über die Lippen.

»Wie fühlst du dich?« Ich spürte seine Hand in meinem Haar.

»Wie durch den Fleischwolf gedreht, wenn ich ehrlich bin.«

»Ich wünschte, du bräuchtest das nicht noch einmal zu tun. Hast du etwas herausgefunden?« Sky stellte den Tee vor mir ab und warf Cassian einen bösen Blick zu. »Es war unheimlich. Du hast gezittert wie Espenlaub.«

Bedauernd setzte ich mich auf, rückte aber nur so weit wie nötig von ihm ab. Dann nahm ich den heißen Tee und trank vorsichtig.

Raven lächelte mich erleichtert an. »War es schlimm? Du hast ganz plötzlich angefangen zu zittern, da haben wir dich eingepackt und gehofft, dass es hilft.«

»Hat es irgendwie«, beruhigte ich sie, obwohl mir die Methode beim letzten Mal besser gefallen hatte. Am liebsten hätte ich mich in Cassians Arme gekuschelt.

Ich schauderte zusammen. Sky wickelte mich zusätzlich in drei Decken und reichte mir die Wärmflasche.

Raven setzte sich mir gegenüber. »Und?«

»Ich weiß immer noch nicht, was mit Elisien passiert ist.«

Jade vergrub das Gesicht in den Händen, und Granny klopfte ihr tröstend auf den Rücken.

»Aber ich habe etwas anderes gesehen, was ich sehr merkwürdig finde.« Sechs Augenpaare blickten mich gespannt an.

»Und das wäre?«, fragte Sky.

Ich fixierte Raven. »Weshalb habt ihr mir nie erzählt, dass Rubin bei Menschen aufgewachsen ist?«

»Hast du dir den Kopf gestoßen?«, fragte sie nach einer Weile entgeistert.

»Mit so etwas macht man keine Scherze«, wies Cassian mich zurecht.

»Ich scherze nicht«, verteidigte ich mich. »Ich habe gesehen, was ich gesehen habe, und wenn niemand die Vergangenheit manipuliert hat, dann hat Rubin seine früheste Kindheit bei den Menschen verbracht. Nicht bei netten Menschen, das könnt ihr mir glauben.«

»Vielleicht erzählst du alles von Anfang an«, bestimmte meine Großmutter.

Ich stellte den Tee ab und wickelte mich fester in die Decken. Eigentlich war ich hundemüde. Die Kälte hatte alle Kraft aus mir herausgezogen, aber ich musste die Geschichte loswerden. Danach würde ich mich ins Bett verkrümeln und drei Tage durchschlafen. Cassian legte einen Arm um meine Schultern und zog mich an sich. Das war viel besser als eine Wärmflasche. Frazers Mundwinkel bogen sich nach oben. Ich warf ihm einen vernichtenden Blick zu, was sein Grinsen nur vertiefte.

»Zuerst bin ich in Ravens Gerichtsverhandlung geraten«, begann ich, ohne weiter auf Frazer zu achten. Ravens Gesicht verschloss sich bei der Erinnerung. Also machte ich es kurz, erzählte jedoch immerhin so viel, dass Sky, Granny und Frazer verstehen konnten, was überhaupt passiert war.

»Diese Larimar scheint ja eine echte Sympathieträgerin zu sein«, bemerkte Frazer treffend.

»Was hast du von Rubin gesehen?«, drängte Raven.

»Er war ein kleiner Junge, vielleicht zwei, drei Jahre alt und lebte in einer Pflegefamilie. Sie haben die Kinder geschlagen, beschimpft und hungern lassen. Ich habe noch nie eine Wohnung gesehen, die so verwahrlost war.«

»Und du bist dir sicher, dass es Rubin war?«

»Natürlich war es Rubin! Er hatte schon als kleiner Junge diese blonden Locken und die grauen Augen. Außerdem konnte ich seine spitzen Ohren sehen, im Gegensatz zu seinen Pflegeeltern, was auch gut so war. Wer weiß, wie sie ihn sonst behandelt hätten. Es war so schon schrecklich genug.«

»Ich kann das nicht glauben.« Cassian schüttelte den Kopf. »In meiner Erinnerung waren wir immer zusammen.«

»Warum habe ich nie gemerkt, dass Rubin zaubern kann? Wo hat er das gelernt?«, wandte ich mich an Raven.

Das Glas, das sie in der Hand hielt, rutschte ihr aus den Fingern und zerschellte auf dem Boden. Ich hatte sie noch nie so fassungslos erlebt.

Sky sog heftig die Luft ein, und Cassian wurde unnatürlich blass.

»Das bringt Larimar in Teufels Küche«, ließ Quirin sich vernehmen.

»Was ist los? Darf er nicht zaubern?«

Raven fixierte mich mit strengem Blick. »Was genau hast du gesehen?«

»Er hat etwas zu essen von der Küche durch den Flur zum

Kinderzimmer rutschen lassen. Äpfel und Schokolade. Ich glaube, er hat das nicht zum ersten Mal gemacht. Ich nahm an, manche Elfen haben diese Fähigkeit. Ihr könnt schließlich auch Gedanken lesen.«

Cassian umklammerte seinen Stock so fest, dass die Knöchel an seiner Hand weiß hervortraten. »Jedes Volk hat seine Gabe«, belehrte er mich. »Wir können Gedanken lesen und Gefühle beeinflussen. Zauberer können zaubern. Einhörner können in die Zukunft blicken. Es ist verboten, einem Angehörigen eines anderen Volkes seine Fähigkeiten zu vermitteln.«

»Wer soll Rubin beigebracht haben zu zaubern, und warum? Und ist das überhaupt so einfach? Er war noch so klein.«

»Du hast recht«, stimmte Raven mir zu. »Und das lässt im Grunde nur einen Schluss zu.«

»Das ist nicht möglich«, wehrte Cassian ab.

»Ist es nicht?«, fragte Raven ihn.

»Larimar ist seine Mutter und Eldorin sein Vater. Beide können nicht zaubern.«

»Vielleicht war das nur eine frühkindliche Gabe, die er später wieder verloren hat«, versuchte Frazer die Situation zu entspannen.

»Nein«, blaffte Cassian ihn an. »Elfen können nicht zaubern. Nie.«

»Ist ja gut. Ich fände es ziemlich cool, wenn ich es könnte.«

Cassian klackte mit seinem Stock nervös auf die Erde.

»Es gibt nur eine Möglichkeit«, sagte Raven vorsichtig. »Wir müssen herausfinden, wie Rubin zu den Menschen kam, und viel wichtiger: Wie kam er zurück zu den Elfen?«

»Vielleicht ist er gar nicht Larimars Sohn«, wandte Frazer ein. »Oder sein Vater ist ein Zauberer.«

Ravens und Cassians entgeisterten Blicken nach zu urteilen, war so etwas undenkbar.

Nur Jade nickte. »Besonders nett behandelt sie ihn nicht, aber warum hat sie ihn dann großgezogen? Das ergibt alles keinen Sinn.«

»Was hat das alles mit Elisiens Verschwinden zu tun?«, kam ich zurück zu unserem Ursprungsproblem. »Ich kann schon gar nicht mehr klar denken«, gähnte ich mit vorgehaltener Hand.

»Du musst herausfinden, was nach Rubins Geburt mit ihm passiert ist. Die Uhr bringt dich zu Ereignissen, die etwas mit dem Problem zu tun haben, das du lösen willst. Also muss ein Zusammenhang zwischen Rubin und Elisiens Verschwinden bestehen. Wir übersehen etwas. Meinst du, du schaffst es noch mal?«

»Jetzt jedenfalls nicht. Ich bin hundemüde und brauche ein heißes Bad.«

»Natürlich nicht sofort. Wir dürfen dich nicht überanstrengen. Die Kälte ergreift von deinem Körper Besitz, weil sich dein Geist von deinem Körper löst. Wir müssen besser auf dich aufpassen. Nur ein Mal noch und dann ist Schluss, versprochen.« Raven sah mich bittend an.

»Sieht bestimmt gruselig aus, wenn ich hier sitze und eigentlich nicht da bin.« Mein Blick huschte von Cassian zu Frazer und Sky.

»Dir läuft dann Sabber aus dem Mund«, feixte Frazer, und ich boxte ihn zur Strafe in die Seite.

»Du siehst aus, als würdest du schlafen«, verkündete Cassian steif. »Du musst dich nicht sorgen.«

»Das kannst du doch gar nicht sehen.«

Frazer grinste übers ganze Gesicht.

Hatte Cassian mich gerade vor Frazer in Schutz genommen oder so was Ähnliches? Ich musste lächeln.

Cassian sprang auf und nahm mir die Uhr aus der Hand. Er hängte sich die Kette um den Hals.

»Wir sollten gehen«, forderte er Raven und die beiden anderen auf.

Als sie das Haus verließen, trottete Quirin hinter ihnen her. Er war der Einzige, der mir zum Abschied winkte, bevor sie zwischen den Bäumen verschwanden.

# 10. Kapitel

»Was denkst du, warum Raven und Cassian so aufgewühlt waren, als du ihnen erzählt hast, dass Rubin zaubern kann?«, fragte Frazer. »Mal ehrlich, so dramatisch kann es doch nicht sein, dass Klein-Rubin Äpfel über den Boden rollen lässt.«

Unfreiwillig musste ich kichern. Wir drei saßen in unserer Freistunde in der Cafeteria der Schule und steckten die Köpfe zusammen, damit niemand uns belauschen konnte.

»Die Elfen bilden sich ziemlich viel auf ihre Fähigkeiten ein. Vielleicht haben sie Angst, dass diese verwässert werden, wenn sie sich mit anderen Völkern mischen«, vermutete Sky.

»Was ist das denn für eine vorsintflutliche Einstellung? Zauberer sind doch keine minderwertige Rasse oder so was. Ich finde zaubern viel cooler als Gedanken lesen. Das ist ehrlich gesagt ziemlich hinterfotzig«, empörte sich Frazer.

»Lass das bloß Cassian nicht hören«, neckte ich ihn. »Der zieht dir seinen Stab über den Kopf.«

»Der soll mal kommen. Mit einem blinden Elfen werde ich es ja wohl aufnehmen können.«

»Das glaubst aber auch nur du. Du hättest mal sehen sollen, wie er diesen Mantikor verprügelt hat.«

»Ich denke, du findest ihn doof und eingebildet?« Frazer kniff die Augen zusammen. »Offenbar hat er dich doch beeindruckt.«

»Er ist doof und eingebildet, trotzdem weiß ich seine Fähigkeiten durchaus zu schätzen.«

»Okay.« Er zog das Wort absichtlich in die Länge. »Welche besonders?«

Sky stupste ihn an. »Lass Eliza in Ruhe.«

»Ich glaube jedenfalls, die Elfen machen aus einer Mücke einen Elefanten. Wer weiß, mit wem Larimar rumgemacht hat in ihrer Jugend. Willkommen im einundzwanzigsten Jahrhundert. Patchworkfamilien, wo du gehst und stehst. Das macht eben auch vor den Elfen nicht halt.«

»Das mag alles sein, du Quatschkopf«, unterbrach Sky ihn. »Warum hat Larimar den Namen des richtigen Vaters verschwiegen? Was wäre passiert, wenn ihr Volk erfahren hätte, dass sie mit dem Kind eines Zauberers schwanger ist? Weshalb hat sie Rubin versteckt und weggegeben?«

»Wer hat ihn zurückgeholt?«, stellte ich die nächste Frage. »Ob sie ein schlechtes Gewissen hatte? Larimar und Rubin sind nicht gerade ein Herz und eine Seele. Ob Rubin sich an die Zeit bei den Menschen erinnert? Aber hätte er dann nicht mal mit Cassian darüber gesprochen?«

Sky seufzte. »Das werden wir nur herausfinden, wenn wir entweder Larimar fragen oder du noch mal in die Vergangenheit reist. Und die erste Variante ist keine Option.«

»Sei bloß vorsichtig. Gestern sahst du danach aus wie der Tod auf Latschen«, bemerkte Frazer besorgt.

»Deine Ehrlichkeit ist manchmal tatsächlich unangebracht«, belehrte Sky ihn.

Ich verzog das Gesicht. »Habe ich wirklich gesabbert?«

Frazer grinste. »Und wenn, dein Elf hätte es eh nicht gesehen.«

»Ich bin nicht ihr Elf«, ertönte es plötzlich zornig. Synchron fuhren wir herum. Cassian hatte sich hinter uns aufgebaut. Mir blieb vor Schreck die Luft weg, und ich sprang auf. In der Cafeteria war es totenstill. Alle starrten Cassian an, die Jungs neidisch und die Mädchen, na ja … Mir fällt das richtige Wort nicht ein, aber einigen hing definitiv die Zunge aus dem Mund. Grace richtete ihr Haar, stand auf und schlenderte zu uns.

»Eliza, willst du mir deinen Freund nicht vorstellen?«

Wollte ich? Meine Lippen bewegten sich, aber ich brachte keinen Ton hervor.

»Ich wollte dich abholen«, ließ Cassian sich vernehmen und legte mir einen Arm um die Taille. »Du hast versprochen, mich zu begleiten.«

Fast hätte ich gefragt, wohin. Zum Glück kam Sky mir zu Hilfe.

»Das haben wir ganz vergessen«, rief sie. »Sorry, Cassian. Wir besprechen gerade ein wichtiges mathematisches Problem.«

Ich verdrehte die Augen. Wer sollte das bitte glauben?

Sky wandte sich mit einem Pokerface an Grace, die Cassian mit gierigen Augen musterte. »Cassian ist Elizas Großcousin, er möchte beim Theater vorsprechen.«

Damit drängelte sie Grace beiseite, und gemeinsam verließen wir die Cafeteria. Frazer machte die Nachhut. So viel Aufmerksamkeit hatten wir noch nie bekommen. Okay, ich jedenfalls nicht. Frazer vielleicht schon.

Auf dem Schulhof hielt ich an. Cassians Arm lag immer noch um meine Taille, was sich ziemlich gut anfühlte.

»Was sollte der Auftritt?«, fuhr ich ihn trotzdem an, und sein Arm verschwand. »Die sehen zwar deine spitzen Ohren nicht, aber jedem, der Augen im Kopf hat, ist klar, dass du nicht von dieser Welt bist.«

»Vielen Dank.« Cassian lächelte ein Lächeln, das mir den Wind aus den Segeln nahm.

»Das war kein Kompliment«, fauchte ich.

»Ist irgendwas passiert? Weshalb bist du allein?«, fragte Sky.

»Die Zeitenwächter haben entdeckt, dass die Aureole ausgetauscht wurde. Zurzeit wird die gefälschte Uhr untersucht. Eliza muss noch einmal zurück in die Vergangenheit. Wir können nicht warten. Uns rennt die Zeit davon. Wir hätten vorsichtiger sein müssen.«

Hatte er gerade einen Fehler zugegeben?

»Hat er«, beantwortete Cassian ungewohnt ehrlich meinen Gedanken. »Kommst du mit?«

Als ob ich ihm einen Wunsch abschlagen würde. Mein wankelmütiges Herz pochte in meiner Brust, dass es die Schulglocke zu übertönen schien, die zum Unterricht läutete.

»Wir müssen rein«, sagte Sky. »Wir schreiben einen Test. Kann das bis nachher warten?«, fragte sie Cassian.

»Ich fürchte nein.«

»Ich mache es«, sagte ich, bevor ich es mir anders überlegen konnte.

»Du wirst Ärger bekommen«, ermahnte Sky mich.

Mein Blick wanderte zwischen ihr und Cassian hin und her. »Kannst du dir nicht eine Entschuldigung ausdenken?«, flehte ich sie an.

»Ich habe kein gutes Gefühl, wenn du allein mit ihm gehst.« Sie verschränkte die Arme vor der Brust.

»Ich passe gut auf sie auf«, grollte Cassian.

»Versprochen?«

»Versprochen.« Er nahm meine Hand.

»Ich muss mitgehen«, bewegte ich meine Lippen. Frazer grinste verstehend.

»Wir machen das schon«, bestimmte er und legte einen Arm um Skys Schulter, den diese umgehend abschüttelte.

»Du hältst sie warm, verstanden?«, rief sie uns hinterher, während Cassian mich schon wegzog. »Wenn ihr etwas passiert, finde ich dich.«

Ich grinste in mich hinein. Wahrscheinlich würde Sky einen Weg finden, in die magische Welt zu kommen, ob die Elfen wollten oder nicht.

»Gibt es hier ein Plätzchen, wo wir ungestört sind?«, fragte Cassian.

Ich überlegte kurz und strebte durch das Steintor zur Straße, bevor Mr Carslaw uns von seinem Fenster aus sehen konnte. Der Direktor der St Leonards hatte fürs Schwänzen genauso wenig Verständnis wie meine Mutter.

»Das gesamte Schulgelände ist von einer Feldsteinmauer

umgeben. Sie war im Mittelalter ursprünglich die Stadtmauer«, plapperte ich vor mich hin. »Als die Schule Ende des 19. Jahrhunderts gegründet wurde, wurde der Campus bis hierher ausgeweitet.«

Cassian schwieg höflich, bis mir einfiel, dass er die Mauer nicht sehen konnte. Weshalb war ich plötzlich so nervös und spielte die Stadtführerin? Weil du seit Ewigkeiten mal wieder mit ihm allein bist, flüsterte eine Stimme in meinem Ohr. Verhalte dich völlig normal, tue so, als wäre er ein x-beliebiger Typ und nicht der beste Küsser dieser Hemisphäre. Und verschließe um Gottes willen deine Gedanken, gab sie mir weiter gute Tipps.

Ich zupfte sorgfältig den Vorhang hinter meiner Stirn zurecht und hoffte, dass es noch rechtzeitig war. Cassian war jedenfalls zu höflich, um eine Bemerkung zu machen.

Er blieb die ganze Zeit dicht an meiner Seite und bewegte sich mit derselben Geschicklichkeit wie in der Elfenwelt, obwohl er die Wege hier überhaupt nicht kannte. Ich führte ihn zum kleinen Hafen von St Andrews, der um diese Zeit menschenleer war. Die Touristen schauten sich lieber die Überreste der alten Kathedrale und der Burg an, als hier herunterzukommen. Wir hockten uns in den Sand, und ich lehnte mich mit dem Rücken an eines der Boote, die aufgebockt herumstanden und auf den Sommer warteten. Das Meerwasser schwappte gegen die niedrige Kaimauer auf der anderen Seite. Möwen kreischten, und wenn es etwas wärmer gewesen wäre, hätte man es fast als romantisch bezeichnen können.

Cassian hockte stirnrunzelnd neben mir.

»Was ist? Hier wird uns keiner erwischen«, versicherte ich.

»Es ist ziemlich kalt, findest du nicht?«

»Es ist Frühling. Frierst du?«

»Ich hätte daran denken müssen, aber ich war noch nicht besonders oft in deiner Welt. Bei uns ist es immer warm.«

Wo er es erwähnte, fiel mir auf, dass ich mir darüber nie Gedanken gemacht hatte. In Leylin schien immer die Sonne, und es war nicht zu heiß und nicht zu kalt. »Wir können nicht zu mir nach Hause. Meine Mutter bekommt eine Krise, wenn sie herausfindet, dass ich schwänze.«

»Ich mache mir mehr Sorgen um dich. Du kühlst zu schnell aus. Wir haben keine große Wahl. Wenn es zu kalt wird, dann kommst du zurück«, verlangte er eindringlich.

»Okay.«

»Du musst es mir versprechen, egal, was gerade passiert. Sobald du spürst, dass die Kälte einsetzt, brichst du ab.«

»Ich verspreche es.«

»Und ich versuche, dich warm zu halten.«

Allein bei dem Gedanken kribbelte es in meinem Magen.

»Ich möchte nicht, dass du dich in Gefahr bringst, das ist es nicht wert. Die Kälte ist dein Feind. Du musst genau in dich hineinspüren.«

»Ich passe auf.« Um nichts in der Welt würde ich mich jetzt umstimmen lassen. Er war besorgt um mich, das machte einen kleinen Kälteschock allemal wett. Ich konnte ja nachher ein heißes Bad nehmen.

»Bereit?« Cassian setzte sich neben mich und zog mich mit einem Ruck auf seinen Schoß. Vor Schreck machte ich mich stocksteif, aber er presste mich unerbittlich an seine Brust. »So kann ich dich besser wärmen, also stell dich nicht so an.« Er breitete seinen Umhang über mir aus.

»Schon okay«, murmelte ich und versuchte, das Knistern zwischen uns zu ignorieren.

Cassian legte mir die Uhr in die Hand. So langsam hatte ich mich an die winzigen Figuren gewöhnt, die über das Zifferblatt liefen und mir zuwinkten.

»Denk an das Rätsel«, raunte Cassian in mein Haar. »Wir bringen es ganz schnell hinter uns. Ich will nicht, dass dir etwas geschieht. Unterschätze die Kälte nicht.«

Ich lehnte den Kopf in seine Halsbeuge, und Cassian legte seine Arme fest um mich. So könnte ich es ewig in der Vergangenheit aushalten.

»Konzentriere dich.«

Ich lächelte über seinen Befehlston und drehte an dem Rädchen. Diesmal ging es ganz schnell. Offenbar war ich mittlerweile ein Zeitreiseprofi.

Nur wenige Augenblicke später stoppte ich in einem dunklen Gang, der wieder nur von Fackellicht erhellt wurde. Elektrischer Strom war schon eine tolle Erfindung, stellte ich fest. In diesem schummerigen Licht wirkte alles immer ein bisschen gruselig.

»Krass«, murmelte ich. Das musste Avallach sein. Diese Mauern und Gänge hatte Dr. Erickson mir mal in einem Buch gezeigt. Langsam schlich ich den Gang entlang. Durch die hohen, bleiverglasten Fenster fiel kein Licht. Ich lugte durch eines hinaus. Egal, was es tagsüber draußen zu sehen gab, jetzt lag alles in vollkommener Finsternis. Das Zucken der Flammen erreichte nicht einmal den Fußboden. Ich überlegte, in welche Richtung ich mich wenden sollte, als mir gegenüber eine schwere Holztür aufschwang. Ein Mädchen trat heraus, und vor Schreck drückte ich mich in eine Fensternische. Das Gestein war kalt an meinem Rücken. Das Mädchen runzelte die Stirn. »Mir ist das zu dumm«, verkündete es – wem auch immer. »Ich gehe zu Bett. Kommst du mit, Larimar?«

»Nein ich bleibe noch«, hörte ich eine Stimme, die mir zwar vertraut vorkam, aber viel jünger als die der Hohepriesterin klang.

»Wie du meinst. Nur lasst euch nicht erwischen.« Damit hastete das Mädchen den Gang hinunter und verschwand hinter der nächsten Biegung.

Vorsichtig machte ich einige Schritte in Richtung Tür, die immer noch weit offen stand. Bei dem Raum, der sich vor mir auftat, handelte es sich um eine Bibliothek. Die Wände bestanden aus gelbem Sandstein. Allerdings sah man diese kaum, da überall meterhohe Regale voller alter, ledergebundener Folianten standen. Zwischen zwei Fenstern flackerte in einem riesigen Kamin ein offenes Feuer, das im Raum eine behagliche Wärme verbreitete. Ich schlich so nahe heran, dass es wenigstens meinen Geist wärmen konnte.

Zwei lange Tische standen parallel in der Mitte des Raumes, und obwohl locker zwanzig oder dreißig Stühle um sie herumstanden, saßen nur ein junger Mann und ein Mädchen an ihnen. Die Köpfe hatten sie in ihre Bücher gesteckt.

Das Mädchen hob den Kopf zuerst. »Was sollen wir tun?« Jetzt erkannte ich es. Es war Larimar, nur in jung – sehr jung.

»Wir müssen das Kind loswerden«, sagte der junge Mann mit fester Stimme. »Weder deine noch meine Stellung in unseren Völkern lassen dieses Kind zu. Wir werden alles verlieren. Unser Ansehen, unsere Zukunft.«

Ich riss die Augen auf. Hatte Larimar das Kind schon bekommen?

»Sobald es geboren ist, muss es verschwinden. Du hättest mir früher Bescheid sagen müssen, dann hätte ich etwas tun können. Wir hätten zu einer Hexe gehen können, sie hätte es weggemacht.«

Er war unbestreitbar äußerst attraktiv. Sein dunkles Haar lockte sich um ein schmales, markantes Gesicht mit schönen Lippen. Seine Haut hatte einen hellbraunen Ton, als ob er es liebte, sich im Freien aufzuhalten. Schlanke Finger hielten die Seiten des Buches, in dem er nicht las. Aber seine schwarzen Augen fixierten mit eisigem Blick Larimar, als wollten sie ihr seinen Willen aufzwingen. Mir lief es kalt den Rücken hinab. Sie sollte aufstehen und ihm eine runterhauen. Er war offensichtlich ein ichbezogener Idiot.

Sie hing an seinen Lippen. Von der arroganten Kuh, die sie heute war, war nichts zu bemerken. Im Gegenteil, ihre Gesichtszüge wirkten sanft und nachgiebig. Sie war Wachs in den Händen des jungen Mannes. Ihre Augen hingen voller Hingabe an seinem Gesicht. Ich konnte nicht glauben, was sich vor meinen Augen abspielte. Sie war ihm hörig. Sie würde alles tun, was er verlangte.

Ich trat näher an den Tisch heran. »Du darfst dein Kind nicht opfern«, sagte ich leise und eindringlich. »Egal, was der Typ sagt. Tu es nicht.«

Natürlich konnte sie mich nicht hören. Resigniert gab ich auf. Eine Träne perlte ihre Wange hinunter, als sie nickte und sich mit einer Hand über den Bauch fuhr. »Wie du möchtest. Bitte sei mir nicht mehr böse.«

Am liebsten hätte ich meine Stirn auf die Tischplatte geknallt. Was brachte diese blöde Uhr überhaupt, wenn man keine Fehler beheben konnte? Irgendwie war das hohl.

»Ich werde dich mit einem Zauber umgeben. Niemand wird bemerken, dass du ein Kind trägst«, verkündete der Mann und lächelte Larimar an. Sie schmolz förmlich dahin.

Er stand auf und nahm ihre Hand. »Alles wird gut. Wenn dieses Problem gelöst ist, wird alles wieder wie früher.«

Hallo? Der Typ redete von seinem Kind wie von einem lästigen Schnupfen.

»Du musst mir verzeihen, Damian«, sagte Larimar.

»Natürlich.« Dann küsste er sie, und ich hielt es für besser, die beiden dabei nicht anzustarren.

Verlor man eigentlich grundsätzlich den Verstand, wenn man verliebt war? Ich trat wieder näher ans Feuer, um mich zu wärmen. Meine Füße fühlten sich an wie Eisklumpen. Dann wollte ich mich lieber nicht verlieben. Jedenfalls nicht so.

Als Larimar später den Raum verließ, folgte ich ihr. Ich drehte mich ein letztes Mal zu diesem Damian um, ein Ausdruck lag auf seinem Gesicht, der sehr leicht zu deuten war. Es war Abscheu.

»Du darfst ihn nicht fortgeben«, flehte ich Larimar an, als sie durch die dunklen Gänge eilte. »Er ist doch dein Sohn. Er braucht dich mehr, als du diesen Mann brauchst.« Es war natürlich hoffnungslos.

Larimar betrat wenig später einen Raum, der von drei Himmelbetten beherrscht wurde. Unter den Fenstern standen drei Schreibtische. Alles war penibel aufgeräumt, fast schon klinisch rein. Konnte man sich hier wohlfühlen? Das Mädchen, das vorhin die Bibliothek verlassen hatte, lag auf einem Bett und las. Sie trug eine Art Bademantel und hatte einen Turban um den Kopf geschlungen. Das tat ihrer Schönheit keinen Abbruch. Sie war schlank, zart und sehr hellhäutig. Eine echte Elfe eben.

»Wird er zu dir und dem Kind stehen?« Sie sah von ihrem Buch auf zu Larimar, die sich erschöpft auf ein Bett fallen ließ.

»Er wird mir helfen«, antwortete sie ausweichend.

»Das freut mich.«

Larimar nickte.

»Ich danke dir, Elisien.«

Mein Kopf ruckte herum.

»Ihr werdet das schaffen«, versuchte Elisien, Larimar Mut zu machen, und diese traute sich offenbar nicht zu sagen, dass sie ihr Kind nicht behalten würde.

Unvermittelt wurde mir der Boden unter den Füßen weggezogen. Ich drehte mich mehrmals um meine eigene Achse, und mir wurde übel. Ich versuchte, die Geschwindigkeit, mit der ich durch den Zeittunnel geschleudert wurde, zu bremsen, aber es gelang nicht. Ich versuchte, in meinen Körper zurückzukehren, indem ich mich auf Cassian konzentrierte, aber auch das zeigte keinerlei Wirkung. Mist.

Nicht gerade sanft landete ich auf feuchter, harter Erde. Ein merkwürdiges grünes Glimmen erfüllte die Luft. Ich wartete, bis das Schwindelgefühl abebbte, und richtete mich langsam auf.

Schreie erfüllten den Raum. Ich presste mir die Hände auf die Ohren und versuchte, die Situation zu überblicken. Larimar lag auf einem provisorischen Bett aus Stroh und Fellen. Sie war es, die die markerschütternden Schreie ausstieß. Elisien saß neben ihr, hielt ihre Hand und tupfte ihre Stirn mit einem feuchten Tuch ab. Währenddessen redete sie beruhigend auf Larimar ein.

»Du hast es bald geschafft. Das Kleine ist gleich da. Halte durch.«

Larimar biss sich auf die blutigen Lippen.

Ich erschrak. Ihr Leib war aufgedunsen. Ihr Bauch schien für ihre Statur viel zu groß zu sein und bewegte sich unter schmerzhaften Wellen. Ihr Gesicht war grau und eingefallen. Ihre Schönheit war verschwunden. Dieser Damian stand etwas abseits und verzog angeekelt das Gesicht. Sein Anblick ließ Wut in mir hochkochen. Konnte der Typ nicht wenigstens ihre Hand halten, wenn sie schon die ganze Arbeit machen musste?

»Es kommt!«, schrie Larimar. »Ich spüre es!«

»Du musst pressen«, erklärte Elisien. »Aber vorsichtig.«

Larimar legte das Kinn auf die Brust.

»Ich sehe das Köpfchen«, rief Elisien. »Nur noch ein Mal, dann ist es da.«

Elisien fing das Kind auf, und der Kleine begann zu brüllen. Sie nabelte ihn ab, als ob sie das schon hundertmal gemacht hätte, und wickelte ihn in ein Tuch. Behutsam legte sie das Baby in Larimars Arm und strahlte sie an. »Hast du schon einen Namen für ihn?«, fragte sie.

»Rubin. Ich werde ihn Rubin nennen.«

»Das ist ein sehr schöner Name.« Elisien wandte sich an den Vater des Kindes. »Möchtest du deinen Sohn nicht ansehen, Damian?«

Er stieß sich von der Wand ab und schlenderte gelangweilt zu den beiden Frauen. Er betrachtete den Jungen, ohne ihn zu berühren. »Er sieht blass aus«, bemerkte er. »Irgendwie kränklich.«

Das Kind hatte aufgehört zu brüllen und sah seinen Vater aus grauen Augen ernst an. Konnten neugeborene Kinder schon so klar gucken?

»Verabschiede dich«, forderte er von Larimar. »Ich werde ihn fortbringen.«

»Ich dachte, du erkennst deinen Sohn an.« Elisien trat schützend vor das Neugeborene.

Ein verächtliches Lachen perlte über Damians perfekte Lippen. »Mach dich nicht lächerlich.«

Er wandte sich zu Larimar, die Rubin im Arm hielt und ihn an sich presste. »Larimar. Du weißt, was wir besprochen haben. So ist es das Beste. Noch weiß niemand, in welche Schwierigkeiten du dich gebracht hast.«

Dieser Arsch! Als ob er keinen Anteil daran gehabt hätte!

Zärtlich strich er über ihr Haar, und sie sah zu ihm auf. »Alles wird wieder gut«, versprach er ihr.

Sie presste den Säugling an sich. »Wird er in gute Hände kommen?«, fragte sie.

»Das wird er.«

»Wirst du mir verzeihen, dass ich nicht vorsichtiger war?«

Weshalb erniedrigte sie sich so vor ihm?

Damian strich ihr eine feuchte Haarsträhne aus der Stirn, und ich erkannte den Herzensbrecher, in den sie sich verliebt hatte. So ein verdammter Blender. Er würde sie fallen lassen, sobald das Kind fort war.

Larimar gab Rubin einen Kuss auf die Stirn und reichte ihn seinem Vater.

»Überleg es dir noch mal«, flehte Elisien. »Er ist dein Sohn. Du darfst ihn nicht weggeben.«

»Damian weiß, was das Beste für uns ist.«

»Ich bringe den Jungen fort und komme dann zurück, um euch zu holen. Solange dürft ihr die Höhle nicht verlassen.« Damit schlug er seinen dunklen Mantel um sich und das Kind und war im selben Augenblick verschwunden.

Ich stand mit offenem Mund da und starrte auf die Stelle, an der er gestanden hatte. Das war unheimlich.

Larimar begann zu schluchzen, und sosehr Elisien auch versuchte, sie zu trösten, es gelang ihr nicht. Eine Ewigkeit erfüllte ihr Weinen die Höhle. Das Mädchen war so anders als die Larimar, die ich kannte. Obwohl sie ihr Kind fortgegeben hatte, schien sie Gefühle zu haben. Etwas, was der Hohepriesterin vollkommen abging. Fast tat sie mir leid, aber nur fast. Weil ich wusste, was sie ihrem Kind angetan hatte.

»Du darfst nie jemandem etwas verraten«, flehte sie Elisien an. »Bitte. Niemand darf jemals erfahren, dass ich ein Kind von einem Zauberer bekommen habe.«

Elisien nickte langsam. »Wenn du das möchtest, dann verspreche ich es dir.«

»Du weißt, was passiert, wenn du dein Versprechen brichst?« Etwas von der heutigen Larimar blitzte in ihren Augen auf. Etwas Berechnendes.

Elisien nickte. »Ich weiß es. Und auch wenn ich nicht verstehe, warum du ihn weggibst, so werde ich deinen Wunsch respektieren.«

Larimar sank zurück auf ihr Lager. »Ich werde jetzt schlafen. Wenn Damian zurückkommt, dann möchte ich ausgeruht sein.« Ein Leuchten breitete sich auf ihrem Gesicht aus.

Wieder wurde mir der Boden unter den Füßen fortgezogen. Ich taumelte gegen die Wand. Das Glimmen auf der Wand zog sich unter meiner Berührung zurück. Bevor ich in dem Zeittunnel verschwand, durchzuckte mich ein Schmerz wie ein Stromschlag. Ich rieb meine Handflächen aneinander, die unangenehm kribbelten, und erhaschte zuletzt noch einen Blick auf die Wandmalereien. Es war dasselbe piktische Symbol wie auf meiner Lichtung zu Hause, und daneben waren rote Striche und Kreise. Diese Höhle musste uralt sein.

Als der Strudel anhielt, landete ich auf der Lichtung, wo ich Leylin das erste Mal betreten hatte. Mir war eisig kalt. Ich musste unbedingt zurück. Aber sosehr ich auch versuchte, mich auf meinen Körper zu konzentrieren, mein Geist blieb in der Vergangenheit gefangen. Angst kroch in mir hoch.

Elisien kauerte nicht weit von mir entfernt im Gras und drehte nervös einen Grashalm zwischen den Händen. Das Tor begann zu leuchten, und die kleinen Schmetterlinge flatterten auf, als ein Elf, der einen kleinen Jungen auf dem Arm trug, hindurchtrat. Der Junge war Rubin. Elisien sprang auf und lief ihnen entgegen.

»Du hast ihn gefunden.« Tiefe Erleichterung sprach aus ihren Worten.

Der Mann strahlte sie an. »Ich habe es dir versprochen, Schwesterherz.« Die Ähnlichkeit mit Elisien war unverkennbar. Seine blauen Augen strahlten den kleinen Jungen an. »Es war nicht so schwer«, er strich Rubin die blonden Locken aus dem Gesicht. Er sah aus wie ein kleiner Engel. Aufmerksam betrachtete er seine Umgebung mit Augen, die für ein ungefähr vierjähriges Kind viel zu ernst blickten.

»Er hat mich praktisch gerufen.«

»Du bist zu Hause, mein Kleiner«, flüsterte Elisien, und Tränen traten ihr in die Augen. »Wenn ich gewusst hätte, wohin er dich bringt, dann hätte ich das nie zugelassen.«

»Glaubst du, Larimar wird verstehen, weshalb wir ihn holen mussten?«

»Ich hoffe es sehr. Er kann ihr doch nicht egal sein.«

»Sie hat Damian sehr geliebt, oder?«

Elisien seufzte tief. »Ja. Viel zu sehr. Es hat ihr das Herz gebrochen, dass er sie nie wieder auch nur eines Blickes gewürdigt hat, nachdem er Rubin fortgebracht hatte. Du kannst dir nicht vorstellen, wie es damals gewesen ist. Ich dachte, sie stirbt vor Kummer. Seitdem ist sie eine andere.«

»Ich wünschte, ich wüsste, wie sie als junges Mädchen gewesen ist.«

»Du hast sie gerettet, Eldorin.« Elisien griff nach der Hand des Mannes. »Du hast ihr gezeigt, dass sie es wert ist, geliebt zu werden. Und wenn sie ihr Kind wieder in die Arme schließen kann, dann wird die Wunde endlich verheilen.«

»Ich hoffe, du behältst recht.«

Rubin saß im Gras und schnippte verträumt mit den Fingern. Kleine Flammen entstanden, die auf seinen Fingerkuppen herumtanzten.

Ruckartig beugte Elisien sich vor und löschte die Flammen mit den Fingern. »Das darfst du hier nicht tun, Rubin. Versprich mir, dass du nie wieder zauberst. Niemals.«

Rubin legte den Kopf zur Seite, als würde er überlegen, dann nickte er langsam.

»Komm, Bruder.« Elisien stand auf. »Bringen wir es hinter uns.«

Eldorin beugte sich zu Rubin und setzte ihn sich mit Schwung auf die Schultern. »Ich bringe dich zu deiner Mutter, junger Mann«, verkündete er. »Sie wird sich freuen, dich zu sehen, und wir werden eine richtige Familie sein.« Der hochgewachsene, schlanke Mann würde Rubin ein guter Vater sein.

Ich blieb im Gras hocken. Nichts geschah, weder begann ein Lichtstrudel sich zu drehen, noch wurde ich durch einen Tunnel gezogen. Ich saß einfach nur da, bibberte vor Kälte und konnte mich nicht rühren.

Ich versuche, ruhig zu atmen, obwohl Panik in mir hochkroch. Plötzlich spürte ich etwas warm über meinen Rücken streichen. Vor Angst war ich wie gelähmt. Die Kälte hatte meinen Geist vollkommen eingehüllt. Ich konnte nicht sehen, wer oder was mich da berührte. Wieso konnte mich jemand anfassen, wenn ich doch eigentlich unsichtbar war? Mir stockte der Atem, als sich die Berührung an meinem Rücken verflüchtigte und warme Finger mein Gesicht streiften. »Komm zurück, Eliza!«, raunte jemand in mein Ohr. »Komm zurück! Streng dich an.«

Vor Erleichterung hätte ich weinen können. Es war Cassian. Seine Hände fuhren über meinen Rücken, meine Arme und mein Gesicht. Mir wurde wärmer, bleierne Müdigkeit übermannte mich, und ich wollte nur noch schlafen.

»Du musst wach bleiben.« Ich spürte seine Lippen. Erst auf meiner Schläfe, dann wanderten sie meine Wange entlang und berührten federleicht meinen Mund. Ich schmeckte ihn, ruckartig riss ich die Augen auf und blickte direkt in Cassians besorgtes Gesicht. Seine Augen konnten mich nicht fixieren, trotzdem hatte ich das Gefühl, sie würden direkt in mein Innerstes sehen. Immer noch schwebten seine Lippen über meinen, und er hielt mich fest umschlungen. Er legte seine Stirn an meine. »Du bist wieder da.«

Ich nickte.

»Das machen wir nicht noch einmal. Auf keinen Fall. Ich dachte, du findest nicht zurück.«

Mir wurde heiß und kalt bei seinen Worten, mein Herz schmolz dahin. Erschöpft vergrub ich meine eisige Nasenspitze in seiner Halsbeuge und schloss die Augen. Das Zittern wollte nicht nachlassen.

»Ich dachte, diesmal schaffe ich es nicht«, schlotterte ich.

»Das dachte ich auch«, hörte ich wie durch einen Nebel Cassians Stimme. »Du musst wach bleiben, hörst du?«

Ich spürte, wie er aufstand und mich hochhob. »Was hast du vor?«

»Ich bringe dich nach Hause. Du brauchst ein Bad und ein Bett.«

»Bett klingt gut«, murmelte ich.

»Schlaf mir bloß nicht vorher ein. Dein Geist ist noch nicht wieder fest genug in der Gegenwart verankert. Streng dich an. Sing irgendwas.«

»Ich kann nicht singen.«

»Das dachte ich mir fast. Dann versuche, dich zu konzentrieren. Erzähl mir, was passiert ist.«

Ich sah das Licht eines Elfentores aufflammen.

»Rubins Vater ist ein Zauberer. Er war mit Larimar und Elisien in Avallach«, begann ich stockend.

Cassian trug mich durch das Tor, und sofort standen wir in Grannys Garten. Sie kam uns aufgeregt entgegengelaufen.

»Eliza braucht ein heißes Bad«, erklärte er ihr. »Ich werde sie hochtragen.«

»Ich kann auch laufen«, protestierte ich.

»Keine Widerrede. Du bist immer noch ein Eiszapfen. Erzähl weiter.«

»Er hat Rubin direkt nach seiner Geburt fortgebracht.«

»Zu diesen Menschen?«

»Das nehme ich an.«

Cassian setzte mich auf dem Wannenrand ab. »Ich warte in deinem Zimmer.«

Granny half mir dabei, mich auszuziehen, und seufzend tauchte ich in das heiße Wasser.

»Was machst du bloß für Sachen, Kind? Es war völlig unverantwortlich von diesem Elfen, dich noch mal darum zu bitten, zurückzugehen.«

»Ich hätte Nein sagen können, Granny.«

»Pfff, als ob schon jemals ein Menschenmädchen einem Elfen etwas abgeschlagen hätte. Da wärst du die Erste.«

»Es war das letzte Mal«, versprach ich.

»Das will ich auch schwer hoffen. Ich bringe dir warme Sachen. Kann ich dich einen Moment allein lassen?«

»Ich schwimme nicht weit raus«, versprach ich, und Granny zwinkerte mir zu.

»Mum darf nicht rauskriegen, dass ich geschwänzt habe«, rief ich ihr hinterher.

»Sie ist gar nicht da.«

Na toll, dann hätten wir auch gleich hierherkommen können. Allerdings war es fraglich, ob Cassian mich bei meinem Ausflug dann so fest gehalten hätte.

Cassian lag ausgestreckt auf meinem Bett, als ich, eingemummelt in einen dicken Pullover und Jogginghose, in mein Zimmer kam.

»Ist dir warm genug?«

Ich stand in der Mitte des Raumes und zog die Ärmel über meine Hände. »Ich weiß nicht.«

»Leg dich hin und deck dich zu. Es wird noch eine Weile dauern, bis deine Körpertemperatur wieder normal ist.«

Ich schlüpfte unter meine Decke. Allerdings war mein Bett irgendwie zu klein für uns zwei.

Cassians Arm schob sich unter meinen Hals, und er zog mich zu sich heran. Mein Kopf lag plötzlich auf seiner Brust, was mich mehr verwirrte als die diffuse Kälte, die noch in meinem Inneren herrschte.

»Was machst du da?«, erkundigte ich mich.

»Ich wärme dich auf«, erklärte er und zog die andere Seite der Decke über sich. »Ich habe mal gelesen, die beste Möglichkeit, sich warm zu halten, ist, sich gemeinsam unter eine Decke zu legen. Vorzugsweise nackt.«

Sogleich schoss mir die Hitze ins Gesicht.

»Das erscheint mir unter den gegebenen Umständen vielleicht doch etwas übertrieben.«

Ich spürte Cassians Grinsen an meiner Stirn. Trotzdem beschloss ich, meine Notsituation noch ein wenig auszunutzen, obwohl ich es bestimmt später bereuen würde. Es fühlte sich einfach zu gut an. Wenn Cassian wollte, konnte er mich wegschubsen. Schließlich lebten wir in einem freien Land.

Cassian lachte leise in mein Haar. »Während ich einer Jungfrau in Nöten helfe, kann diese mir vielleicht weitererzählen, was sie erlebt hat.«

Er konnte doch unmöglich wissen, dass ich noch Jungfrau

war. Oder doch? Wo war der verfluchte Vorhang, wenn man ihn brauchte?

Verwegen legte ich die Hände auf seinen Bauch. Seine Muskeln spannten sich unter der Berührung an, aber er rührte sich nicht von der Stelle. Dann erzählte ich ihm, was ich noch gesehen hatte. Allerdings wurde ich immer müder.

»Wenn herauskommt, dass er zur Hälfte Zauberer ist, kann Larimar ihren Anspruch auf den Thron vergessen.«

»Werdet ihr dieses Wissen gegen sie einsetzen?«, fragte ich. Mir war mulmig bei dem Gedanken, dass ich ihre Vergangenheit ausspionierte und ihr eine Jugendsünde zum Verhängnis werden konnte. Auch wenn es Larimar war.

»Ich werde mit Raven darüber sprechen. Wir wollen in erster Linie Elisien finden.«

»Darauf habe ich immer noch keine Antwort, fürchte ich. Das tut mir leid.«

»Das würde ich so nicht sagen, ich habe da so eine Idee, wo sie stecken könnte. Schlaf jetzt.«

»Bleib bei mir«, murmelte ich und fragte mich mit meinem vor Müdigkeit vernebelten Hirn, was mich ritt. Bestimmt konnte er es kaum erwarten, wegzukommen.

Erstaunt registrierte ich, dass er mich noch fester an sich zog. »Ich muss die Uhr zurückbringen, aber ich bleibe, bis du eingeschlafen bist«, flüsterte er.

Mehr konnte ich wohl kaum verlangen. Warum war ich ausgerechnet jetzt so müde?

# 11. Kapitel

»Wir glauben, wir wissen, wo Elisien steckt«, eröffnete Raven mir.

»Cassian hat dir alles erzählt?« Ich lehnte an einem Grabstein und wusste nicht, wo ich hinsehen sollte. Die Erlebnisse des Vormittags steckten mir noch in den Knochen. Wobei ich nicht sicher war, ob es mein Abstecher in die Vergangenheit war, der mich so durcheinanderbrachte, oder Cassians widersprüchliches Verhalten. Fast konnte ich mir einbilden, dass ihm etwas an mir lag.

»Das hat er«, riss Raven mich aus meinen Gedanken. »Endlich haben wir etwas gegen sie in der Hand. Die selbst ernannte Moralwächterin von Leylin hat ein Kind mit einem Zauberer.« Raven lachte auf.

Mein Gewissen regte sich. »Ich komme mir vor wie eine Spionin, und das ist kein gutes Gefühl. Irgendwie hatte ich nichts in Rubins und Larimars Vergangenheit zu suchen.«

»Es diente einem guten Zweck«, versuchte Raven, mir meine Zweifel zu nehmen.

»Der Zweck heiligt nicht die Mittel, sagt Granny.«

»In diesem Fall schon«, erwiderte sie.

»Willst du dich nicht nur an Larimar rächen? Was passiert, wenn du die Wahrheit über Rubin verkündest?«

»Sie darf nicht Königin werden. Sie würde unser Volk ins Unglück stürzen.«

»Und was ist mit Rubin? Er ist dein Freund. Hat er es nicht schwer genug gehabt im Leben? Willst du ihn tatsächlich bloßstellen?«

»Ich überlasse es Elisien, wie sie mit der Sache verfährt. Sie hat Larimar nie verraten, deshalb werde ich es auch nicht tun.«

Vor Erleichterung plumpste mir ein riesiger Stein vom Herzen. »Danke schön.«

»Keine Ursache. Ich wollte etwas anderes mit dir besprechen.«

»Okay. Aber ich gehe nicht noch mal in die Vergangenheit. Der letzte Ausflug ist mir nicht gut bekommen, ohne Cassian hätte ich nicht zurückgefunden.« Ich blickte zu ihm. Er hatte sich hinter Raven postiert und seit ich hergekommen war nicht ein Wort an mich gerichtet. Mein Herz wurde schwer. Als ich aufgewacht war, war er fort gewesen. Aber das hatte ich auch nicht anders erwartet. Sein Duft hatte noch in der Decke gehangen und war der einzige Beweis, dass mir meine Fantasie keinen Streich gespielt hatte.

»Es geht um etwas anderes. Diese Höhle, die du beschrieben hast. Wir glauben, sie ist eine Zuflucht.«

»Was soll das sein?«

»Nur sehr begabte Zauberer sind in der Lage, Zufluchten zu

erschaffen. Sie schützen den Bewohner vor Angriffen anderer magischer Wesen und verbergen alles, was darin ist, vor der Welt. Dabei kann es sich um Höhlen oder auch ganz normale Häuser handeln. Wir vermuten, dass Damian für Rubins Geburt eine solche Zuflucht erschaffen hat. Wenn das so ist, wäre es möglich, dass Larimar Elisien dort gefangen hält. Ohne Hilfe wird Elisien dieser Zuflucht nicht entkommen. Dieser grüne Schein, den du beschrieben hast, ist ein typisches Merkmal. Zufluchten sind nur sehr schwer zu lokalisieren.«

»Okay, und wie sollen wir diese dann finden?«

»Eine Zuflucht wird nicht aus dem Nichts geschaffen. Damian brauchte einen Ort, der tatsächlich existiert. Wenn er diese Zuflucht für Larimar erschaffen hat, dann muss es eine Höhle sein, die in der Nähe von Avallach liegt und die vom Schloss aus leicht zu erreichen ist. Mir fällt da nur eine Höhle ein.« Ihre Stimme bekam einen unheilvollen Unterton.

»Warum beamt ihr euch dann nicht dorthin?«, fragte ich misstrauisch.

»So einfach ist das nicht.« Sie drehte sich zu Cassian um, aber der war ihr keine Hilfe. Im Gegenteil – sein Gesicht verschloss sich mit jedem Wort mehr.

»Ich habe noch eine letzte Bitte«, raffte sie sich dann auf. »Du musst Cassian begleiten und Elisien befreien.«

Ich glaubte, mich verhört zu haben. »Ist das dein Ernst?«

Raven nickte nur. »Es ist allerdings kein Spaziergang. Der Eingang zur Höhle liegt im Ewigen Wald.«

Sie musste irgendwann in den letzten Stunden den Verstand verloren haben.

»Du sollst was?« Sky und Frazer schüttelten zeitgleich den Kopf. »Warum kann er das nicht allein machen?«

»Weil er blind ist«, erinnerte ich die beiden.

»Aber er ist doch in allem so toll, da braucht er wohl kaum die Hilfe eines Menschenmädchens. Soll er doch seine Schwester mitnehmen«, sagte Sky sarkastisch.

Frazer verschluckte sich an dem Stück Kuchen, das er sich auf unserer Terrasse reinstopfte. Es war mittlerweile das dritte.

Ich klopfte ihm auf den Rücken.

»Sky hat recht. Es ist merkwürdig, ausgerechnet dich darum zu bitten«, sagte er, als er wieder Luft bekam.

»Ich konnte nicht Nein sagen«, versuchte ich, mich zu verteidigen. »Aber eins kann ich euch sagen: Cassian war auch nicht begeistert.«

»Natürlich kannst du Nein sagen. Wahrscheinlich ist es gefährlich«, beharrte Sky. »Du machst das doch nur, um ihn zu beeindrucken.«

Ich schwieg.

»Das ist eine ganz blöde Taktik«, ließ Frazer sich vernehmen. »So was zieht bei uns Männern nicht.«

»Ach so, und was zieht dann?«

»Lass ihn zappeln. Mach bloß um Gottes willen nicht, was er von dir erwartet.«

»Genau«, pflichtete Sky Frazer ausnahmsweise mal bei.

Verwirrt musterte ich meine beiden Freunde, die völlig untypisch einer Meinung waren.

»In jedem Fall lass dir zuerst genau erklären, was auf dich zukommt. Wann soll es losgehen?«, fragte Frazer.

Ich warf einen Blick auf die Uhr. »In einer Stunde.«

»Das ist nicht dein Ernst.«

»Ich fürchte doch. Ich soll in einer Stunde am Tor sein. Wir müssen die Zeit des Festes nutzen, um den Geheimgang zu finden, der zur Höhle führt. Ansonsten ist Avallach immer voller Schüler. Das ist unsere Chance, unbemerkt reinzukommen.«

Sky ließ den Kopf auf den Tisch fallen. »Ich kriege noch graue Haare.«

»Die stehen dir bestimmt auch«, verkündete Frazer gedankenlos.

Sky fuhr hoch. »Mit vollem Mund spricht man nicht«, motzte sie ihn an und nahm ihm den Teller weg.

»Ich bin noch nicht fertig«, protestierte er.

»Doch, das bist du.« Sie reichte den Teller Grace, die meiner Mutter heute ihm Café aushalf.

Frazer grinste mich an. »Sie ist immer so streng. Das macht mir direkt ein bisschen Angst.«

»Du kannst jederzeit verschwinden, wenn es dir mit uns zu viel wird.« Sky rümpfte die Nase. »Wichtig ist nur, dass du niemandem von den Elfen erzählst.«

»Welchen Elfen?«

»Das ist genau die richtige Einstellung.« Sie schenkte ihm ein gnädiges Lächeln.

»Dafür musst du aber mit mir ins Kino oder essen gehen«, verlangte er.

»Gut.«

»Gut?«

»Wundert dich das?«

»Ich hätte mehr Widerstand erwartet.«

»Wie man es macht, macht man es falsch«, stöhnte Sky. »Von mir aus können wir morgen gehen. Vorausgesetzt, Eliza überlebt ihr nächstes Abenteuer. Passt dir das, oder hast du irgendeine Neandertaler-Beschäftigung wie Rugby oder so?«

Frazer schüttelte amüsiert den Kopf. »Für dich würde ich alles absagen.«

Sky stand auf, um sich ans Klavier zu setzen. Ihre Pause war vorbei. »Du bist so ein Spinner.« Bei den Worten strahlte sie übers ganze Gesicht.

»Aber ein sehr charmanter«, gab ich zu bedenken.

»Du musst nicht mitkommen.«

»Ich weiß, aber allein wirst du es nicht schaffen.«

Cassian pustete empört die Luft aus. »Natürlich werde ich es auch allein schaffen.«

»Wenn du dich damit besser fühlst, dann bleib bei dem Glauben. Mir wäre es auch lieber, ich könnte zu Hause Chips und Schokolade futtern.«

»Dann tu das.«

»Du wirst mich nicht los. Wenn Raven dich begleiten könnte, würde ich verzichten, aber so haben wir keine Wahl. Akzeptiere es oder lass es. Lass uns einfach aufbrechen und sehen, was passiert. Es ist vernünftig, wenn wir zu zweit gehen.«

»Das ist es nicht«, brummte Cassian.

»Bla, bla, bla.« Ich schob ihn durch das Tor, und in Nullkommanichts standen wir auf dem gepflasterten Hof eines Schlosses. Avallach. Das Gebäude hatte atemberaubende Ausmaße.

Raven hatte mir erzählt, dass es vor gar nicht allzu langer Zeit zerstört worden war, doch jetzt strahlte es wieder in seiner ganzen Pracht. Der helle Sandstein, aus dem es gebaut war, glänzte in der Sonne. Die Wege waren mit dunklem Basalt gepflastert, und grüne Hügel schmiegten sich um das Schloss, das auf einer Insel mitten in einem See lag.

»Niemand darf uns sehen.« Cassian drückte mir einen Zettel mit einer Skizze in die Hand.

»Was ist das?«

»Der Weg zu dem Zugang. Dr. Erickson hat den Plan in einem Buch gefunden. Mach dich nützlich, wenn du schon dabei bist. Ich nehme an, du findest den Weg schneller als ich. Dieses Gebäude ist mir fremd.«

»Dann gibst du zu, dass du mich brauchst?«

»Natürlich«, bestätigte er grimmig. »Manchmal stoße selbst ich an meine Grenzen.«

»Du bist so ein Angeber.« Ich versuchte, mich zu orientieren. »Das passt dir natürlich gar nicht.« Ich schob das große Portal auf. Tatsächlich wirkte die Vorhalle wie ausgestorben.

»Wir haben nicht viel Zeit. Die Schüler und Lehrer sind am See und verfolgen die Sprungmeisterschaften der Shellycoats. Trotzdem ist nicht auszuschließen, dass sich ein paar Nachzügler noch im Schloss rumtreiben. Wir müssen den Zugang finden, bevor sie zurückkommen.«

»Larimar und Raven sind bei diesen Sprungmeisterschaften?«, hakte ich nach. »Ich setze mein Leben aufs Spiel, weil Raven keine Ausrede findet, bei einem blöden Sportwettkampf zu fehlen?« Das war nicht zu fassen!

»Es ist kein blöder Sportwettkampf. Es ist eins der wichtigsten Ereignisse des Jahres. Jedes Volk sendet seine Vertreter nach Avallach. Larimar hätte keine Entschuldigung gelten lassen. Sie möchte, dass die anderen Völker sehen, dass in Leylin alles in Ordnung ist. Ravens Verbannung wurde ihr im Großen Rat sehr übel genommen. Ich denke, das war auch ein Grund, weshalb sie Raven begnadigt hat. Dass sie geholfen hat, die Schneekugel zurückzubringen, gab Larimar die Chance, das Gesicht zu wahren.«

»Das ist mir alles viel zu viel Politik.« Ich fühlte mich wie in einem Märchen. Die steinernen Fußböden des Eingangsbereiches waren mit dicken Teppichen bedeckt. Überall standen Amphoren und Schalen mit duftenden Blumen. Ein ausladender Lüster hing an einer unendlich langen und dicken Eisenkette von der Decke herab, und Hunderte Kerzen verbreiteten flackerndes Licht. Aus uralten Gemälden starrten Ahnen mit düsteren Gesichtern auf uns herab.

»Wahnsinn«, hauchte ich.

»Umgucken kannst du dich später. Wo müssen wir lang?«

Ich warf einen Blick auf die Zeichnung. »Die Treppe hoch.« Ich lief voraus und vergewisserte mich, dass Cassian mir folgte. Er blieb dicht hinter mir.

Wir durchquerten mehrere Flure und Treppenaufgänge, bis wir plötzlich in einer Sackgasse landeten. »Mist«, schimpfte ich. »Mit dem Plan stimmt etwas nicht.«

»Könnte es nicht sein, dass du ihn falsch gelesen hast?«

»Das könnte natürlich auch sein, Mister Besserwisser. Ich war schließlich nicht bei den Pfadfindern.«

»Lass uns nicht streiten, sondern zurückgehen. Schau genau auf die Skizze. Wir werden den Fehler schon finden.«

Zügig liefen wir die Gänge zurück, als wir Stimmen vernahmen. Ich zog ihn in eine Nische, die eigentlich zu klein für uns beide war. Die Stimmen kamen immer näher. Ich hörte Geschirr klappern.

»Ich hätte auch gern zugeschaut«, piepste eine Stimme. »Stattdessen müssen wir hier drinnen aufräumen.«

»Du wirst es überleben«, rügte eine andere.

Ich beugte mich ein Stück vor, gerade so viel, wie ich konnte, da Cassian einen Arm um mich geschlungen hatte. Zwei Feen flatterten an uns vorbei, die jeweils ein Tablett mit Tellern und Tassen trugen. Wie diese kleinen Dinger es schafften, dass nicht alles auf dem Boden landete, war mir schleierhaft.

Cassian zog mich zurück. »Wir dürfen nicht gesehen werden«, zischte er in mein Ohr. »Was ist daran so schwer zu verstehen?«

»Ich war vorsichtig«, flüsterte ich zurück. »Der Einzige, der hier rumbrüllt, bist du.«

»Ich brülle nicht.«

»Das ist mir zu blöd. Ich glaube, da vorne müssen wir nach links gehen. Vorher sind wir falsch abgebogen.«

»Du bist falsch abgebogen.«

Ich verdrehte die Augen. »Am besten, du hältst die Klappe.«

»Ich sage kein Sterbenswörtchen mehr, sobald du uns zum Zugang gebracht hast.«

»Du hältst es doch keine zwei Sekunden aus, ohne an mir herumzumäkeln.«

»Ich mäkle nicht.«

»Natürlich tust du das. An mir, an Jade. Ständig machst du uns Vorhaltungen.« Wir bogen um die Ecke. »Hier muss es sein.« Ich blieb stehen.

»Sicher?«

»Hundertprozentig.«

Cassian begann, mit seinem Stock systematisch die Wand abzuklopfen.

»Vielleicht lässt sich einer der Steine bewegen«, schlug ich vor. »In Filmen ist das meistens so. Ein Stein wird eingedrückt, und dann öffnet sich ein Zugang. Vielleicht funktioniert das im wahren Leben auch.« Ich begann, die Steine abzutasten und dagegen zu drücken.

»Lass den Quatsch, Eliza.«

»Warum? Hast du einen besseren Vorschlag?«

»Den habe ich.«

Ich wandte mich den gegenüberliegenden Fenstern zu und sah hinaus. Wir befanden uns an der Rückseite des Schlosses, und ich hatte einen wunderbaren Blick auf den See. Nicht weit entfernt vom Ufer stand eine große Tribüne im Wasser, die bis auf den letzten Platz besetzt war. Eine Gestalt schoss aus dem Wasser in den Himmel. Die Menge jubelte. Der Springer drehte sich in der Luft zweimal um seine eigene Achse, streckte sich wieder, schlug einen Salto und klappte wie ein Taschenmesser zusammen, um sich kurz darauf wieder zu strecken. Danach tauchte er wieder ins Wasser, das sich kaum kräuselte. Tosender Applaus hallte bis zum Schloss.

»Wahnsinn«, murmelte ich.

»Komm vom Fenster weg, bevor dich jemand sieht!«

Ich trat einen Schritt zurück. »Wie kann man so springen?«

»Sie üben diese Sprünge von frühester Kindheit an. Die Shellycoats haben ein Ritual, das sie in jeder Vollmondnacht vollziehen. Sie tanzen, und dafür müssen sie springen können.«

»Das würde ich gern mal sehen.«

»Das würde ich dir nicht raten. Sie würden dich töten, wenn sie dich erwischten.«

»Klingt nicht gerade nett.«

»Die magischen Völker sind auch nicht immer nett, das solltest du mittlerweile verstanden haben. Wir müssen uns schützen.«

»Dann ist das für sie nichts Besonderes? Alle Shellycoats können so springen?« Ich hatte keine Lust, mich auf eine Diskussion einzulassen, wann es erlaubt war zu töten.

»Nur die Besten können zu den Wettkämpfen antreten.«

»Was machst du da eigentlich?« Cassian hielt seinen Stock wie eine Wünschelrute vor die Wand.

»Ich suche nach dem Zugang. Was sonst?«

»Sieht nicht so aus, als ob dein Vorgehen etwas bringt.«

»Ich muss mich konzentrieren.«

Der Lärm von draußen schwoll an. Die Tribüne stand verlassen im Wasser. Stattdessen strömten jede Menge Leute über die Wiese auf das Schloss zu. Offensichtlich war der Wettkampf zu Ende. »Konzentriere dich ein bisschen schneller, sonst haben wir hier gleich Besuch.«

»Sei still.«

Die Stimmen kamen näher. Lachen und das Trappeln von Füßen hallten durch die hohen Flure.

»Jetzt wäre der perfekte Zeitpunkt, um zu verschwinden.« Ich hüpfte nervös auf der Stelle. »Du fällst hier vielleicht nicht auf, ich schon.«

Er tippte einen der Steine an. Dieser fuhr wie von Zauberhand nach hinten, andere Steine folgten und gaben einen Eingang frei.

Cassian schubste mich in dem Moment hinein, als die ersten Schüler den Flur betraten. Dann zwängte er sich durch den schmalen Zugang, und die Steine schoben sich wieder ineinander. Es wurde stockfinster. Stockfinster, eiskalt und totenstill. Ich drängte mich näher an Cassian, der mir einen Arm um die Schulter legte. »Alles in Ordnung?«

»Nicht wirklich.«

»Was ist los?«

»Es ist so dunkel. Ich sehe die Hand vor Augen nicht.«

Er lachte leise. »Willkommen im Klub.«

»Ich bin eine Idiotin.«

»Das hast du gesagt. Warten wir einen Moment. Im Gegensatz zu meinen Augen werden deine sich an die Dunkelheit gewöhnen. Dann wirst du ein bisschen besser sehen.«

»Ist es für dich immer so?«

»Ich schätze ja.«

Ich zögerte einen Moment, bevor ich sagte: »Das ist schrecklich.«

Cassian schwieg.

»Du machst immer den Eindruck, als ob du gut damit

zurechtkommst«, flüsterte ich. »Ich weiß nicht, wie du das schaffst. Ich weiß nicht mal, wo oben oder unten ist.«

»Unten sind deine Füße. Versuche nicht, irgendwo hinzuschauen, dann wird dir übel.«

»Können wir kein Licht machen?«, jammerte ich.

»Gleich. Erst möchte ich wissen, ob wir allein sind.«

»Wie bitte?« Ich presste mich fester an ihn. Die Vorstellung, dass etwas oder jemand in dieser Dunkelheit nach mir greifen könnte, machte mich panisch. Vielleicht gab es hier Ratten oder Spinnen?

»Ich dachte, du wolltest mir eine Hilfe sein und kein Klotz am Bein.«

»Ich bin kein Klotz am Bein.«

»Bist du doch.«

»Machst du Licht?«

Er legte seine Hand auf meinem Mund, und ich verstummte. Es dauerte nur eine Minute, die mir wie Stunden vorkam. Trotz meiner Angst genoss ich es, von Cassian gehalten zu werden – mehr als mir guttat. Als er mich losließ, seufzte ich.

Kurz darauf begannen die Edelsteine in seinem Stab zu glühen und schummeriges Licht zu spenden. Unsere beiden Schatten wuchsen an den Wänden meterhoch, was fast noch gruseliger war als die Dunkelheit zuvor. Hoffentlich erschreckte ich mich nicht vor mir selbst.

»Also, was siehst du?«

»Eine Wendeltreppe. Sie ist ziemlich schmal, hat aber ein Geländer. Ich kann nicht erkennen, wie weit sie nach unten führt. Dafür reicht das Licht nicht aus.«

Cassian sog tief die muffige Luft ein. »Dann mal los. Hast du Angst?«

»Keine Spur.«

Er lachte leise und begann wieder, mit seinem Stock auf die Steine zu klopfen. »Geh vor und pass auf, wo du hintrittst. Der Boden ist ziemlich uneben. Ich bleibe dicht hinter dir.«

Mein Herz pochte heftig gegen meine Brust, als wir uns an den Abstieg machten. Argwöhnisch starrte ich in die Dunkelheit, die sich jenseits des kleinen Lichtkegels ausdehnte.

»Wie war es, als du plötzlich nicht mehr sehen konntest?«, fragte ich nach einer Weile.

»Ich wollte sterben«, erklärte er leise.

Ich zuckte zusammen. »So schlimm?«

»Stell dir die ewige Dunkelheit vor, und du kannst ermessen, wie ich lebe.«

»Ich hoffe, Elisien gibt dir dein Augenlicht zurück, wenn wir sie finden.«

»Deshalb suche ich sie nicht.«

»Ich weiß, aber ich wünsche es dir trotzdem.«

»Wir werden sehen. Elisien hat sehr deutlich gemacht, dass sie die Kraft der Aureolen nicht für den Wunsch eines Einzelnen vergeuden wird. Mittlerweile verstehe ich besser, was sie meinte.«

»Soll das heißen, du arrangierst dich damit, blind zu sein?«

»Ich sag es mal so: Ich will nicht mehr sterben.«

»Damit macht man keine Witze.«

»Das war auch kein Witz. Ich habe eingesehen, dass ich noch derselbe bin, ob mit oder ohne Augenlicht. Ja, ich habe mich arrangiert, was nicht heißt, dass es nicht Momente gibt, in denen ich denjenigen verfluche, der mir meine Sehkraft genommen hat.«

»Bist du wirklich noch derselbe? Jade hat erzählt, dass du früher lustig warst.«

»Ich kann immer noch lustig sein.«

»Davon habe ich noch nicht viel mitbekommen.«

»Weil wir meistens streiten.«

»Das stimmt. Warum eigentlich?«

»Weil du mich mit deinem Verhalten fast immer an den Rand des Wahnsinns treibst.«

»Du mich auch.«

»Vielleicht schaffen wir es, diese Aufgabe wie zwei Erwachsene hinter uns zu bringen«, schlug er vor.

»Wir können es ja versuchen.«

Cassian lachte, und das Geräusch brach sich an den Wänden des Gangs. Es klang ziemlich unheimlich. »Ich bin gespannt, wie lange wir das durchhalten.«

Wir hatten den Fuß der Treppe erreicht. Vor uns erstreckte sich ein langer, schmaler Gang.

»Wir sollten schneller gehen«, bestimmte Cassian.

Ich stolperte hinter ihm her, wobei ich fast rennen musste, um mit ihm Schritt zu halten und im Schein des Lichtes zu bleiben.

»Der Boden ist gepflastert. Da hat sich jemand sehr viel Mühe gegeben.« Cassian blieb stehen und klopfte erst auf den Boden und dann an die Wände. Er legte eine Hand auf die Steine. »Sie sind feucht. Der Weg führt unter der Bucht entlang.«

»Du meinst unter dem Wasser?«, kiekste ich. Die Vorstellung, dass mich nur ein bisschen Erde von Tausenden Kubikmetern Wasser trennte, behagte mir gar nicht.

»Der Weg ist uralt. Er wird nicht gerade jetzt zusammenbrechen.« Cassian grinste mich an.

»Dein Wort in Gottes Ohr.«

Der Tunnel schien kein Ende zu nehmen. Biegung um Biegung legten wir zurück, immer in der Hoffnung, unser Ziel zu erreichen. Meine Beine wurden schwer wie Blei. Am liebsten hätte ich Cassian um eine Pause gebeten, aber ich wollte nicht, dass er mich für total verweichlicht hielt. Ich hatte jegliches Zeitgefühl verloren und sehnte mich einfach nur nach Licht und Wärme. Meine Sachen fühlten sich klamm an. Dann begann der Gang anzusteigen. Keuchend schleppte ich mich hinter Cassian her, dem keinerlei Anstrengung anzumerken war. Vielleicht sollte ich öfter mal joggen gehen, meine Ausdauer ließ wirklich zu wünschen übrig.

Der Gang verbreiterte sich, dann kam eine letzte Biegung, und kurz darauf standen wir vor einer weiteren Treppe. Die steinernen, abgenutzten Stufen verschwanden in der Dunkelheit unter unseren Füßen. Ich stöhnte auf.

»Spürst du die frische Luft?«

»Wenn du dich besser damit fühlst, dann ja.« Ich hockte mich hin.

»Willst du warten, bis ich zurückkomme?«

Ich sprang wieder auf. »Bist du von allen guten Geistern verlassen? Ganz bestimmt bleibe ich nicht allein zurück. Ich wollte mich nur kurz ausruhen.«

»Dafür ist später noch genug Zeit. Komm jetzt.«

»Zu Befehl.« Ich begann, im Geiste die Stufen mitzuzählen. Eins, zwei, drei … zweiundzwanzig … achtundsiebzig. Die Treppe schien unendlich zu sein, irgendwann hörte ich auf und fixierte nur noch meine Schuhe, die ganz automatisch einen Fuß vor den anderen setzten. Dann prallte ich gegen Cassian, der wieder stehen geblieben war.

»Was ist los?«

»Hier kommen wir nicht weiter, da ist ein Abgrund.«

Vorsichtig stellte ich mich neben ihn. »Wir können nicht umkehren. Es muss irgendwo weitergehen.«

»Schau dich um. Wenn du eine Möglichkeit siehst, wie wir hinüberkommen, kannst du sie mir verraten.«

Er hob seinen Stab in die Höhe, damit er mehr Licht spenden konnte. Ich trat näher an die Kante heran. Unter meinen Füßen öffnete sich eine tiefe Schlucht. Ich konnte weder den Boden noch die gegenüberliegende Seite erkennen. Zerklüftete Steine ragten aus der Wand unter mir hervor. Rechts und links verlief ein schmaler Grat an den Felswänden entlang. Aber auch da konnte ich nicht sehen, wohin sie führten, und wenn man nicht gerade eine Bergziege war, konnte man diese Pfade unmöglich begehen. Ein falscher Schritt und man stürzte in den Tod.

»Sieht so aus, als ob es das gewesen wäre. Gibt es keinen anderen Zugang zur Höhle?«

»Nur durch den Ewigen Wald, und das wollte ich nicht noch mal riskieren.« Er legte die Stirn in Falten und schien zu überlegen. »Es muss einen Hinweis geben. Ich glaube nicht, dass der Weg tatsächlich zu Ende ist. Bestimmt dient dieses Hindernis nur dem Schutz der Höhle.«

»Na, dann viel Spaß. Dieser Damian war doch ein Zauberer. Er hat sich bestimmt etwas besonders Fieses ausgedacht.«

»Ich wette, Damian hat den Zugang zufällig entdeckt und die Rätsel um den Zugang gelöst. Wenn er das geschafft hat, dann kriegen wir das auch hin. Also, streng dich an. Ich brauche dich dafür. Du musst sehen, was ich nicht sehen kann.«

»Gib mir deinen Stab«, forderte ich.

Widerspruchslos reichte er ihn mir, und ich schwenkte ihn durch die Luft. Ich lief ein Stück den Weg zurück, dann wieder zu Cassian. Ich beugte mich über den Abgrund und war in diesem Moment wirklich froh, dass ich schwindelfrei war. Ratlos starrte ich in die Tiefe. Diese Felsspalte reichte wahrscheinlich bis zum Mittelpunkt der Erde. Langsam suchte ich die Wände nach einem verdeckten Hinweis ab. Erst beim zweiten Mal wurde ich fündig. »Hier ist etwas in den Stein eingeritzt. Aber es lässt sich sehr schwer lesen.« Ich hielt den Stab näher und entzifferte mit viel Mühe die Buchstaben. »Hast du kein Wissen, hilft dir dein Glaube«, las ich stockend. »Na prima. Ist das ein Witz?« Ich wandte mich zu Cassian. »Will sich da jemand über uns lustig machen?«

»Ich glaube«, sagte er ernst, »das ist genau der Hinweis, nach dem wir gesucht haben.«

»Hast du kein Wissen, dann hilft nur der Glaube? Was, bitte schön, soll das für ein Hinweis sein? Sollen wir beten?«, blaffte ich. »Es gibt hier verflucht noch mal keinen Weg. Also hilft uns kein Glaube.«

»Weil du ihn nicht sehen kannst«, sagte Cassian ruhig. Er setzte einen Fuß nach vorn direkt an die Kante des Abgrunds.

»Was hast du vor?«, rief ich entsetzt. Er würde doch wohl nicht so verrückt sein und versuchen, über den Abgrund zu springen, oder? Das waren bestimmt mehr als hundert Fuß. Wenn ihm nicht spontan ein paar Flügel wuchsen, war es völlig ausgeschlossen, auf die andere Seite zu gelangen.

»Du kannst da nicht hinüberspringen, Cassian! Du siehst ja nicht, wie weit es bis zur anderen Seite ist, geschweige denn, ob der Weg dort weitergeht.«

»Ich habe auch nicht vor, zu springen«, sagte er. »Ich nehme einfach den Weg.«

Er war durchgedreht. »Aber da ist kein Weg!«

»Weil du nicht daran glaubst.« Cassian machte einen Schritt nach vorn. Direkt über die Kante des Abgrundes. Dann war er verschwunden. Ich schrie auf. Das konnte nicht wahr sein! Ich warf mich auf den Bauch und versuchte, in der Dunkelheit unter mir etwas zu sehen. »Cassian«, wimmerte ich und betete, dass er sich irgendwo festgehalten hatte. »Sag doch was! Bitte sei nicht tot. Lass mich bloß nicht allein.«

»Eliza, beruhige dich«, kam seine Stimme aus der Tiefe. »Es ist alles in Ordnung. Ich bin nicht tot.«

Meine Stimme zitterte vor Erleichterung. »Bist du verletzt?« Ich schob den Stab über die Kante des Abgrundes. Er stand aufrecht auf einer kleinen Plattform, die direkt unter mir hervorragte, und grinste übers ganze Gesicht.

»Woher hast du gewusst …« Die letzten Worte blieben mir im Hals stecken.

»Ich habe es nicht gewusst, aber es war die einzige Möglichkeit.«

»Wie meinst du das?«

»Der Hinweis. Wir wussten nicht, ob der Weg weitergeht, aber mit etwas Glauben und Vertrauen konnte es durchaus sein. Es gibt schließlich einen Pfad, nur dass er nicht so offensichtlich zu erkennen ist. Für dich. Bei mir ist es sowieso egal, da ich nie etwas sehe. Ich brauche für jeden Schritt, den ich gehe, Glauben und Vertrauen.«

»Spinnst du jetzt völlig? Du springst in einen Abgrund, nur weil du glaubst, dass da etwas sein könnte, was dich auffängt? Du könntest irgendwo da unten liegen, und ich wäre mutterseelenallein.«

»Du hättest immerhin Licht gehabt.«

»Na, vielen Dank auch, dass du daran gedacht hast.«

»Willst du weiter zetern oder zu mir runterkommen?«

Mit zitternden Knien stand ich auf. Dieser Elf trieb mich noch in den Wahnsinn. Von dieser Position konnte ich die Plattform nicht sehen, sondern nur die tiefe Schlucht unter mir. Ich presste den Stab an mich.

»Spring einfach. Ich fange dich auf.«

»Du hast sie doch nicht alle!«

Cassian gab etwas von sich, das verdächtig nach einem Lachen klang. »Ich zähle bis drei: eins, zwei …«

»Nicht so schnell.« Ich presste die Augen zusammen. Okay, Eliza, das ist fast dasselbe wie ein Sprung vom Einmeterbrett – das schaffst du. Oder doch eher ein Zehnmeterbrett? Oh …

»… drei«, erscholl es von unten.

Ich verdrängte jeden weiteren Gedanken und sprang. Die Wucht meines Aufpralls ließ uns beide stürzen. Ich rollte an den Rand der Plattform, doch Cassian hielt mich in letzter Sekunde fest.

»Alles in Ordnung?«, gab Cassian keuchend von sich. »Dein Herz schlägt so schnell.«

»Das ist bei uns Menschen so, wenn wir kurz davor sind, vor Angst zu sterben. Da wird man wohl ein bisschen aufgeregt sein dürfen.« Ich strich mir das Haar aus dem Gesicht und befühlte meine schmerzenden Knie. Bestimmt hatte ich sie aufgeschrammt.

»Siehst du eine Treppe oder einen Weg?«, fragte Cassian.

Ich richtete mich auf und riss vor Überraschung die Augen auf. »Eine Treppe. Sie schwebt in der Luft.«

»Das dachte ich mir fast.«

»Mir bleibt auch nichts erspart.«

»Ich glaube, dass sich Wände zeigen, sobald wir sie betreten. Ich gehe voran.«

»Ich hoffe nur, dass am Ende dieser Treppe endlich die vermaledeite Höhle ist.«

»Das hoffe ich auch. Aber wenn nicht, müssen wir wohl weitergehen. Zum Umkehren ist es zu spät.«

Tatsächlich schälte sich aus der Dunkelheit eine Art Aufgang, als wir die erste Stufe betraten. Immer höher stiegen wir, und als ich mich umdrehte, sah ich, dass die Seitenwände hinter uns wieder unsichtbar wurden und die Stufen frei in der Luft schwebten. Ich hielt mich dicht hinter Cassian, da es leider auf der schmalen Stiege unmöglich war, nebeneinander zu gehen.

Ich schnaufte die Treppe hinauf und verfluchte mich, weil ich vergessen hatte, etwas zum Trinken mitzunehmen. Ich fühlte mich ganz schwach. Eigentlich hätte ich wissen müssen, dass dieser Ausflug eine Überlebensausrüstung erforderte. Da hatte ich mal wieder nicht von hier nach da gedacht.

»Wir haben es gleich geschafft«, versuchte Cassian, mir Mut zuzusprechen.

Ich antwortete nicht, sondern tapste hinter ihm her, bis er vor einer Tür stehen blieb.

»Ich gehe zuerst. Du bleibst hier.«

»Spinnst du? Ich komme mit. Du kannst doch gar nichts sehen.«

»Auch ohne Augenlicht bin ich durchaus in der Lage, eine Gefahr wahrzunehmen. Jedenfalls besser als du.«

»Ich bleibe nicht allein zurück. Was, wenn du nicht wiederkommst?«

»Ich komme zurück. Kannst du nicht einfach mal tun, was man dir sagt?«

»Kann ich nicht, und jetzt geh durch die verdammte Tür!«

»Dann bleibe wenigstens hinter mir.«

»Darauf kannst du Gift nehmen.«

Cassian öffnete vorsichtig die Tür. Licht strömte so grell durch den Spalt, dass ich die Augen zusammenkneifen musste.

# 12. Kapitel

»Lass mich mal sehen«, wisperte ich.

Cassian machte die Tür weiter auf und trat hinaus. Vogelgezwitscher drang zu mir und das Rascheln von Bäumen.

»So ein Mist«, verkündete ich.

»Was ist los?«

»Ich habe gedacht, dass wir direkt in der Höhle landen, Elisien schnappen und wieder verschwinden. Stattdessen sind wir wieder in diesem blöden Wald.«

»Immerhin spüre ich den Mantikor nicht.« Cassian trat neben mich.

Ich blickte zum Himmel und hielt Ausschau nach dem Untier. Glücklicherweise war es noch zu hell. Sobald die Nacht anbrach, sollten wir ein gutes Versteck gefunden haben. Vielleicht war es klüger, die Nacht im Gang zu verbringen. Ich drehte mich um. Doch die Tür, durch die wir auf diese kleine Lichtung gekommen waren, war verschwunden. »Die Tür ist weg.«

»Das war zu erwarten«, erklärte Cassian. »Siehst du irgendwo Wegweiser?«

»Da drüben«, erklärte ich brummig.

»Was steht drauf?«, fragte Cassian und folgte mir.

»Werkstatt der Alchemie.« Ich verdrehte den Kopf, da ein Wegweiser nach unten hing. »Grube der Medusa.« Mich schauderte, und ich stellte mir ein Loch voller Schlangen vor. »Und dann ist da ein Schild ohne Pfeil. Da steht Wunschbrunnen drauf.«

»Kannst du den Brunnen von hier aus sehen?«

»Das ist nur eine Quelle, kein Brunnen. Ob ich daraus trinken kann?«

»Das würde ich lieber lassen.«

»Aber ich bin schon völlig ausgetrocknet.«

»Du wirst es überleben. Such lieber den Wunschbrunnen. Es gibt einen Grund, weshalb wir hier sind.«

»Alter Antreiber«, murmelte ich. »Ohne mich wärst du so was von aufgeschmissen.« Ich trat an die Quelle heran. Klares Wasser sprudelte zwischen den Steinen hervor. Bei dem Anblick wurde meine Kehle noch trockener. Vorsichtig steckte ich den Finger ins Wasser und benetzte meine Lippen. Das würde ja wohl nicht schaden, solange ich nicht trank. Cassian konnte es nicht sehen und demzufolge nicht mit mir schimpfen.

Plötzlich begannen die Steine, zwischen denen das Wasser sprudelte, sich zu bewegen. Dann verschwammen die Konturen der graubraunen, vom vielen Wasser glatt gewaschenen Steine. Die Oberfläche begann zu brodeln, und es formte sich ein Gesicht aus den Steinen. Zuerst schob sich die Nase heraus, dann die Augen und zum Schluss der Mund.

Halluzinierte ich, oder war eine bewusstseinserweiternde Substanz in dem Wasser gewesen?

»Ohhh«, sagte das Gesicht, das an eine Großmutter erinnerte, und schüttelte sich. Wassertropfen spritzten zu allen Seiten. »Wurde auch mal wieder Zeit, dass sich jemand hierher verirrt. Der letzte Besuch ist viele Jahre her.« Freundliche, steingraue Augen blickten mich an. »Hallo, mein Kind. Was führt dich zu mir?«

»Wer spricht da?«, fragte Cassian und trat neben mich. Seinen Stock hatte er kampfbereit erhoben.

»Ein Stein.«

»Steine können nicht sprechen. Sag nicht, du hast heimlich von dem Wasser getrunken.«

»Ich habe mir nur die Lippen befeuchtet, ehrlich.«

»Eliza«, stöhnte er. »Was soll ich nur mit dir machen?«

»Du hörst sie doch auch, oder?«

»Ja.«

»Dann kann es wohl nicht daran liegen, dass ich von dem Wasser gekostet habe.«

Die Augen der Frau glitten zwischen mir und Cassian hin und her. Interessiert verfolgte sie unseren Disput. »Streitet euch nicht, Kinder. Ihr könnt mein Wasser bedenkenlos trinken. Es schadet euch nicht.«

»Ehrlich? Ich verwandle mich nicht in ein Reh oder einen Wolf?«

Auf den Wangen der Frau bildeten sich Grübchen. »Nein. Das habe ich zwar früher mal gemacht, aber da war ich noch jung.«

Ich beugte mich über das Wasser, doch Cassian hielt mich zurück. »Wer bist du?«, fragte er misstrauisch.

»Oh, entschuldigt, wo sind nur meine Manieren geblieben? Ich bin der Wunschbrunnen.«

»Einen Brunnen stelle ich mir ehrlich gesagt anders vor.«

»Wie heißt du, mein Kind?«

»Eliza.«

»Eine Einzigartige stelle ich mir ehrlich gesagt auch anders vor.« Die Falten in ihrem Gesicht vertieften sich.

Ich rümpfte die Nase, und der Brunnen lachte. »Siehst du. Du konntest dir deinen Namen nicht aussuchen und ich mir meinen auch nicht. Außerdem habe ich natürlich auch noch einen richtigen Namen.« Die Wangen der alten Frau färbten sich rötlich. »Ich heiße Matilda, aber meine Freunde dürfen mich Tilda nennen.«

»Sehr erfreut, dich kennenzulernen«, sagte ich zu Matilda. »Lässt du mich trinken?«, wandte ich mich an Cassian.

»Warte bitte noch.«

Ich hätte heulen können, so durstig war ich. Das Plätschern des Wassers machte mich wahnsinnig.

»Reiß dich zusammen«, fuhr Cassian mich an und hockte sich neben mich. »Wir suchen den Zugang zu einer Höhle, von der wir glauben, dass sie eine Zuflucht ist«, begann er. »Kannst du uns helfen?«

»Vielleicht«, sagte der Brunnen.

»Weißt du, wo die Höhle ist oder nicht?«, hakte ich nach.

»Ich bin ein Wunschbrunnen, Mädchen. Wenn du eine Auskunft von mir willst, dann musst du sie dir wünschen.«

»Okay, dann wünsche ich mir …«

»Stopp!«, unterbrach mich Matilda. »Überlege dir gut, was du dir wünschst. Ihr habt genau einen Wunsch frei.«

»Erfüllst du jeden Wunsch?«, fragte ich langsam. Mir war da gerade ein Gedanke gekommen.

Matilda nickte. »Jeden, ausnahmslos.«

»Du könntest Cassian das Augenlicht wiedergeben?«

»Wenn er es wünscht.«

Cassian versteifte sich neben mir.

»Hat jeder von uns einen Wunsch frei?«

»Leider nicht, mein Kind. Ihr seid gemeinsam gekommen, ihr dürft nur gemeinsam etwas wünschen. Überlegt euch euren Wunsch genau.«

Ich wandte mich zu Cassian. Seine blinden Augen fixierten einen Punkt in der Ferne. »Wir können es uns wünschen.«

»Dann erfahren wir nicht, wo die Höhle liegt. Ist es nicht so?«, fragte er Matilda.

»Ich bin die Hüterin des Zugangs. Ich kann ihn öffnen, sofern ihr es wünscht.«

»Aber wenn unser Wunsch anderweitig vergeben ist, dann bleibt die Höhle verborgen.«

»Das stimmt. Ihr habt nur einen Wunsch frei.«

»Kannst du uns sagen, ob Elisien in der Höhle gefangen gehalten wird?«

»Ich erfülle nur Wünsche. Ich bin kein Auskunftsbüro.«

»Dann vergeuden wir den Wunsch vielleicht, wenn sie gar nicht dort gefangen gehalten wird?«

Es sah so aus, als zuckte sie mit den Schultern.

»Wie kann jemand, der so nett aussieht, so gemein sein?«

»Ich mache hier nur meinen Job«, entgegnete sie ungerührt.

Cassian rang mit sich.

»Das ist deine Chance. Elisien ist schon so lange fort. Da kommt es auf ein paar Tage nicht an. Bitte sie, dir dein Augenlicht zurückzugeben, und schicke Raven her. Sie kann sich wünschen, dass der Zugang geöffnet wird. Elisien wird es verstehen, wenn sie denn da drin ist.« Ich warf Matilda einen bösen Blick zu.

»Ich kann das nicht«, presste Cassian hervor.

»Ihr müsst euch beeilen, es wird bald dunkel«, drängte die doofe Brunnentante.

Ich warf einen Blick zum Himmel, und tatsächlich nahm das Tageslicht, das durch die dichten Baumkronen sickerte, ab. Wahrscheinlich war das ihr Werk. »Tu es, Cassian!«

Zu gern hätte ich ihm die Entscheidung abgenommen. Kurz war ich versucht, diesen Wunsch zu äußern, ohne ihm die Chance zu lassen, es sich anders zu überlegen. Die Erinnerung an den stockdunklen Gang saß mir noch in den Knochen. Solange es völlig selbstverständlich war, dass man alles sah, was um einen herum geschah, konnte man gar nicht ermessen, wie es sein musste, in der Finsternis zu leben.

»Wen liebst du am meisten?«, fragte Cassian. Er packte mich an den Oberarmen und zwang mich, ihm ins Gesicht zu sehen.

»Äh. Das ist irgendwie ein unpassender Zeitpunkt für solche Geständnisse.« Ich war verwirrt.

»Du sollst mir nicht deine unsterbliche Liebe gestehen. Du

sollst mir nur sagen, wen du liebst, und zwar so sehr, dass du bereit bist, deine Wünsche für ihn hintenanzustellen.«

Ich spürte, dass ich knallrot wurde. »Fynn, meine Mum, Granny und Sky, denke ich. Und natürlich meinen Dad, auch wenn er uns ständig vernachlässigt.«

»Würdest du deinen sehnlichsten Wunsch für sie opfern?«

»Ist das eine Fangfrage?«

»Vielleicht.« Er zuckte mit den Schultern.

»Es geht hier um dein Augenlicht, Cassian. Du könntest wieder sehen. Wer sollte dir vorwerfen, dass du dich dafür entscheidest?«

Er ließ mich los und lief über die Lichtung wie ein ruheloser Löwe. Mit beiden Händen fuhr er sich durch das dichte Haar. »Es wäre falsch.«

»Ich würde niemandem sagen, dass du die Wahl hattest.«

»Aber ich wüsste es.«

»Damit musst du klarkommen.«

»Werdet ihr euch heute noch einig?«, fragte Matilda.

»Das ist keine leichte Entscheidung für ihn«, fuhr ich sie an. »Du könntest ja mal von deinen Prinzipien abrücken und jedem von uns einen Wunsch gewähren.«

»Das geht leider nicht. So gern ich es manchmal täte.«

»Dann dräng ihn nicht. Er muss schließlich mit der Entscheidung leben.«

»Ich weiß sowieso schon, wie er sich entscheidet.«

»Ach ja, und wie?«

»Kannst du dir das nicht denken?«

»Er ist einer von den Guten, befürchte ich.«

Matilda nickte. »Er kämpft zwar mit sich, aber er kann nicht anders.« Sie sah nach oben. Mittlerweile war der Himmel dunkelblau. »Er muss seinen Wunsch aussprechen«, ermahnte sie mich. »Sonst verschwinde ich und bin erst morgen früh wieder ansprechbar. Es ist nicht ratsam, sich in diesem Wald bei Nacht herumzutreiben.«

»Wem sagst du das.«

Ein Schrei hallte durch die Luft, der mir das Blut in den Adern gefrieren ließ. »Der Mantikor«, flüsterte ich tonlos.

Matilda hatte den Blick zum Himmel gerichtet und nickte. Dann begann ihr Gesicht zu verschwimmen.

»Cassian«, schrie ich. »Sie verschwindet. Sag deinen Wunsch. Jetzt!«

Flügelschläge erfüllten die Luft. Cassian kam zu mir gerannt. Wieder ertönte der Schrei, aber ich konnte das Untier nicht sehen.

Er kniete neben Matilda nieder. »Ich wünsche mir …« Er machte eine Pause. »Ich wünsche mir, dass du uns den Zugang zur Zuflucht des Zauberers zeigst.«

Erleichtert atmete ich auf.

Matilda lächelte. »Viel Glück, Kinder.« Dann wurde ihr Gesicht wieder zu den Steinen, aus denen es sich vorher zusammengesetzt hatte. Die Bäume hinter der Quelle schoben sich auseinander und gaben den Blick auf einen Höhleneingang frei, der nur wenige Meter entfernt lag.

Ich nahm Cassians Hand und rannte darauf zu. Die Schreie des Mantikors kamen näher und näher. Seine Flügelschläge wurden lauter. Ich spürte, dass er direkt hinter uns war. Die

Druckwelle seines Flügelschlages katapultierte uns in die Höhle, in die er uns nicht folgen konnte. Ich ließ Cassian los, um den Sturz abzufangen, und schlitterte in den Gang. Als ich gegen eine Wand knallte, fühlte es sich an, als würde jeder einzelne Knochen splittern.

Cassian hatte dieses Problem offenbar nicht. Innerhalb von Sekunden war er bei mir. »Tut dir etwas weh? Bist du verletzt? Kannst du aufstehen?« Er berührte meine Arme, fuhr über mein Gesicht und zog mich dann an sich. Ich konnte nicht antworten, weil meine Lunge sich weigerte zu atmen.

»Hol ganz langsam Luft«, befahl er. Vorsichtig folgte ich dem Rat. Dann spürte ich, wie mein Zwerchfell sich entspannte und frische Luft in meine Lungen strömte.

Minutenlang blieben wir sitzen, während ich meine Atmung unter Kontrolle brachte, und Cassian seine Gefühle, das nahm ich jedenfalls an. Er hatte gerade die Möglichkeit verschenkt, wieder sehen zu können. Diese Entscheidung war ihm nicht leichtgefallen, aber er hatte uns damit vermutlich das Leben gerettet. Anderenfalls wären wir nicht in der Sicherheit der Höhle, sondern ungeschützt in der Dunkelheit des Waldes.

Ich lugte um Cassians Schulter zum Ausgang und zuckte zurück. Der Mantikor schritt vor der Höhle auf und ab. Sein Schwanz peitschte durch die Luft.

»Er kann uns nicht sehen«, erklärte Cassian. »Der Zugang ist für ihn verschlossen.«

»Sehr beruhigend. Wie kommen wir wieder von hier fort, wenn er uns draußen auflauert?«

»Wir werden wohl bis morgen früh warten müssen.«

»Dann haben wir genug Zeit, Elisien zu suchen. Ich hoffe nur, sie ist wirklich hier. Wenn alles umsonst war …« Ich ließ den Satz unvollendet. Es sollte sich nicht so unfassbar gut anfühlen, von Cassian im Arm gehalten zu werden. Plötzlich überfiel mich eine bleierne Müdigkeit. »Wir können ja erst mal ausruhen.« Ich kuschelte mich dichter an ihn. »Wir haben ja bis morgen früh Zeit …« Ich verlor den Faden und vergaß, was ich hatte sagen wollen. Ich wollte nur noch schlafen.

»Eliza, du darfst nicht einschlafen.« Cassian rüttelte mich. »Dieser Ort ist mit einem Vergessenszauber belegt. Wir müssen hier raus. Steh auf.«

»Ich glaube nicht, dass ich das kann«, murmelte ich.

»Du kannst das. Reiß dich zusammen!«

»Nicht einschlafen. Zu Befehl.« Ich versuchte, die Augen aufzureißen, aber es fühlte sich an, als hätte mir jemand Klebstoff reingeschmiert.

»Du musst dich mehr anstrengen.« Cassians Fingerspitzen glitten über mein Gesicht. Vorsichtig fuhren sie über meine Schläfen, meine Augenlider und meine Lippen. Die Schmetterlinge in meinem Bauch begannen zu flattern.

»Hat dir schon mal jemand gesagt, dass du ein unerträglicher Besserwisser bist?«, lallte ich, um meine Nervosität zu überspielen.

»Ja, du.«

»Offensichtlich hat es nichts genutzt.«

»Ich wüsste nicht, was ich an meinem Verhalten ändern sollte. Bei dir fällt mir hingegen eine ganze Menge ein.« Seine

Finger kamen an meinem Hals zu liegen. Ich seufzte leise. »Das kann ich mir vorstellen.« Dann gähnte ich. »Gibt es hier kein Bett?« Ich driftete weg und konnte mich nicht dagegen wehren.

»Ich tue das nur, damit du nicht einschläfst«, wisperte Cassian ganz nah an meinem Gesicht. Dann spürte ich seine Lippen. In der nächsten Sekunde war ich hellwach. Sanft fuhren sie über mein Gesicht, suchten meinen Mund und legten sich behutsam darauf. Er schmeckte viel süßer als die Male zuvor. Meine Lippen begannen, sich wie von allein zu bewegen und zu öffnen. Cassian zog mich fester an sich, und ich schlang die Arme um seinen Hals. Unser Kuss wurde inniger, und ich wünschte, er würde niemals enden. Es dauerte eine Weile, bis der Nebel in meinem Kopf sich verzog und ich begriff, was ich hier tat. Ich knutschte mit einem Jungen, der das nicht tat, weil er mich mochte, sondern weil es irgendwie zu seinem Auftrag gehörte. Obwohl es mir widerstrebte, schob ich ihn von mir weg. »Tu das nie wieder«, sagte ich mit zitternder Stimme und stand auf. Mein Körper fühlte sich an, als wäre er unter einen Lkw geraten. Alles schmerzte, am meisten mein Herz, das sich in meinen Magen geflüchtet hatte und dort wie ein Wackerstein lag.

»Ich hatte den Eindruck, dass es dir gefällt.«

»Der Eindruck hat getäuscht.«

»Jedenfalls bist du wieder bei klarem Verstand.«

»Ja«, knurrte ich. »Er war nie klarer.« Ich blickte über Cassian hinweg in die Dunkelheit. »Dort hinten ist Licht. Wir sollten nachsehen, ob Elisien da irgendwo ist.«

»Ich bin direkt hinter dir.«

Auf wackligen Beinen tappte ich durch den Gang.

»Wie weit ist es noch?«, fragte Cassian flüsternd.

»Nur ein paar Meter.«

»Siehst du was?«

Ein natürlich geformter Steinbogen markierte den Eingang zu einem Raum. Ich erkannte die Höhle sofort wieder. Hier hatte Larimar Rubin zur Welt gebracht. Der ganze Raum war in dieses grünliche Licht getaucht. Auf dem Bett, das an der einen Wand stand, lag eine bunte Decke. In der Mitte stand ein Tisch mit zwei Stühlen. Auf einem der Stühle saß eine Frau. Ein aufgeschlagenes Buch lag vor ihr. Aber sie las nicht.

Elisien. Wir hatten sie tatsächlich gefunden. Mir wurde klar, dass ich nicht daran geglaubt hatte.

Ich wusste nicht, was ich sagen sollte, und trat wortlos näher. Niemals hatte ich ein schöneres Geschöpf gesehen. Raven hatte von ihr erzählt und sie beschrieben, doch ihre tatsächliche Erscheinung hätte ich mir in meinen kühnsten Träumen nicht vorstellen können: Ein silbernes Kleid umspielte ihren schlanken Körper. Langes, schimmerndes Haar fiel an ihrem Rücken herab und endete knapp über dem Boden. Eine silberne Spange hielt die Pracht notdürftig zusammen. Ihre ganze Haltung drückte Anmut und Grazie aus, und trotzdem wirkte sie Ehrfurcht gebietend. Tiefer Ernst lag in ihren ebenmäßigen Zügen.

Cassian folgte mir auf dem Fuße.

»Es hat lange gedauert«, sagte sie mit melodischer Stimme, und ein Lächeln legte sich auf ihr Gesicht.

»Entschuldige. Larimar hat dich gut versteckt.«

»Das hat sie wohl.«

Cassian beugte sich zu der Elfe hinab und umarmte sie. Ich kam mir vor wie das fünfte Rad am Wagen. Nervös tippelte ich von einem Fuß auf den anderen.

»Möchtest du mir deine Begleitung nicht vorstellen?«, fragte Elisien, der meine Nervosität bestimmt aufgefallen war.

»Das ist Eliza. Sie hat uns geholfen, dich zu finden.«

»Du hättest das Mädchen nicht in diese Gefahr bringen dürfen«, rügte Elisien ihn.

»Ich hatte keine Wahl. Raven meinte, ich brauchte ihre Hilfe.«

Elisien lächelte mich an und reichte mir die Hand. »Er hat es dir bestimmt nicht leichtgemacht.«

»Stimmt, weil er sowieso immer alles besser weiß.« Sie war mir auf Anhieb sympathisch. »Wir konnten ihn schlecht allein gehen lassen.«

»Ich hätte es auch ohne dich geschafft.«

»Das sagst du jetzt!« Schnaubend wandte ich mich zu Cassian um. »Du wärst ja nicht mal ins Schloss gekommen, und das ist auch gar nicht schlimm, weil ich ohne dich nicht über den unsichtbaren Pfad gekommen wäre. Du hättest niemals von dem Wasser gekostet, und dann hätte der Wunschbrunnen uns vermutlich nicht seine wahre Gestalt gezeigt. Ich hätte mir von dem Brunnen jedoch definitiv mein Augenlicht zurückgewünscht und nicht den blöden Höhleneingang.« Ich wandte mich zu Elisien. »Sorry, aber da hätte ich eher an mich gedacht.«

Elisien neigte sich zu mir. »Er ist immer so vernünftig«, flüsterte sie mir vertraulich zu.

»Das habe ich gehört. Möchtet ihr beide ungestört über meine Defizite plaudern, oder wenden wir uns dem Problem zu, wie wir aus der Höhle hinauskommen?« Er stockte. »Irgendwas passiert hier.«

Im selben Moment spürte ich es auch. Erst war es nur ein leichtes Beben unter den Füßen, dann wurde es stärker. So stark, dass die Höhlenwände vibrierten.

»Was ist das?« Der grüne Schimmer um uns herum flackerte und zog sich dann zusammen. Es dauerte nur Sekunden, und er war vollständig verschwunden. Die Höhlenmalereien und die piktischen Zeichen tauchten auf.

»Die Höhle verändert sich. Das hätte sie vermutlich längst getan, wenn Damian sie nicht gebannt hätte. Ihr habt mit eurem Eindringen den Zauber der Zuflucht gebrochen, der so lange auf ihr gelegen hat.«

»Ist das gut oder schlecht?«, fragte ich panisch.

»Sagen wir es mal so: Wir sollten unser Geplänkel vielleicht auf einen späteren Zeitpunkt verschieben.« Cassian schnappte sich meine Hand und zog mich Richtung Ausgang. Elisien war uns dicht auf den Fersen.

»Wir können nicht raus, im Wald lauert dieses Untier auf uns.« Ich versuchte, ihm meinen Arm zu entreißen, als sich erste Steine aus dem Felsen lösten und auf uns herabfielen. Das Gestein stöhnte und ächzte. Es schien, als würde es aus einem Winterschlaf erwachen.

»Wir haben keine Wahl.« Cassian stoppte am Ausgang der

Höhle und lauschte, doch der Lärm, der plötzlich hinter uns dröhnte, machte es unmöglich, die Schreie des Mantikors zu vernehmen.

Es war stockfinster, nur ab und zu verirrte sich der Schein des Mondes durch die Baumkronen hindurch.

Von hinten erfasste mich eine Druckwelle, als wollte die Höhle uns ausspucken. Ich flog in hohem Bogen in weiches Moos. Cassian und Elisien landeten neben mir. Dann flog Elisiens persönliche Habe neben ihr ins Gras. Als wir wieder aufschauten, war vom Höhleneingang nichts mehr zu sehen. Schwarze Felsen starrten uns abweisend an.

»So schnell wird die Höhle sich nicht wieder missbrauchen lassen«, konstatierte Elisien.

»Von mir aus hätte sie uns noch bis zum Morgen Zuflucht gewähren können, wir haben ihr schließlich nichts getan.«

»Eine Höhle unterscheidet nicht zwischen Gut und Böse«, belehrte Elisien mich und stand auf. Sie richtete ihr Haar.

»Wie kommen wir hier weg?« Glücklicherweise war von dem Mantikor nichts zu sehen.

»Wir werden wohl laufen müssen. Der Weg nach Avallach ist verschlossen.«

»Kannst du dir nicht vom Wunschbrunnen wünschen, dass er uns nach Leylin bringt?«, fragte ich.

»Meinen Wunsch habe ich schon vor Jahren verbraucht.«

»Ein Elfentor?«, hakte ich zaghaft nach.

»Diese Magie funktioniert im Ewigen Wald nicht, Eliza.«

»Na super.« Ich linste zu Cassian und vergewisserte mich, dass er seinen Stock bei sich hatte.

»Dir wird nichts passieren«, versicherte mir Elisien.

»Das habe ich schon öfter gehört.«

»Lasst uns losgehen, je schneller wir den Wald verlassen, umso besser.« Cassian beleuchtete mit seinem Stock den Wegweiser. »Wo müssen wir lang?«

»Da steht jetzt Leylin drauf«, bemerkte ich erstaunt nach einem Blick auf die Wegweiser.

»Na, dann los.«

»Ob der Wegweiser stimmt?«, fragte ich skeptisch. »Dieser Wald ist mir nicht geheuer.«

»Du hast recht mit deiner Vorsicht, aber die Wegweiser lügen nie.«

»Na hoffentlich.« Ich trabte hinter Elisien her, während Cassian mir den Rücken deckte.

So ein dunkler Wald hatte an sich schon etwas Unheimliches, noch gruseliger wurde es, wenn es sich um einen Zauberwald handelte. Neben dem Weg schoss plötzlich eine Pflanze hervor, die ihre langen Tentakel nach mir ausstreckte. Wenn Cassian ihr mit seinem Stock nicht rechtzeitig einen Schlag verpasst hätte, wäre ich auf Nimmerwiedersehen zwischen den Bäumen verschwunden. Dann begann der Weg, sich unter meinen Füßen zu wandeln. War es zuerst ein heller Sandweg gewesen, veränderte der Untergrund sich nun. Wie ein Chamäleon wechselte er seine Farbe im Lichte von Cassians Stock. Dann bewegte er sich unter uns, sodass ich stehen bleiben musste, um nicht zu stolpern. Fast fühlte es sich an, als rekelte sich eine riesige Schlange unter mir. Der Weg änderte seine Richtung. Das konnte unmöglich wahr sein. Mit hoch konzentriertem Gesicht versuchte auch Cassian, das Gleichgewicht zu halten.

»Ich fresse einen Besen, wenn dieser Weg uns nach Leylin bringt.«

»Versprich nichts, was du später nicht halten wirst. Der Weg mag sich ändern, aber er weicht nicht von seinem Ziel ab. Selbst im Ewigen Wald gibt es Regeln. Er darf dich in die Irre führen, aber er bringt dich an dein Ziel, solange du nicht vom Wege abweichst. Was nicht bedeutet, dass er nicht alles dafür tut, um dich dazu zu bringen, ihn zu verlassen.«

Der Boden unter meinen Füßen beruhigte sich wieder. »Ich wünsche mir nichts mehr, als dass du recht behältst.«

»Das ist ja mal ganz was Neues.«

»Still, ihr beiden«, flüsterte Elisien. »Der Mantikor.«

Das Blut in meinen Adern gefror, als ich die Schreie vernahm. Diesmal würde ich ihm nicht entkommen.

»Er wird uns nicht wittern, wenn wir vorsichtig und sehr leise sind«, sagte Elisien.

»Wirklich?«, fragte ich.

»Ich hatte monatelang Zeit, ihn zu beobachten und sein Verhalten zu studieren. In den ersten Wochen, in denen ich in der Höhle eingesperrt war, lauerte er vor dem Eingang und hoffte, ich würde rauskommen. Er konnte ja nicht wissen, dass das für mich unmöglich war. Irgendwann verlor er das Interesse an mir.«

»Ich möchte nicht unbedingt von seinem Pfeil getroffen werden«, sagte ich mehr zu mir selbst.

»Was weißt du über den Mantikor?«, fragte Elisien alarmiert.

»Nicht besonders viel, aber Cassian wurde von seinem Pfeil getroffen, als wir bei Vibora waren. Wir mussten ja herausfinden, wo du warst. Schon damals hat Quirin mir weisgemacht, dass der Wald ungefährlich ist. Natürlich nur, solange ich auf dem Weg bleibe und es hell ist.« Der letzte Satz klang bitterer als gewollt, aber meine Angst hatte mich fest im Griff.

»Das hättet ihr mir sagen müssen.« Ihre Stimme klang tonlos.

»Viel Zeit zum Plaudern hatten wir ja nicht.«

Cassian sog scharf die Luft ein. »Du sprichst mit unserer Königin«, belehrte er mich.

»Sorry, dass ich mich im Angesicht meines nahen Todes im Ton vergriffen habe.«

»Er wird dich wittern, Cassian«, erklärte Elisien. »Du warst einmal sein Opfer, und er wird nicht ruhen, bis er dich getötet hat oder dir Schlimmeres antut. Der Mantikor spielt gern mit seiner Beute.«

»Du meinst, er wird erneut versuchen, Cassian zu verwandeln?«

»Ja. Vorher wird er nicht aufgeben. Er kann nicht anders, das ist seine Natur. Er muss sich ständig neu erschaffen und töten.«

»Wir müssen uns trennen«, bestimmte Cassian. »Er will nur mich.«

»Hast du sie noch alle?«

Elisien war glücklicherweise einer Meinung mit mir. »Wir bleiben zusammen, und wir sollten uns beeilen. Du wirst dich auf keinen Fall für mich opfern. Das ist ein Befehl.« Das Kreischen klang näher. »Er jagt uns längst«, flüsterte sie. »Wir müssen in den Wald, runter vom Weg.«

Ich stöhnte, setzte meinen Fuß auf den weichen Boden des Waldes und erwartete fast, dass dieser sich unter mir öffnete und mich verschlang.

Nichts dergleichen geschah. Ich spürte Cassian hinter mir und wünschte, er würde meine Hand nehmen. Elisiens weißes Kleid verschwand vor uns zwischen den Baumstämmen. Hastig folgte ich ihr, schließlich schien sie zu wissen, was sie tat. Bestimmt war sie nicht so blöd und stellte sich in einen Hexenring. Gänsehaut kroch über meine Arme und meinen Rücken.

»Er darf deine Angst nicht riechen«, flüsterte Cassian hinter mir. »Das macht ihn nur noch gieriger.«

»Gut zu wissen. Kannst du mir auch sagen, wie ich meine Angst unterdrücken soll?«

»Nein.«

»Komisch. Du weißt doch sonst immer alles.«

Ein unheimliches Zischen erklang direkt über unseren Köpfen. Cassian drängte mich gegen einen der riesigen Bäume. Dann legte er seine Arme schützend um mich, während das Zischen lauter wurde und immer näher kam. Fast meinte ich, den heißen Atem des Mantikors an meinem Ohr zu spüren. Panik kroch meine Beine hinauf und breitete sich in mir aus.

»Bleib ruhig. Verschließe deinen Geist.« Ich spürte die warme Haut seiner Wange an meiner, was mich vollends durcheinanderbrachte.

Das Kreischen verstärkte sich, die Luft schien unter den Flügelschlägen zu pulsieren.

»Er kann uns durch die Baumkronen nicht erreichen«, hörte ich Cassians beruhigende Worte. Er hielt mich fest, zu fest.

Ein Gedanke manifestierte sich in meinem Kopf – Flucht. Ich musste weg von hier. Ich musste mich aus Cassians Umklammerung befreien. Ich konnte dem Mantikor nur entkommen, wenn ich fortlief. Der Drang wurde übermächtig. »Lass mich gehen«, verlangte ich mit vor Angst rauer Stimme.

»Nein, das ist es, was er will.« Cassian presste mich an sich. Ich spürte jeden einzelnen seiner Muskeln durch unsere Kleidung. »Du musst ihm widerstehen.«

Wut wallte in mir hoch, und ich befreite meine Arme. Aber ich konnte Cassian nicht von mir fortschieben, er hielt mich fest wie in einem Schraubstock, während der Lärm um uns immer lauter wurde. Unbändiger Zorn klang aus den Schreien des Untiers. Es würde uns in seine Fänge bekommen. Wir hatten keine Chance, und je wütender es war, umso grausamer würde unser Sterben sein. Ich trommelte mit den Fäusten auf Cassians Brust ein, meine Wut schien sich mit jedem Schrei des Mantikors zu verstärken. Am liebsten hätte ich Cassian die Augen ausgekratzt. Er versuchte, meine Hände festzuhalten, aber ich wurde immer panischer.

»Ich tue das nur, damit du wieder zu dir kommst«, wisperte Cassian und schlug mit seiner flachen Hand so hart in mein Gesicht, dass mein Kopf zur Seite flog.

Ich erstarrte. Hatte er das gerade wirklich getan? Er nutzte meinen Schock, fing meine Handgelenke ein und drückte meine Arme nach unten.

»Es tut mir leid«, raunte er. Dann verschloss er meine Lippen mit einem Kuss. Meine Wut verpuffte. Seinen Berührungen hatte ich nichts entgegenzusetzen. Seufzend ließ ich es zu. Das Kreischen des Mantikors nahm ich nur noch am Rande wahr. Viel wichtiger war es, Cassians Lippen zu spüren, die immer fordernder über meine glitten. Ich drängte mich an ihn, allerdings nicht mehr aus Angst. Wenn ich schon sterben sollte, dann würde ich das hier noch mitnehmen.

Erst als er mich losließ, bemerkte ich, dass es still war. So still wie in einem Grab.

»Er ist fort.« Cassians Stimme klang anders als sonst, fast schien es mir, als ob sie ein wenig zitterte. Ich befürchtete, dass es um meine nicht besser bestellt war.

»Hat er die Jagd aufgegeben?«

Er schüttelte den Kopf. Auch wenn er mich nicht mehr küsste, so war er doch nicht von mir abgerückt. Ich war immer noch eingesperrt zwischen ihm und dem Baum in meinem Rücken. Von mir aus konnte ich es so auch noch eine ganze Weile aushalten. Gern bis zum Morgengrauen.

»Ich wollte dich nicht schlagen. Ich musste seine Magie brechen«, sagte Cassian. »Es schien mir die einzige Möglichkeit, dich vor einer Dummheit zu bewahren. Ich werde mich nicht dafür entschuldigen.«

»Das musst du auch nicht. Welche Magie meinst du?«

»Der Mantikor erzeugt Angst. Panische Angst. Er wollte dich von mir fortlocken, er wollte dich dazu bringen, zu fliehen, raus aus dem Wald. Auf dem Weg wärst du eine leichte Beute gewesen. Er weiß, dass ich dich nicht im Stich lassen würde. Er will uns beide. Ich musste deine Angst mit einem stärkeren Gefühl überlagern.«

Ich schluckte. »Schon gut. Danke schön.«

»Keine Ursache.«

Cassians Worte waren wie eine kalte Dusche für mich. Wie hatte ich auch nur einen Moment annehmen können, dass er mich küsste, weil er es wollte, und nicht, weil es mal wieder einen logischen Grund dafür gab? Weshalb nur fühlten sich seine Küsse gar nicht so berechnend an? Okay, er hatte mir damit wahrscheinlich das Leben gerettet, aber musste er mir das so direkt auf die Nase binden?

»Können wir dann weitergehen?«, fragte ich und schob ihn weg.

Sofort trat er zur Seite und brachte mindestens einen Meter Abstand zwischen uns. »Lass uns Elisien suchen.«

Die Königin kam uns schon entgegen. »Du hast auf sie aufgepasst«, sagte sie erleichtert, als sie uns unversehrt sah.

»Natürlich«, erwiderte Cassian kurz angebunden. »Ich tue mein Bestes.«

»Er wird nicht aufgeben. Lasst uns weitergehen und hoffen, dass wir einen Ort finden, an dem wir uns verstecken können.«

Wortlos gingen wir hintereinander her. Zäh tropften die Minuten, es gab nicht die geringste Hoffnung, den Wald lebend zu verlassen. Jeder Schritt fiel mir schwerer als der vorherige.

Immer tiefer ging es in den Wald hinein, dessen Bäume mit ihren langen Zweigen nach uns zu greifen schienen.

»Wir laufen der Morgenröte entgegen«, erklärte Elisien, als

ich mich schon fragte, ob einer von uns auch nur eine Ahnung hatte, welche Richtung uns aus dem Wald brachte. »Wir dürfen uns nicht ausruhen und riskieren, dass du einschläfst.«

Kaum hatte sie das ausgesprochen, betraten wir eine Lichtung. Ein Fluss breitete sich vor uns aus, auf dessen einer Seite ein Wasserfall hinunterstürzte. Mondlicht schimmerte auf der Oberfläche und ließ ihn glitzern. Es sah wunderschön aus und vor allem friedlich. Elisien suchte das Ufer ab.

Ich trat neben sie. »Müssen wir auf die andere Seite?«

Sie nickte.

Das Untier war weder zu hören noch zu sehen, aber wenn wir den Schutz der Bäume verließen, war es bestimmt nur eine Frage der Zeit, bis es auftauchte.

»Es ist nicht besonders tief«, ließ Cassian sich vernehmen, der seinen Stock in den Fluss getaucht hatte und nun prüfte, bis zu welcher Höhe er nass war.

»Ich befürchte, dass das Wasser nicht die Hauptgefahr ist. Kannst du schwimmen?«, wandte sie sich an mich.

»Selbstverständlich.«

»Wir nehmen Cassian in unsere Mitte. Egal, was passiert, du wirst das andere Ufer nicht aus den Augen lassen. Wir müssen ihn hinüberbringen. Lass ihn nicht los. Verstanden?«

Auch wenn ich keine Ahnung hatte, weshalb sie sich ausgerechnet um Cassian so sehr sorgte, nickte ich. »Das werde ich nicht.«

»Wenn mir etwas zustößt, dann lasst mich zurück«, erklärte er. »Du musst versuchen, nach Leylin zu gelangen. Larimar muss das Handwerk gelegt werden.«

Elisien zog Cassian in den Fluss, und ich folgte den beiden. Schnell stieg uns das Wasser bis zur Hüfte. Träge floss es an uns vorbei. Glücklicherweise war es nicht besonders kalt, aber das andere Ufer kam nicht näher, obwohl wir immer weiter wateten.

Der Fluss hatte eben noch gar nicht so breit ausgesehen. Doch alles, was sich in diesem Wald befand, war eine Täuschung. Eine Illusion.

In diesem Augenblick setzte ein Gesang ein, der so überirdisch schön war, dass er mir die Tränen in die Augen trieb. Ich wandte mich um, um herauszufinden, woher er kam, und brauchte nicht lange zu suchen. Auf den Steinen, die am Fuße des Wasserfalls aus dem Fluss ragten, saß ein Mädchen von so ätherischer Schönheit, dass sie sogar die der Elfen übertraf. Es kämmte sich sein langes, fast weißes Haar, dessen Spitzen sich im Wasser fächerartig ausbreiteten, und sang.

»Ligeia.« Elisiens Stimme klang leicht panisch.

Irritiert sah ich zu der Elfenkönigin. Bisher hatte ich den Eindruck gehabt, dass nichts sie so leicht aus der Ruhe bringen konnte. Sie umfasste Cassians Arm fester, der stocksteif neben mir verharrte und dem Klang des Liedes zu lauschen schien. Ich konnte es ihm nicht verdenken, es war einfach betörend. Wenn er das Mädchen dazu noch sehen würde …

»Wir können froh sein, dass er das nicht kann«, bemerkte Elisien. »Es wird so schon schwer genug werden.«

Während ich mich noch fragte, was Elisien meinte, warf Cassian sich plötzlich herum, stieß mich zur Seite und versuchte, zu dem Mädchen zu schwimmen. Nur Elisiens Reaktionsgeschwindigkeit war es zu verdanken, dass er uns nicht entwischte.

»Halte ihn!«, rief sie, und ich packte seinen anderen Arm.

Er wehrte sich. Den Kräften, die er entwickelte, hatte ich nichts entgegenzusetzen. Er stieß Elisien einfach zur Seite und befreite sich aus meiner Umklammerung. Mit wenigen Schwimmzügen war er aus unserer Reichweite.

»Er wird ertrinken«, keuchte Elisien. »Wir müssen ihn zurückholen.«

»Sie ist eine Sirene«, erkannte ich in diesem Augenblick. Wie hatte ich so blöd sein können? Mein Vater hatte mich als Kind praktisch mit griechischer Mythologie gefüttert.

Ohne nachzudenken, ruderte ich Cassian hinterher. In den Sagen lockten die Sirenen die Seefahrer mit ihren Schiffen gegen die Felsen, an denen diese zerschellten, und die Matrosen ertranken. Cassian saß weder in einem Schiff, noch würde er so leicht ertrinken. Im Gegenteil, er konnte so gut schwimmen, dass ich kaum hinterherkam.

Über mir ertönte der uns längst bekannte markerschütternde Schrei. Kälte breitete sich in mir aus. Am liebsten wäre ich in die Tiefe des Flusses getaucht, bis der Mantikor die Lust verloren hatte. Aber ich konnte Cassian unmöglich im Stich lassen. Egal, ob er mich mochte oder nicht, er würde mich auch nicht aufgeben.

Ein Klatschen ertönte hinter mir, dann ein Stöhnen. Mein Herzschlag setzte für eine Sekunde aus, als ich sah, was hinter mir vor sich ging. Der Mantikor hatte seine Klauen in Elisiens Körper gekrallt und hob sie nun aus dem Wasser. Ein

Wasserschwall traf mich, als seine Flügel das Wasser peitschten. Elisien versuchte, sich zu befreien, aber gegen das Ungeheuer hatte sie keine Chance. Es lachte triumphierend.

»Rette Cassian«, schrie sie, bevor der Mantikor sich erhob und sie mit ausladenden Flügelschlägen davontrug.

Was sollte ich tun? Cassian hatte die Sirene fast erreicht.

»Verdammt«, schrie ich. Ich konnte nicht beide retten. Wütend wischte ich das nasse Haar aus meinem Gesicht.

Dann fiel mir etwas ein. Warum hatte ich nicht längst daran gedacht? Ich zog die Phiole hervor, die an dem Lederband um meinen Hals hing. Die Flüssigkeit in der kleinen Ampulle glühte in hellem Purpur. Nur ein Mal konnte ich ihn um Hilfe bitten. Mein Blick glitt von Cassian zu Elisien.

Kadir hatte gesagt, dass ich das Fläschchen zerbrechen sollte, um ihn zu Hilfe zu rufen. Die Zeit lief mir davon. Der Mantikor stieg mit der Königin immer höher. Was, wenn er sie fallen ließ? Was, wenn er sie tötete und fraß? Wir hatten so viel riskiert, um sie zu retten, und nun lieferten wir sie dem Verderben aus. In der Höhle hätte sie wenigstens überlebt. Cassian würde mir nie verzeihen, wenn ich das zuließ. Mein Blick schwenkte wieder zu ihm. Obwohl ich bis zur Brust im Wasser stand, brach mir der Schweiß aus. In unmittelbarer Nähe des Felsens, auf dem die Sirene saß, hatte sich ein Strudel gebildet. Er breitete sich immer weiter aus, erfasste Cassian und zog ihn zu sich heran. Er ruderte mit den Armen, aber er hatte keine Chance, dem Sog zu entkommen.

Ich nahm die Ampulle zwischen meine Handflächen und drückte sie so fest zusammen, wie ich konnte. Glassplitter stachen mir in die Haut, und purpurfarbene Flüssigkeit vermischte sich mit meinem Blut. Hilflos reckte ich beide Arme in die Luft. Ich hatte keine Ahnung, ob dieser Zauber wirkte, ich konnte nur hoffen, dass Kadir mir schnell zu Hilfe kam.

Sekunden später übertönte das Galoppieren von Hufen das Rauschen des Strudels und die siegessicheren Schreie des Mantikors.

Kadir brach durch das Unterholz. Er war nicht allein. Hinter ihm stob Perikles mit weiteren Mitgliedern seiner Herde heran.

»Du hast uns gerufen?«

Ich wies mit dem Finger in die Luft. »Der Mantikor entführt Elisien. Ihr müsst sie retten, bevor er sie tötet.«

»Was ist mit ihm?« Er deutete auf Cassian, der verbissen gegen den Strudel kämpfte.

»Darum kümmere ich mich.«

»Möchtest du das wirklich?« Riesige Flügel schoben sich aus seinem Rücken.

Als ich nickte, erhob der König der Einhörner sich in die Lüfte, während sein Gefolge zurück in den Wald ritt. Ich musste darauf vertrauen, dass sie Elisien retteten.

Die Sirene hatte aufgehört zu singen, stattdessen lachte sie nun. Es war kein menschliches Lachen. Meine Nackenhaare sträubten sich. Ich dachte kurz nach und wog meine Chancen ab. Sie waren denkbar klein. Aber ich würde nicht kampflos aufgeben. Meine Hände ballten sich zu Fäusten, und meine Nägel gruben sich schmerzhaft in meine Haut. Die Sirene ergötzte sich daran, wie Cassian kämpfte, wie er müde wurde und seine Kraft verlor. Sie wollte, dass er starb. Ich stieß mich vom Boden ab und begann zu kraulen. Je näher ich dem Strudel kam, umso schwerer wurde es, direkten Kurs auf Cassian zu halten. Aber ich würde nicht zulassen, dass diese kleine Hexe mit dem makellosen Gesicht gewann. Das war ich ihm irgendwie schuldig.

Ich ließ mich in den Strudel treiben, und obwohl ich wusste, was auf mich zukam, war ich überrascht von seiner Kraft. Er zog mich mit sich. Wasser lief mir in Mund und Nase. Kurzzeitig tauchte ich unter und ruderte hilflos mit den Armen. Dann versuchte ich, gegen den Strudel zu schwimmen. Ich musste nur so lange durchhalten, bis ich Cassian zu fassen bekam. Ich erwischte ihn an einem Zipfel seines Hemdes. Als er spürte, dass ich ihn festhielt, wandte er sich mir zu. Sein Gesicht war wutverzerrt.

»Was tust du hier?«, brüllte er.

»Ich versuche, dich zu retten, du Idiot.« Wasser schwappte in meinen Mund.

»Der Strudel ist zu stark.«

»Vertrau mir einfach.« Ich schlang meine Arme und meine Beine um ihn. »Halte dich an mir fest.« Ich spürte seine Hände auf meinem Rücken. »Wehr dich nicht. Hör auf zu strampeln, und lass dich einfach absinken.«

»Dann werden wir ertrinken.«

»Werden wir nicht. Tu einfach, was ich sage. Nur dieses eine Mal.«

Dann gaben wir beide den Widerstand auf. Der tödliche Sog des Wassers zog uns in die Mitte des Strudels. Ich spürte, wie Cassian sich reflexartig wehren wollte, doch in meiner Umklammerung konnte er nicht viel ausrichten.

»Luft holen«, befahl ich, kurz bevor das Wasser über uns zusammenschlug und uns in unser nasses Grab zog.

Die einzige Unbekannte bei diesem Experiment war die Tiefe des Strudels. Ich konnte ziemlich gut tauchen, jedenfalls hatte ich Fynn früher in der Badewanne beim Luftanhalten immer geschlagen. Dass diese Ausbildung ausreichte, um den Sirenenstrudel zu überleben, bezweifelte ich, aber eine bessere Idee hatte ich nicht gehabt. Ich spürte, wie die Luft knapp wurde, während wir immer noch sanken. Obwohl Cassian zu zappeln begann, erlaubte ich ihm nicht, sich zu befreien. Ich klammerte mich mit aller Kraft an ihn. Ich spürte seinen erlahmenden Widerstand. Hätte er nicht schon vorher seine Kraftreserven aufgebraucht, wäre es ein Leichtes für ihn gewesen, sich von mir zu befreien. So spürte ich nach einer Weile, wie sein Körper schwerer wurde. Er hatte das Bewusstsein verloren. Ich wurde panisch. Würde ich es schaffen, ihn rechtzeitig ans Ufer zu bringen, oder war ich am Ende schuld, dass er ertrank?

Da stießen meine Füße auf den Grund des Flusses. Wir hatten den Boden erreicht. Hier war der Sog des Strudels am geringsten. Ich packte Cassians Hand und zog seinen leblosen Körper einige Meter über den Grund aus dem Strudel heraus. Erst als ich hoffte, dass wir weit genug entfernt waren, stieß ich mich ab und paddelte mit seinem Gewicht an meinem Arm nach oben. Ich musste ihn an Land bekommen.

Endlich durchbrachen wir die Wasseroberfläche. Keuchend

holte ich Luft, bevor ich Cassians Oberkörper auf meine Brust bettete und versuchte, rückwärts schwimmend das Ufer zu erreichen. Eine dunkle Hand griff nach ihm und zog ihn von mir weg. Erleichtert stellte ich fest, dass diese Hand zu Perikles gehörte. »Halte dich an mir fest«, befahl er. »Ich bringe euch ans Ufer.«

»Was ist mit Elisien?«, keuchte ich, und mit letzter Kraft klammerte ich mich an seine Mähne.

»Sie ist in Sicherheit.« Als Perikles' Hufe festen Grund betraten, ließ ich los und platschte auf das schlammige Ufer. Er legte Cassian ab und kam zu mir. »Was bist du nur für ein dummes Mädchen? Dein Leben für einen Elfen aufs Spiel zu setzen.«

Auf allen vieren kroch ich zu Cassian. Tatsächlich atmete er nicht mehr. Kurz entschlossen legte ich meinen Mund auf seinen und begann, ihn zu beatmen. Immer und immer wieder pumpte ich Luft in seine Lungen.

Perikles beobachtete meine fruchtlosen Bemühungen mit verschlossener Miene. »Was tust du da?«, fragte er nach einer Weile.

Ich war vollkommen erschöpft. Eigentlich wollte ich nur noch schlafen oder auch sterben. Perikles' Frage brachte das Fass zum Überlaufen. »Was denkst du wohl, was ich hier tue? Ich versuche, diesen sturen, verbohrten Elfen zu retten!«

»Dir ist aber schon aufgefallen, dass sein Herz nicht mehr schlägt?«

»Was?« Ich starrte auf Cassians Brust, dann tastete ich auf der Suche nach einem Puls seinen Hals ab.

»Was denkt er sich dabei, in den Tod zu schwimmen, bloß weil so eine bescheuerte Nixe ihm was vorsingt?«, jammerte ich. »Was stimmt mit euch Kerlen nicht?« Voller Wut hieb ich mit der Faust auf Cassians Brust. Einmal, zweimal.

Cassian bäumte sich auf. Hastig rollte ich ihn zur Seite, und Cassian spuckte einen ganzen Schwall Wasser auf den Boden. Erschrocken und unfähig zu kapieren, was da gerade geschehen war, hielt ich ihn fest, bis er wieder einigermaßen normal atmete. Dann wandte er sich mir zu. »Wieso bist du mir hinterhergeschwommen? Bist du von allen guten Geistern verlassen?«

Perikles neben uns lachte leise. »Das kann ja noch heiter werden mit euch beiden.«

»Halt den Mund!«, fuhren wir ihn gleichzeitig an.

»Schon gut.« Abwehrend hob er die Hände. »Der Morgen graut. Soll ich euch zum Waldrand bringen? Ich denke, für eine Nacht habt ihr genug erlebt.«

»Auf keinen Fall«, brummte Cassian.

»Sehr gern«, antwortete ich. »Beachte ihn nicht.« Ich schenkte Perikles ein strahlendes Lächeln.

Da Cassian mich vermutlich nicht mit Perikles allein lassen wollte, bequemte er sich, mit noch wackligen Beinen hinter mir auf dessen Rücken zu steigen. Ich hielt mich an Perikles' Mähne fest, und Cassian legte die Arme um mich. Es dauerte nur Sekunden, und der gleichmäßige Trab sorgte dafür, dass ich in Cassians Armen zusammensackte.

# 13. Kapitel

Als ich erwachte, schien die Sonne in das Zimmer. Ich blinzelte. Das war definitiv nicht mein Zimmer. Dann fielen mir die Begebenheiten der letzten Nacht wieder ein. Irgendwer musste mich ins Bett gebracht haben. Ich lugte unter die weiche Decke. Statt meiner Jeans und dem T-Shirt, mit denen ich gestern aus dem Haus gegangen war, trug ich ein kurzes, fast durchsichtiges Top mit einer passenden kurzen Hose. Ich zog die Decke wieder bis zur Nasenspitze und hoffte, dass nicht Cassian mich umgezogen hatte. Notwendig war es ja gewesen, nachdem ich klitschnass geworden war. Meine Sachen waren nirgends zu sehen und auch sonst nichts, was ich mir überwerfen konnte. So konnte ich das Zimmer keinesfalls verlassen.

Mein Magen knurrte und erinnerte mich daran, dass ich seit Ewigkeiten nichts gegessen hatte. Wie auf Kommando kroch der Duft von Eiern und gebratenem Speck unter dem Türspalt hindurch. Mir lief das Wasser im Munde zusammen. Ich rappelte mich auf und schlang mir die Decke wie eine römische Toga um den Körper. Das musste reichen. Auf Zehenspitzen verließ ich das Zimmer. Bisher war ich in Leylin nur im Haus von Dr. Erickson und Sophie gewesen, und das hatte sehr menschlich gewirkt. Hier sahen die Dinge anders aus. Zwar waren die Wände ordentlich mit hellblauem Putz versehen, aber überall wanden sich zarte Ranken empor. Sie krallten sich in die Wände, als wollten sie jeden Zoll erobern. Kleine Blüten leuchteten in den unterschiedlichsten Farben von Pink bis Himmelblau. Sie verströmten einen zarten Duft. Langsam ging ich die Treppe hinunter, deren dunkles Holz sich warm und weich an meine bloßen Füße schmiegte. In der Mitte des Flures ragte ein Baumstamm in die Höhe, den ich allein kaum würde umfassen können. Zu seinen Füßen breitete sich Moos aus, auf dem ein Eichhörnchen schlief. Als es mich hörte, hob es den Kopf. Aus einem Astloch flog ein bunter Vogel heraus. Er zirpte aufgeregt und ließ sich neben dem Eichhörnchen nieder. Es schien, als wollten die beiden etwas besprechen. Dann flitzte das Eichhörnchen los, und der Vogel flog hinterher. Neugierig folgte ich den beiden in den angrenzenden Raum.

Sophie stand am Herd und summte vor sich hin. Der Vogel saß auf ihrer Schulter und tschilpte ihr etwas ins Ohr.

»Ich weiß schon, dass sie wach ist«, lachte Sophie.

»Du verstehst, was der Vogel sagt?«, fragte ich erstaunt.

»Natürlich nicht. Nicht mal hier können Tiere sprechen.« Sophie wandte sich mir zu. »Cassian hat Pearl vor ein paar Wochen verletzt im Wald gefunden und den kleinen Racker auch.« Sie wies auf das Eichhörnchen. »Er hat sie gesund gepflegt, und seitdem sind sie hier. Ich konnte mir nur denken, weshalb Pearl so aufgeregt ist. Wie fühlst du dich? Hast du Hunger?«

Ich setzte mich an den runden Tisch, der in der Mitte des Raumes stand. »Wie ein Bär.«

»Das ist gut. Cassian hat mich gebeten, dir dein Frühstück zuzubereiten.«

»Wie aufmerksam von ihm.«

Sophie sah mich streng an. »Er hat sich sehr um dich gesorgt.«

»Wo ist er, und wem gehört dieses Haus?«

»Warst du noch nie hier? Das ist Cassians Elternhaus. Er wohnt hier mit Jade.«

»Es ist sehr schön.« Ich griff nach dem Teller, den Sophie mir hinhielt, und begann umgehend zu essen. »Himmlisch«, erklärte ich zwischen zwei Happen.

»Magst du etwas trinken?«

»Sehr gern.«

Ich folgte Sophie mit meinen Blicken, während sie zu einem Springbrunnen aus hellem Stein ging, der neben einer Tür stand, die offensichtlich zum Garten hinausführte. Klares Wasser plätscherte heraus. Sophie nahm eine Karaffe und einen Becher von dem Bord darüber. Dann füllte sie die Karaffe mit Wasser und brachte mir beides. Es schmeckte nach Blumen, Zitrone und frisch gemähtem Gras. Das war so lecker, dass ich das Glas sofort nachfüllte.

Erst nachdem ich einen zweiten Teller mit Ei und Speck gegessen hatte, fühlte ich mich satt genug, um weiter auf Entdeckungsreise zu gehen.

»Schau dich ruhig ein bisschen um, es wird noch dauern, bis Cassian zurückkommt«, schlug Sophie vor.

Ich wandte mich der Tür zu und stolperte über eine schwarz-weiß getigerte Katze, die es sich hier gemütlich gemacht hatte. Ich streichelte ihr entschuldigend das Fell, und sie maunzte zufrieden.

Der Garten war winzig und von mannshohen Mauern umgeben. Wie im Haus rankten überall dieselben kleinen Blumen in die Höhe. Auf einer Wiese wuchsen inmitten von Gänseblümchen zwei Bäume, an deren Ästen mir unbekannte Früchte hingen.

Ich legte mich auf eine Bank, die mit weichen Fellen belegt war. Das Eichhörnchen kam zu mir gesprungen und kuschelte sich in meinen Arm. Während ich es streichelte, fielen mir schon wieder die Augen zu.

»Eliza, wach auf.« Jemand rüttelte an meiner Schulter. »Komm schon, du Schlafmütze.«

Ich zog mir die Decke über den Kopf. »Lass mich in Frieden. Ich will schlafen.«

»Du kannst unmöglich noch müde sein, du schläfst doch schon den ganzen Tag.«

»Das habe ich mir auch verdient.«

»Stimmt. Das hast du.«

Als er sich setzte, bewegte sich die Bank unter Cassians Gewicht. »Ohne dich hätten wir Elisien nie gefunden. Sie möchte dir gern danken.«

»Das braucht sie nicht.« Ich kroch unter der Decke hervor.

Bestimmt stand mir jedes einzelne Haar zu Berge. Immerhin sah Cassian meine überaus leichte Bekleidung nicht. »Ich bin da doch auch nur so reingeschlittert und habe einfach versucht, das Beste draus zu machen, und überhaupt, allein hätte ich das nie geschafft. Wir waren ein ziemlich gutes Team.«

»Das stimmt. Wer hätte das gedacht.«

Wir schwiegen, bis die Stille zwischen uns erdrückend wurde. Nur langsam dämmerte mir, warum. Ich hatte meine Aufgabe erfüllt. Wir hatten Elisien gefunden und zurückgebracht. Ich hatte meine Schuldigkeit getan und konnte gehen. Cassian war nur zu höflich, es direkt zu sagen, und vielleicht zu feige, mir wieder etwas unterzujubeln.

»Ich werde dann mal duschen«, sagte ich. »Könntest du dich umdrehen?«

»Warum?«, fragte er verwundert.

»Ich möchte nicht, dass du mich in diesem Aufzug siehst.«

»Ich kann dich nicht sehen, Eliza.«

»Irgendwie glaube ich, dass du mehr siehst, als mir lieb ist.«

Ohne weiteren Widerspruch drehte er sich um,und ich stand auf. Ich war noch nicht bei der Küchentür, als er gestand: »Ich habe dich letzte Nacht zu Bett gebracht und umgezogen. Es gibt also nicht viel, was du noch vor mir verbergen könntest.«

Ich wusste nicht genau, ob ich bei diesen Worten im Erdboden versinken oder den Blumentopf nach ihm werfen sollte, der in meiner Reichweite stand. Stattdessen raffte ich mein letztes bisschen Würde gemeinsam mit der Decke zusammen und rannte nach oben in mein Zimmer.

Sophie hatte meine frisch gewaschenen Sachen aufs Bett gelegt. Also duschte ich und zog mich an. Nachdem ich mich einigermaßen gefasst hatte, ging ich hinunter und schwor mir, nie wieder ein Wort mit Cassian zu reden.

»Ich dachte schon, du wirst nie fertig.« Cassian drehte sich zu mir, und Sophie schüttelte resigniert den Kopf.

»Sorry, dass ich nicht schneller war, mein Körper musste sich erst davon erholen, gegen magische Ungeheuer zu kämpfen.« Ich ließ offen, ob ich damit den Mantikor oder einen grausamen Elfen mit Blindenstock meinte.

»Können wir gehen?«

»Ja klar. Je schneller ich in meine Welt zurückkomme, umso besser.«

»Da sind wir ja ausnahmsweise mal einer Meinung.«

Am liebsten hätte ich ihn gepackt und geschüttelt, aber nach der letzten Nacht fühlte ich mich neuen Kämpfen einfach nicht mehr gewachsen. Es war sowieso nur noch eine Frage der Zeit, bis ich die Elfenwelt verlassen musste. Da half nur Zähne zusammenbeißen und durch.

Cassian führte mich zum Palast der Königin. Je näher wir dem Gebäude kamen, umso mehr umwölkte sich seine Stirn und bedrückte mich sein Schweigen.

Ich war erstaunt, wie viel sich seit meinem letzten Besuch verändert hatte. Damals war er mir wie ein Mausoleum vorgekommen. Jetzt wuselten so viele Elfen hier herum und putzten das Schloss, dass wir uns kaum zum Thronsaal durchdrängeln konnten.

Das lag aber nicht nur daran, dass alle wahnsinnig beschäftigt waren, sondern auch daran, dass jeder uns die Hand schütteln und sich bei Cassian und mir bedanken wollte. Offensichtlich hatte es sich bereits herumgesprochen, dass wir Elisien befreit und zurückgebracht hatten.

Nach gefühlt hundertmaligem Händeschütteln dachte ich, mir würde der Arm abfallen. Ich war erleichtert, als wir endlich den Thronsaal erreichten. Ein Diener öffnete die Tür.

Elisien stand an einem der großen Fenster. Sie trug ein goldfarbenes Kleid, das ihre schlanke Gestalt umschmeichelte, und ein schmales Diadem auf ihrem glänzenden Haar.

In meiner Jeans und dem T-Shirt kam ich mir deplatzierter vor als jemals zuvor. Sie war allein, was mich wunderte, schließlich war sie monatelang allein gewesen. Die Königin drehte sich um und kam uns entgegen. »Geht es dir gut?«

»Ich hätte gern noch etwas geschlafen, aber dieser Tyrann hat darauf bestanden, dass ich mitkomme.«

Ein Lächeln zeichnete sich auf Elisiens Gesicht ab. »Das ist meine Schuld. Ich habe nicht daran gedacht, dass du mehr Schlaf brauchst als wir Elfen. Du darfst ihm nicht böse sein, er ist nur meinem Wunsch gefolgt.«

»Ich bin so froh, dass Kadir und sein Gefolge dich gerettet haben«, antwortete ich ehrlich.

»Das habe ich dir zu verdanken. Du hättest den Schutz Kadirs nicht an mich verschwenden müssen.«

Ich zuckte mit den Schultern. »Was sollte ich schon tun?«

»Es ehrt dich, dass du das so siehst, Eliza. Ich glaube, selbst viele magische Wesen hätten mich meinem Schicksal überlassen. Einhornblut ist ein mächtiger Schutz, und du hast ihn geopfert, um mich zu retten. Ihr Menschen schafft es immer wieder, mich zu erstaunen.« Sie legte mir eine Hand auf den Arm und strich darüber. »Ich werde mein Leben lang in deiner Schuld stehen.«

Ich lächelte sie verlegen an, und sie nickte wohlwollend.

»Kadir muss dich sehr in sein Herz geschlossen haben, dass er dir dieses kostbare Geschenk gemacht hat.«

»Das ich offensichtlich nicht richtig zu würdigen wusste.«

Elisien lachte laut auf. »Das war mein Glück.«

»Ich hätte es in jedem Fall benutzt«, ruderte ich zurück, da mir klar wurde, was ich gerade angedeutet hatte. »Hat er den Mantikor besiegt?«

»Ein Mantikor kann nicht getötet werden. Im Ewigen Wald muss es immer Licht und Schatten geben. Das Böse und das Gute. So ist unsere Welt nun einmal beschaffen.«

»Was ist mit Larimar? Ist sie aus Avallach zurück? Was gedenkt ihr, mit ihr zu tun?«

»Nein, sie ist nicht zurück. Aber ich befürchte, sie weiß längst, dass ich geflohen bin und dass die Zuflucht zerstört ist.«

»Welche Strafe wird sie erwarten?«

Elisien wandte sich um und schritt zum Fenster. Cassian und ich folgten ihr. Von hier oben betrachteten wir das Gewusel auf dem Schlosshof. Überall wurden riesige Blumenkübel und Bänke und Tische aufgestellt.

Elisien schien meine Frage nicht beantworten zu wollen. »Feiert ihr ein Fest?«

»Zur Feier meiner Rückkehr«, sagte Elisien. »Ich würde mich freuen, wenn du bleibst.«

Ich wandte mich zu Cassian, der mit abweisender Miene hinter uns stand. Ich fragte mich, weshalb er sauer war, schließlich hatte ich ihm das Leben gerettet. Ein bisschen Dankbarkeit war da wohl nicht zu viel verlangt. Er musste mich ja nicht gleich heiraten. Mist. Turm auf D5.

»Ich habe dich nicht darum gebeten«, stieß er zwischen zusammengebissenen Zähnen hervor.

»Cassian, das haben wir bereits diskutiert«, wies Elisien ihn scharf zurecht.

»Ich würde mich gern zurückziehen«, erklärte er.

»Tu das«, antwortete Elisien, und der undankbare Elf verließ mit großen Schritten den Saal. »Lass ihm etwas Zeit. Er hasst es, in jemandes Schuld zu stehen.«

»So sieht er das?«

Elisien zuckte mit den Achseln. »Er ist ein besonders empfindlicher Vertreter unserer Spezies.« Sie lächelte mich so offen an, dass ich nicht anders konnte, als zurückzuschmunzeln.

»Und er ist ein Mann«, ergänzte ich.

»Jedenfalls fast. Im Grunde ist er noch sehr jung für einen Elfen. Lass uns in den Garten gehen, dort haben wir mehr Ruhe als hier.«

Sie öffnete eine verborgene Tür in der Wand des Thronsaales. Dann ging sie vor mir eine schmale Treppe hinunter, die in den kleinen Rosengarten führte.

Sie wies auf die Bank und setzte sich neben mich. »Ich glaube, ich bin dir einige Erklärungen schuldig.«

»Eigentlich nicht, aber schön wäre es schon, wenn ich wenigstens ein paar Hintergrundinfos bekommen würde. Cassian war damit immer ziemlich geizig.«

»Larimar und ich waren beste Freundinnen. Seit unserer Geburt. Sie und mein Bruder waren einander schon als Kinder versprochen, und dann gingen wir nach Avallach. Von da an wurde alles anders.« Sie brach ab, und ihr Blick schweifte über die Rosenpracht, die den kleinen Garten von der Außenwelt abschirmte.

»Trotz allem, was in dieser Zeit seinen Anfang nahm, möchte ich meine Jahre dort nicht missen. Es waren die glücklichsten meines Lebens. Ich wünschte, Cassian würde auch dorthin gehen.«

»Warum tut er es nicht?«

»Das musst du ihn schon selbst fragen.«

»Ich würde dir keine Antwort darauf geben.« Cassian stapfte durch einen schmalen Rosenbogen und störte unsere Zweisamkeit. »Ich habe auch noch ein paar Fragen. Wir müssen vorbereitet sein, wenn Larimar zurückkommt. Es gibt viele Elfen, die ihr treu ergeben sind.«

»Ich werde mit ihr sprechen, Cassian. Bitte überlass das mir.«

»Du wirst ihr verzeihen.«

»Ich werde tun, was ich tun muss.«

»Sie hat Raven verbannt und ihr die Schuld an deinem Verschwinden gegeben.«

»Aber sie hat erlaubt, dass Raven zurückkommt. Sie hätte nicht zugelassen, dass sie in der Menschenwelt verkümmert.«

»Sie ist nicht mehr das kleine Mädchen, mit dem du gespielt hast. Sie ist eine machtgierige Priesterin.«

»Wie ich gehört habe, warst du ihr treu ergeben.«

Cassian versteifte sich. »Weil ich dachte, dass sie nur das Beste für unser Volk möchte. Ich habe sie nicht durchschaut. Dafür entschuldige ich mich.«

»Wie hat sie es überhaupt geschafft, dich gefangen zu halten?«, fragte ich Elisien. »Deine Macht ist doch bestimmt viel größer als ihre.«

»Vielleicht solltest du dich setzen, Cassian, und mir zuerst erzählen, wie ihr es geschafft habt, mich zu finden. Ich habe nicht mehr damit gerechnet.«

Mit wenigen Sätzen umriss Cassian, wie es uns gelungen war, das Rätsel ihres Verschwindens zu lösen.

»Ich bin dir zu größerem Dank verpflichtet, als ich gedacht habe«, wandte Elisien sich an mich, als er geendet hatte.

Ich winkte verlegen ab.

»Dann wisst ihr also, dass Rubin nicht reinblütig ist.«

Cassian nickte. »Weshalb hat er es mir verschwiegen?«

»Wenn jemand davon erfährt, ist seine Chance, jemals den Thron zu besteigen, dahin«, antwortete Elisien.

»Ich bin sein bester Freund, er hätte es mir sagen können. Ich hätte ihn niemals verraten.«

»Bedenke den Makel, den er trägt. Ich nehme an, dass er sich gerade vor dir keine Blöße geben wollte. Obwohl er der ersten Familie angehört und du nicht, warst du ihm in allem immer ein Vorbild. Rubin ist nicht so stark wie du. Du darfst ihm das nicht vorwerfen.«

Cassians Gesicht verschloss sich.

»Um auf deine Frage zurückzukommen: Ich gab Larimar einst das Versprechen, die Umstände von Rubins Geburt nie zu verraten. Ich habe es gebrochen, als ich meinem Bruder davon erzählt habe. Ich bereue das nicht. Rubin hat es verdient, zu seinem Volk zurückzukehren. Bei den Menschen hätte er auf Dauer nicht überlebt. Doch Larimar hat mir das nicht verziehen, obwohl wir uns bemüht haben zu verheimlichen, wer Rubins richtiger Vater ist.«

»Du wusstest, dass sie dich in der Hand hat. Ein einmal gegebenes Versprechen darf nicht gebrochen werden«, sagte Cassian. Sein Gesicht drückte völliges Unverständnis aus.

»Rubins Glück war mir wichtiger, und ich gestehe, dass ich auf Larimars Dankbarkeit hoffte, als ich ihr ihren Sohn zurückbrachte.«

»Lass mich raten«, mischte ich mich ein. »Sie hat getobt.«

»Das ist noch milde ausgedrückt. Es tat mir für Rubin unendlich leid. Ich hatte so gehofft, dass sie ihn lieben würde. Wir konnten ihn schließlich niemand anderem anvertrauen. Niemand durfte erfahren, dass er zaubern kann – er hatte seine Fähigkeiten noch nicht unter Kontrolle.«

»Was ist dann passiert?«

»Wir beschlossen, dass er nicht nach Avallach gehen durfte. Wenn er keine Ausbildung in der Zauberkunst erhielt, würden diese Fähigkeiten verkümmern. So ist es auch eingetreten, leider wurde das Verhältnis zu seiner Mutter nicht besser, obwohl niemand daran gezweifelt hat, dass Eldorin sein Vater ist.«

»Weiß er denn, dass er nur zur Hälfte ein Elf ist?«, fragte ich.

Elisien nickte. »Er hat schnell gespürt, dass er anders ist. Er kann weder Gedanken lesen noch Gefühle beeinflussen. Er sieht zwar aus wie ein Elf, aber seine Fähigkeiten hat er eindeutig von seinem Vater geerbt.«

»Was ist aus seinem Vater geworden?«

»Ich habe Damian aus den Augen verloren. Ich weiß nicht, wohin er gegangen ist, nachdem er Avallach verlassen hat. Ich weiß nur, dass er Larimar das Herz gebrochen hat. Nachdem er Rubin fortgebracht hatte, hat er kein einziges Wort mehr mit Larimar gewechselt. Nie wieder. Sie hätte alles für ihn getan, und er hat sie einfach verstoßen. Sie tat mir unendlich leid, aber ich konnte ihr nicht helfen. Sie wollte sich auch gar nicht helfen lassen. Das alles hat uns entfremdet. Und sie hat mir Myrons Liebe missgönnt, der auch nicht unserem Volk angehört.« Ihr Blick glitt zu Cassian. »Myron ist ein Vampir und der Schulleiter von Avallach.«

Ich legte den Kopf schief. »Ist das denn erlaubt? Die Vereinigung von einer Elfe und einem Vampir?«

»Grundsätzlich sind wir Elfen in der Partnerwahl keinen Beschränkungen unterworfen. Natürlich ist es undenkbar gewesen, dass Myron und ich heiraten, außer wenn ich auf mein Amt verzichtete hätte. Aber mein Volk brauchte mich, und Myron hat das verstanden. Wir sind bis heute gute Freunde geblieben.«

Ich sah ihr an, dass sie diesen Myron immer noch liebte. »Du hast nie einen anderen Mann gewählt.«

Sie lächelte wehmütig. »Nein, das habe ich nicht. Ich habe

damals einen großen Fehler begangen und Myron in die Kunst des Gedankenlesens eingeweiht. Aber ich wünschte mir nichts mehr, als dass unsere Gedanken miteinander verschmelzen konnten. Aber nachdem Damian Larimar fallen gelassen hat, hat sie unser Geheimnis verraten.«

»Diese falsche Schlange«, stieß ich hervor.

Elisien legte ihre Finger auf meine Hand. »Sie war sehr verletzt. Sie hatte den Mann verloren, den sie abgöttisch liebte, und ihr Kind, das sie nicht lieben durfte. Ich habe sie verstanden und ihr verziehen.«

»Was ist dann passiert?«

»Ich musste Avallach verlassen und durfte Myron nicht wiedersehen. Die größte Strafe für mich war jedoch, dass ich Larimar verloren hatte. Bis dahin waren wir unzertrennlich gewesen. Ich war verantwortlich für ihr Unglück. Ich hätte besser auf sie achten müssen. Ich hätte erkennen müssen, dass Damian es nicht ernst mit ihr meinte.«

Ein Wächter kam in den Garten geeilt und verbeugte sich vor Elisien. »Raven ist zurück«, meldete er.

»Und die Hohepriesterin?«, fragte sie.

Er schüttelte nur den Kopf.

»Raven soll so schnell wie möglich in den Thronsaal kommen«, befahl die Königin.

# 14. Kapitel

»Sie ist verschwunden«, erklärte Raven zum wiederholten Male. »Als wir heute früh abreisen wollten, war sie nicht mehr in ihrem Zimmer.«

»Sie muss gespürt haben, dass die Zuflucht zerstört ist, und ist geflohen.« Elisien durchmaß den Raum mit schnellen Schritten.

»Wir müssen sie finden«, verlangte Cassian.

»Das werden wir auch.«

»Hat sie dich in den Monaten deiner Gefangenschaft jemals aufgesucht?«, fragte Raven.

Elisien verneinte. »Das wäre viel zu gefährlich gewesen. Die Höhle versorgte mich mit allem, worum ich sie bat.«

»War das die Macht des Wunschbrunnens?«, fragte ich.

»Damian hat diese Zuflucht perfekt geplant. Fast könnte man meinen, dass ihm doch etwas an Larimar lag. Leider ist die Zuflucht nun zerstört, und sie kann sich dort nicht in Sicherheit bringen.«

»Ich verstehe nicht, wie du immer noch ständig Verständnis für sie aufbringen kannst und sie in Schutz nimmst«, ereiferte sich Raven. »Sie hätte unser Volk ins Unglück gestürzt.«

Die Tür wurde aufgerissen, und Rubin trat in den Thronsaal. Als er Elisien erblickte, blieb er stehen und verbeugte sich. »Es ist also wahr«, flüsterte er. »Du bist zurück.«

»Rubin mein Junge. Ich freue mich, dich zu sehen. Wir haben viel zu besprechen.«

»Das glaube ich auch.« Er begrüßte Raven, Cassian und mich.

Raven funkelte ihn wütend an. »Wir beide haben auch eine Menge zu besprechen. Wo warst du die ganze Zeit?«

Er lächelte sie an. »Hier und da. Ich hatte keine Lust, nach der Pfeife meiner Mutter zu tanzen.«

»Sie wollte dich mit Jade verheiraten. Wäre das nicht in deinem Sinne gewesen?«, fragte Raven in süßlichem Tonfall.

»Wir wissen beide, dass Jade kein Interesse an mir hat. Sie ist in dieses Pferd verliebt.«

»In Perikles?«, fragte ich erstaunt. »Weshalb bleibt eigentlich keiner von euch bei seiner Art? Immer macht ihr alles so kompliziert.«

»Oh, einer macht schon, was man von ihm erwartet. Nicht wahr, Cassian?«, wandte Rubin sich an seinen Freund. »Ich habe gehört, dass du Opal zur Frau nehmen wirst.«

»Sie ist eine gute Wahl«, erwiderte Cassian von oben herab. »Aber das ist kein Thema, das ich mit euch erörtern möchte. Was unternehmen wir im Falle Larimars? Was wird sie tun? Sie ist auf der Flucht. Sie ist verzweifelt. Soll ich Krieger ausschicken, die nach ihr suchen?«

»Wir werden sie auf keinen Fall jagen«, erklärte Elisien.

Rubin sah sie mit hochgezogenen Augenbrauen an. »Sie hat dir großes Leid zugefügt.«

»Ich habe sie in die Ecke gedrängt. Sie hatte praktisch keine andere Wahl, wenn sie dich schützen wollte.«

»Wie bitte? Sie hat das für mich getan? Das ist das Lächerlichste, was ich seit Langem gehört habe. Sie hat nie etwas getan, was nicht ihrem eigenen Vorteil gedient hätte.«

»Da täuschst du dich. Sie konnte dir ihre Liebe womöglich nicht zeigen, aber das bedeutet nicht, dass sie dich nicht liebt. Du erinnerst sie einfach zu sehr an deinen Vater.«

»Eldorin war und ist mein Vater«, erwiderte Rubin kurz angebunden.

»Larimar hat mir nicht geglaubt, als ich ihr versicherte, dass dein Geheimnis bei mir gut aufgehoben ist. Aus irgendeinem Grund hat sie geglaubt, dass ich es unserem Volk offenbare.«

»Weil ihr selbst jedes Mittel recht ist, um ihre Macht auszuweiten«, überlegte Raven. »Sie musste annehmen, dass du genauso handeln würdest. Du bist die einzige Elfe, die dafür sorgen kann, dass weder sie noch Rubin die Herrschaft übernehmen, wenn das Amt an die erste Familie geht.«

»Genau das hat sie befürchtet.«

»Aber warum gerade jetzt? Sie hätte warten können, bis du nicht mehr Königin bist.«

»Ich befürchte, dass sie mehr über Rubins Vater weiß, als sie preisgibt. Das ist die einzige Erklärung, die mir einleuchtet, und wir müssen herausfinden, was genau das ist.« Sie wandte sich Rubin zu. »Es ist nur zu deinem Schutz. Ich würde mich dir nie in den Weg stellen oder dir dein Erbe verwehren, aber wir müssen herausfinden, was Larimar zu solch drastischen Schritten bewogen hat.«

»Wie du meinst«, erklärte Rubin sich einverstanden. »Wenn du erlaubst, werde ich mich trotzdem auf die Suche nach ihr machen.«

»Natürlich. Es wird ihr guttun, wenn sie erfährt, dass du ihr in dieser schweren Stunde zur Seite stehst.«

»Wir werden sehen, wie sie das findet«, wehrte Rubin ab.

»Schluss mit den trüben Gedanken. Heute Abend wird erst einmal gefeiert, und morgen werden wir uns dann wieder den ernsten Dingen zuwenden. Raven, nimm bitte Eliza mit zu dir. Jade und du werdet sie zum schönsten Mädchen des Abends machen. Sie wird unser Ehrengast sein.«

Ohne dass ich Einspruch erheben konnte, zog Raven mich aus dem Saal. Jade wartete bereits vor der Tür.

»Schade, dass Cassian dich so nicht sehen kann«, seufzte Jade zwei Stunden später. »Er wäre niemals wieder so unfreundlich zu dir. Ich verstehe nicht, warum er so wütend ist, dass du ihn gerettet hast.«

Ich fasste mir an den Kopf, der von einer ziemlich ungewöhnlichen Hochsteckfrisur gekrönt wurde. Ungewöhnlich, aber mit phänomenaler Wirkung. Ich fand mich selbst ziemlich hübsch. »Wahrscheinlich glaubt er, es sei seine Aufgabe, in Not geratene Mädchen zu retten oder so. Er ist ja nur eingeschnappt, weil er nicht selbst auf die Idee gekommen ist, den Strudel einfach hinabzutauchen. Schließlich weiß er ja sonst immer alles.«

Jade grinste mich an und tupfte mir noch ein bisschen Rouge auf die Wangen. »Du bist immer noch zu blass.«

»Ich bin immer noch zu müde, aber da nimmt ja keiner Rücksicht drauf.« Ich schlüpfte in ein Paar Riemchensandalen, und Jade schob mich ein letztes Mal vor den Spiegel. Das hochgeschlossene Kleid leuchtete in einem Farbton, dessen Namen ich nicht kannte. In jedem Fall war es irgendwas zwischen grasgrün und kornblumenblau, den Farben meiner Augen. Der Stoff war ganz leicht und schmiegte sich eng an meinen Körper. Trotzdem war das Kleid so bequem, dass ich damit durchaus auf Bäume hätte klettern können.

»Untersteh dich!«, warnte Jade mich lächelnd.

»Nur im Notfall«, grinste ich sie im Spiegel an. »Man kann ja nie wissen.«

»Ich bin froh, wenn du wieder in deiner Welt bist«, ließ Cassian sich vernehmen, der ohne zu klopfen eingetreten war.

»Ich auch«, giftete ich zurück. »Nimm bloß kein Blatt vor den Mund.«

»Das hatte ich nicht vor«, verkündete er. »Da kommst du hoffentlich nicht auf solche unsinnigen Gedanken.«

»Jade, lass uns gehen«, verlangte Raven. »Cassian wird Eliza bestimmt gern zum Schloss begleiten.«

Sein Gesicht hätte keinen größeren Widerwillen ausdrücken können, als er mir den Arm reichte. Leider sah er phänomenal aus. Der Anzug, den er trug, betonte seine breiten Schultern und die schmale Taille. Seine muskulösen Beine steckten in hohen Stiefeln.

Das konnte ja heiter werden.

Der offizielle Teil zog sich unerbittlich in die Länge. Es schien, als wollte jede Elfe von Leylin Elisien persönlich die Hand schütteln. Dabei waren aus jeder Familie nur einige auserwählte Abgesandte geladen worden, hatte Raven mir berichtet. Trotzdem war der Platz vor dem Schloss voller Elfen in den wunderschönsten Kleidern. Elisien saß auf einer Art Thron und strahlte ihre Gäste an, die an ihr vorbeidefilierten. Ich fühlte mich in einen Kostümfilm hineinkatapultiert und hätte wirklich nichts gegen eine Begegnung mit Mister Darcy gehabt. Cassian wäre auch die perfekte Besetzung dafür gewesen, denn er wirkte mindestens so arrogant wie Colin Firth. Im Augenblick konnte ich mich kaum auf die lächelnden und dankbaren Gesichter der Elfen konzentrieren, so sehr brachte mich Cassians Nähe durcheinander. Immer wieder fuhren seine Fingerspitzen über meinen Rücken, meine Arme oder meine Taille. Ständig meinte er, mich irgendwie berühren zu müssen.

»Du bist müde«, stellte er nach einer Weile fest. Ich lehnte mich gegen ihn, da mir tatsächlich beinahe die Augen zufielen.

»Nicht mehr lange, dann bist du von uns erlöst«, raunte er mir ins Ohr.

Ich fragte mich, weshalb sein Körper eine völlig andere Sprache sprach als sein Mund. Irgendetwas stimmte doch nicht mit ihm.

Endlich wurde Musik angestimmt, und die Elfen begannen zu tanzen.

Rubin kam zu uns und forderte mich auf. Ich spürte genau, wie widerwillig Cassian mich losließ. Mir war es jedoch ganz recht, diesem Gefühlschaos, das er in mir auslöste, zu entkommen.

Rubin war ein guter Tänzer, wenn auch nicht so gut wie Cassian. Der stand immer noch hinter Elisien. Ich sah, wie sie etwas zu ihm sagte. Sein Gesicht verschloss sich, und Elisien lachte auf.

Ein Elf, den ich nicht kannte, bat mich um den nächsten Tanz, und kaum war dieser zu Ende, kam noch einer und noch einer. Langsam begannen meine Füße zu schmerzen.

Ich sollte Raven bitten, mich zum Tor zu bringen. Dass ich es nicht tat, war einzig und allein dem Wunsch geschuldet, dass ich ein einziges Mal mit Cassian tanzen wollte. Nur leider machte er keine Anstalten, mir diesen Gefallen zu tun.

Wieder war ein Lied zu Ende, und ein weiterer Elf eilte an meine Seite. Mir war egal, ob es unhöflich war oder gegen irgendeine Etikette verstieß. Ich lehnte ab und drängelte mich zu einem Tisch durch, auf dem kunstvoll arrangiert die Getränke standen.

Hastig kippte ich ein Glas spritzig bunter Flüssigkeit in meine ausgetrocknete Kehle.

»Hast du genug mit wildfremden Elfen getanzt?«, fragte Cassian neben mir.

Ich fuhr herum. »Der Elf, den ich am besten kenne, hat mich ja nicht um einen Tanz gebeten«, keifte ich ihn an.

»Dann würde er es gern jetzt tun.«

»Weil Elisien es von dir verlangt hat?«

Er antwortete nicht, sondern nahm mir das Glas weg und zog mich zur Tanzfläche.

»Ich möchte nicht, dass du dich jemals wieder für mich in solche Gefahr bringst«, sagte er mit seiner hochmütigsten Stimme nach den ersten Tanzschritten.

Manchmal wünschte ich, er hätte seine Stimme verloren anstelle seines Augenlichtes. »Oh, das möchte ich auch nicht, keine Sorge.«

»Dann wäre das ja geklärt.« Er wirbelte mich so schnell über die Tanzfläche, dass ich dachte, ich würde fliegen. Unnötigerweise presste er mich dabei immer fester an sich. Meine Müdigkeit war verflogen. Jede einzelne meiner Nervenzellen stand unter Hochspannung. Hunderte Kerzen tauchten den Platz und das weiße Schloss hinter uns in ein märchenhaftes Licht. Das musste entweder ein Traum sein, oder der unbekannte Duft der Blumen hatte meine Sinne benebelt.

Ich war völlig außer Atem, als die letzten Takte verklangen. Allerdings nicht, weil mich der Tanz überanstrengt hatte, nein, das war lediglich seiner Nähe zu verdanken. Ich wollte mich von ihm lösen, aber er hielt mich unerbittlich fest. Die Musiker stimmten das nächste Lied an, und die Tänzer nahmen jubelnd Aufstellung. Erstaunt blickte ich mich um. Es war das Lied, das ich den Elfen für unsere Aufführung von Tristan und Isolde beigebracht hatte.

»Es erfreut sich mittlerweile großer Popularität«, erklärte Cassian. »Und ich würde mich freuen, wenn du mir auch diesen Tanz schenken würdest. Um der alten Zeiten willen.«

»Nur um der alten Zeiten willen«, entgegnete ich finster. Er würde mir sowieso keine Wahl lassen.

Die Luft zwischen uns knisterte und vibrierte so stark, dass ich mich nicht gewundert hätte, kleine Flammen aufzüngeln zu sehen. Mein Gehirn verwandelte sich in Watte. Ich klammerte mich nur noch an Cassian, während er mich mit sicheren Schritten zwischen den anderen Paaren hindurchführte. Wie machte er das bloß? Ich hätte mich ohrfeigen können, wenn ich dafür nicht mindestens eine Hand von seinen Schultern hätte lösen müssen. Weshalb war ich nicht immun gegen ihn? Weshalb löste jede einzelne seiner Berührungen dieses Ziehen in meinem Magen aus? Ob es eine Impfung dagegen gab? Ich würde Sky fragen, die wusste schließlich immer alles. Genau wie Mister Neunmalklug. Eine Impfung gegen Elfencharme wäre die Lösung all meiner Probleme.

Meine Beine zitterten, als der Tanz zu Ende ging, und ich war sicher, dass er genau das beabsichtigt hatte. Ohne ein weiteres Wort brachte er mich zu Elisien.

Jade saß neben ihr und klatschte in die Hände. »Ihr seid ein wunderschönes Paar«, verkündete sie. »Elisien, du hättest Eliza sehen müssen, als sie die Isolde gespielt hat.«

Cassian verzog keine Miene bei ihren Worten, hielt meine Hand jedoch weiter fest.

»Das hätte ich gern, vielleicht führt ihr das Stück noch einmal auf. Jade schwärmt schon den ganzen Abend davon.«

»Auf keinen Fall«, sagten Cassian und ich wie aus einem Munde, und nun löste er sich doch von mir.

Elisien schmunzelte. »Mir scheint, manchmal seid ihr doch einer Meinung.«

»Schade.« Jade rümpfte die Nase. »Ich würde das Stück so gern noch mal sehen.«

»Wir führen es nächste Woche in unserer Schule auf«, sagte ich und fragte mich im selben Augenblick, was mich geritten hatte.

»Wirklich? Darf ich kommen? Darf ich es mir ansehen? Bitte, Elisien. Ich werde mich auch wie ein Mensch benehmen.«

Elisien sah ihre Ziehtochter liebevoll an. »Wenn du es dir so sehr wünschst und Eliza nichts dagegen hat.«

»Nein, was sollte ich dagegen haben«, antwortete ich etwas überrumpelt von Elisiens Entscheidung.

»Und ich verlange, dass Cassian und Raven dich begleiten.«

Cassians Stöhnen neben mir war nicht zu überhören.

»Du wirst deiner Schwester den Gefallen tun …«, verlangte Elisien, »… und auf sie achtgeben.«

»Das werde ich.« Damit wandte er sich ab und verschwand mit steifen Schritten.

Elisien stand auf. »Du siehst erschöpft aus«, bemerkte sie.

»Das bin ich auch. Es war doch alles ein bisschen viel.«

»Raven wird dich zum Tor bringen. Schaffst du es bis dorthin?«

»Ja klar. Vorher sollte ich mich allerdings umziehen.«

»Ich möchte, dass du weißt, wie dankbar ich dir bin«, sagte sie. Sie nahm mich in ihre Arme. »Ich wünsche dir alles Glück der Welt.«

Ich schluckte und nickte tapfer. Das war dann wohl ein Abschied, auch wenn sie es nicht so deutlich sagte. Aber es würde für mich keinen Grund geben, je wieder herzukommen.

# 15. Kapitel

»Bist du aufgeregt?«

»Ob ich aufgeregt bin? Natürlich bin ich aufgeregt. Da draußen sind jede Menge Menschen, die ich noch nie gesehen habe, und als ob das nicht schlimm genug wäre, hat meine beste Freundin auch gleich noch ein paar Elfen eingeladen.«

»Entschuldige. Ich habe nicht nachgedacht, Jade wollte unbedingt mal ein Theaterstück bei den Menschen sehen, und da dachte ich …«

»Du dachtest?« Sky sah mich in dem Spiegel, vor dem sie saß, mit hochgezogenen Augenbrauen an.

Ich verzog das Gesicht zu einer Grimasse, und wir fingen beide gleichzeitig an zu lachen. Jade hatte mir erlaubt, das Kleid, das ich bei meinem Auftritt als Isolde in Leylin getragen hatte, mitzunehmen. Es stand Sky fantastisch. Ich befürchtete, Frazer würde bei dem Anblick seinen Text vergessen.

»Du wirst das schaffen, und schließlich bist du nicht allein.«

»Frazer muss ich wahrscheinlich das Händchen halten.«

»Du könntest ihm zur Abwechslung ja mal die Führung

überlassen. Wer weiß, vielleicht macht er sich gar nicht so schlecht.«

»Bist du von allen guten Geistern verlassen?«

Ich kicherte. »Ich glaube, du brauchst einen Schnaps oder so – nur zur Entspannung.«

»Ich möchte sterben.«

Der Gong, der den Beginn des Theaterstückes ankündigte, erklang.

Jetzt klopfte auch mein Herz schneller. »Es geht los.« Ich zog Sky hoch und spuckte ihr über die Schulter.

»Iiiiii«, schrie sie, und ich grinste.

»Das bringt Glück, also hab dich nicht so.«

»Eigentlich sollte ich nie wieder mit dir reden, schließlich hast du mich in diese unmögliche Situation gebracht«, grummelte sie vor sich hin, während ich sie zum Rand der Bühne brachte.

Ich wusste genau, wie sie sich fühlte, schließlich war ich vor ein paar Monaten in einer ähnlichen Situation gewesen. Ich gab ihr noch einen Kuss und verschwand dann zu meinem Platz neben Cassian. Zu seiner Rechten saßen Jade und Raven. Wir hatten die drei mit Klamotten aus meinem und Frazers Kleiderschrank versorgt, trotzdem fielen sie immer noch auf wie bunte Hunde. Alle Köpfe drehten sich zu uns um, als wir die Aula der Schule betraten. Cassians grimmigem Blick hatten die überwiegend neugierigen Augen allerdings nicht lange standgehalten. Vermutlich bemerkten die meisten gar nicht, dass er blind war, wie ich bei unserer ersten Begegnung.

Ich versuchte, mich neben ihm so schmal wie möglich zu

machen, damit wir uns nicht berührten. Allerdings dauerte es nicht lange, und Sky und Frazer hatten mich so in ihren Bann gezogen, dass ich Cassian vergaß. Die beiden spielten atemberaubend, und ich fragte mich, ob Cassian und ich auch nur im Ansatz so gut gewesen waren. Meinen menschlichen Freunden nahm man das Leid, das ihre verbotene Liebe verursachte, in jedem Fall ab. Immer wieder hörte ich es rascheln und schniefen, wenn die Frauen im Publikum sich vor Rührung die Nase putzen mussten. Ich strahlte vor Stolz, schließlich hatte ich gewusst, dass in Sky mehr steckte als nur eine Souffleuse. Und Frazer? Er spielte einfach einmalig, vor allem, nachdem Sky ihm endlich die Führung überließ. Mir fiel wieder ein, weshalb ich mich in der achten Klasse unsterblich in ihn verknallt hatte. Er spielte damals in Peter Pan die Hauptrolle und war mein Held gewesen. Wie hatte ich das vergessen können? Ich hing an seinen Lippen, während er versuchte, Sky zu überzeugen, dass ihre Liebe nicht sein durfte. Niemand anders hätte Tristan so spielen können.

»Krieg dich wieder ein«, knurrte Cassian neben mir leise. »Wir waren auch nicht schlecht.«

»Sie machen es sehr gut, das musst du zugeben.« Ich lehnte mich in meinem Stuhl zurück.

»Dafür, dass sie nur Menschen sind, machen sie es wirklich ordentlich«, gab er widerstrebend zu. »Man spürt förmlich, wie es zwischen ihnen knistert. Ich frage mich, warum Sky ihre Gefühle nicht zulässt.«

Cassian nahm den Blick nicht von der Bühne, obwohl er nichts sah. Wahrscheinlich fühlte er die Schwingungen, die sich zwischen Frazer und Sky entwickelten, viel stärker als wir anderen.

Ich konnte es nur sehen, weil es zwischen mir und Cassian ähnlich gewesen war. »Das ist etwas kompliziert«, flüsterte ich zurück.

»Psst«, raunte es hinter uns, und ich konzentrierte mich wieder auf die Bühne.

Gerade hatte König Marke die beiden entdeckt und Tristan in den Kerker werfen lassen. Dann ging alles Schlag auf Schlag. Die Burg wurde angegriffen. Marke wollte Isolde fortschicken, aber sie weigerte sich zu gehen. Tristan befreite sich und stürzte sich mit in den Kampf und wurde lebensgefährlich verwundet. Das Publikum stöhnte auf. Ein einzelner Lichtkegel richtete sich auf die Abschiedsszene von Tristan und Isolde. Alles in mir verkrampfte sich. Zu deutlich stand mir vor Augen, wie Cassian mich geküsst hatte und dann starb. Im Saal war es totenstill, als Frazer Tristans Abschiedsworte rezitierte und Sky ein letztes Mal küsste. Sie wich ihm nicht aus.

Tränen liefen mir aus den Augen. Es war einfach zu schön und zu traurig. Ich spürte Cassians Hand. Vorsichtig nahm er meine und fuhr mir mit dem Daumen über meine Haut. Es wäre klüger, ich würde sie ihm entziehen, dachte ich, während der Jubel des Publikums losbrach. Alle standen auf, schrien und klatschten. Dieses Theaterstück würde nicht so schnell in Vergessenheit geraten. Auch Cassian stand auf, und während ich mit der einen Hand meine Tränen wegwischte, hielt er die andere fest. Jade drängelte sich an mir vorbei und rannte zur Bühne. Dort stellte sie sich brav in die Reihe der Gratulanten. Beinahe schien es, als wollte jeder, der Sky und Frazer nur im Entferntesten kannte, sie zu ihrer Leistung beglückwünschen. Sky stand neben Frazer. Er hatte einen Arm um ihre Schulter gelegt, und es schien sie nicht im Geringsten zu stören. Gerade schüttelte Skys Vater Frazer die Hand. Sky strahlte, als ihr Vater sich zu ihr wandte und ihr übers Haar strich. Leichte Röte überzog ihre Wangen, während er ihr etwas ins Ohr flüsterte.

Ich wurde abgelenkt, als Grace fluchend an mir vorbei ins Freie stürmte. Fynn folgte ihr und zuckte entschuldigend mit den Schultern. Es geschah der blöden Kuh nur recht, dass ihr endlich mal jemand zeigte, dass sie nicht der Mittelpunkt des St-Leonard-Universums war.

»Das ist kein netter Gedanke«, raunte Cassian mir zu, der sich nicht von meiner Seite gerührt hatte. Alle anderen Reihen leerten sich zusehends.

»Ich habe nie behauptet, dass ich immer nett bin.«

Seine Mundwinkel zuckten. Dann schwiegen wir, und ich verfolgte das Geschehen auf der Bühne. Sky hatte so viele Blumen bekommen, dass sie sie kaum noch halten konnte. Eigentlich sollte ich ihr helfen, aber ich konnte mich nicht von Cassians Seite wegbewegen.

Jade umarmte mich, als sie zurückkam. »Das war wundervoll. Danke, dass wir zuschauen durften, und wenn noch einmal jemand behauptet, Menschen könnten kein Theater spielen …« Ihr Blick glitt zu ihrem Bruder, der die Arme vor der Brust verschränkt hatte. »Dem werde ich sagen, dass er dumm und verbohrt ist.«

»Hervorragende Idee.« Ich lächelte sie wehmütig an. Sie würde mir fehlen.

»Es ist Zeit«, sagte Raven unvermittelt.

»Ich begleite euch noch ein Stück.«

Das Tor manifestierte sich am menschenleeren Strand von St Andrews. Hinter uns ragten die Klippen in die Höhe. An der Uferpromenade war niemand zu sehen. Der Mond hatte sich hinter ein paar Wolken versteckt, und nur die Scheinwerfer, die die Ruine der Burg anstrahlten, spendeten uns Licht.

Raven umarmte mich zum Abschied. »Danke für alles.«

»Ich habe es gern getan.« Meine Stimme zitterte.

»Ich werde dich nie vergessen.« Jade schlang die Arme um mich. »Du hast Elisien zurückgebracht, dafür werde ich dir ewig dankbar sein.«

»Das musst du nicht. Pass auf dich auf, versprich mir das.« Sie nickte. »Und auf ihn«, mein Blick ging zu Cassian, der wie eine Statue hinter uns stand und auf die Wellen blickte.

»Das mache ich, auch wenn er denkt, dass er es nicht nötig hat.«

»Wir wissen es besser.« Ich grinste sie an und musste mich doch zusammenreißen, um nicht in Tränen auszubrechen.

Raven trat durch das Tor, und Jade folgte ihr mit einem letzten Winken.

»Das war es dann wohl«, sagte ich, als Cassian weiterhin schwieg.

»Ja, das war es dann.«

Ich schlang die Arme um mich, weil ich nicht wusste, wohin damit. Cassian trat hinter mich, und gemeinsam blickten wir auf das Meer. Leise rollten die Wellen an den Strand. In der Ferne flackerte ein Lagerfeuer. Geräusche drangen zu uns. Lachende Kinder liefen ins Wasser. Ein Hund bellte, und Gitarrenklänge wehten herüber. Jemand spielte ein schwermütiges Lied, aber das passte ohnehin besser zu meiner Stimmung. Das hier war ein Abschied, und ich war froh, dass er mich diesmal nicht unvermittelt traf. Diesmal wusste ich, was auf mich zukam, und keine doofe Hoffnung konnte mich übers Ohr hauen.

»Ohne dich hätte das alles nur halb so viel Spaß gemacht«, sagte Cassian eher zu sich selbst. Ein Lächeln breitete sich auf seinen Zügen aus.

»Bestimmt hättet ihr eine andere Möglichkeit gefunden.« Sein Lob war mir irgendwie peinlich, und trotzdem machte es mich stolz.

»Hätten wir nicht. Du warst der Schlüssel. Ich danke dir. Für alles.«

»Verrätst du mir noch eines?«

»Das kommt drauf an.«

»Warum hast du mir den Opal in die Tasche gesteckt? Warum wolltest du nicht, dass ich wiederkomme?«

Cassian schwieg, und als ich schon dachte, dass ich keine Antwort bekommen würde, sagte er: »Ich hatte Angst vor dem, was noch vor uns lag. Ich hatte Angst, dass dir etwas zustoßen würde, wenn ich nicht einen Weg finde, dich von meiner Welt fernzuhalten, und ich hatte nicht unrecht damit.«

»Das hattest du nicht«, gab ich zu. »Trotzdem hätte ich gern die Wahl gehabt.«

»Du hättest die falsche Entscheidung getroffen.«

»Die falsche für dich, vielleicht die richtige für mich.«

»Ich wollte lieber auf Nummer sicher gehen.«

»Das ist ja gründlich schiefgegangen.« Ich stupste ihn mit der Schulter an.

»Ich bin froh, dass dir nichts passiert ist. Das hätte ich mir nie verziehen.«

Was sollte ich darauf sagen? Dass ich mich sofort ins nächste Abenteuer stürzen würde, nur um bei ihm bleiben zu können? Dass es mir egal war, dass seine Welt hundertmal gefährlicher war als meine?

»Ich werde euch nie vergessen«, sagte ich stattdessen. Mehr würde ich von meinen Gefühlen nicht preisgeben. Ich zupfte an meinem Vorhang herum.

»Das musst du nicht. Wir werden immer da sein. Nur eben auf der anderen Seite.«

Übersetzt hieß das für mich: unerreichbar. Ich spürte, wie mir Tränen in die Augen stiegen, aber ich würde vor ihm nicht anfangen zu weinen. Ich war froh, dass wir einen Weg gefunden hatten, Freunde zu sein.

»Es ist Zeit, zu gehen.« Er legte eine Hand auf meine Wange. »Falls du in Not geraten solltest …« Er zog mich an sich, und ich spürte seine warmen Lippen an meiner Schläfe. Ich schloss die Augen und schmiegte mich in diese letzte Umarmung.

Der Kuss dauerte einen Moment zu lange, um ein einfacher Abschiedskuss zu sein. Hastig trat ich zurück. »Wirst du für mich da sein«, vollendete ich seinen Satz.

»Jederzeit.« Die goldenen Sprenkel in seinen Augen glühten auf.

Du bist der Letzte, den ich um Hilfe bitten würde, schickte ich ihm einen letzten Gedanken, während er in seine Welt zurückging.

»Ich weiß«, hörte ich die Antwort in meinem Kopf.

Ich versuchte wirklich, standhaft zu bleiben, aber das war der Moment, wo die erste Träne von meiner Nasenspitze zu Boden tropfte.

# Nachwort

Nun ist es mal wieder so weit, und ich muss mich von einer Geschichte verabschieden. Zum Glück nicht für lange. Cassian hat es mir mit seiner unmöglichen Art nicht immer leichtgemacht, aber ich bin leider trotzdem verrückt nach ihm, und ich hoffe, dass auch viele von euch ihm längst verfallen sind – oder Frazer oder Perikles oder Fynn. Bestimmt ist für jeden Geschmack etwas dabei.

Gern könnt ihr mir schreiben, wer euer Lieblingscharakter ist. Ich freue mich über Post bei marah.woolf@googlemail.com oder bei Facebook unter Marah Woolf.

Bestimmt möchtet ihr auch gern wissen, wie es weitergeht, denn die Geschichte ist noch lange nicht zu Ende erzählt. Der dritte Teil von FederLeicht erscheint im Juni 2018. Darin begegnet ihr natürlich altvertrauten Freunden wieder und begebt euch auf die Suche nach Damian, dem Zauberer, der Larimar das Herz gebrochen hat und sie zu dem gemacht hat, was sie heute ist – eine blöde, machthungrige Kuh. Natürlich wird Eliza wieder mit von der Partie sein, denn allein sind Cassian, Raven und Jade aufgeschmissen. Aber auch Sky und Frazer werden ihrer Freundin weiterhin zu Seite stehen, und wer weiß, ob Sky nicht mal langsam ihren Schutzschild fallen lässt und erkennt, dass Frazer sie aufrichtig mag.

Aber das ist alles eine neue Geschichte, auf die ihr euch nun freuen dürft. Vorerst bin ich glücklich über jede Post, jeden

Kommentar und jede Rezension von euch. Und ihr dürft gern allen, die es hören wollen, erzählen, was für ein toller Typ Cassian ist.

Eure Marah

PS: Ihr wisst ja, dass ihr zwischendurch gern noch andere Geschichten von mir lesen könnt – falls ihr sie nicht schon kennt.

# Die Figuren in Band 2

**Alriel** (Elf): Hauptmann der Elfenwache
**Bree** (Mensch): Peters Mutter; Tante von Emma; Ehefrau von Ethan
**Calum** (Shellycoat): Emmas Ehemann und Quasikönig der Shellycoats, obwohl er diese Ehre abgelehnt hat
**Cassian** (Elf): Er soll Eliza helfen, ihre Aufgabe in Leylin zu erfüllen. Allerdings kann er Menschen nicht ausstehen. Er kämpfte in der Schlacht gegen die Undinen und verlor dabei sein Augenlicht. Elfenkrieger. Jade ist seine kleine verrückte Schwester.
**Daniel** (Mensch): Elizas Mitschüler; hofft auf die Rolle des Tristan
**Donnchadh** (Elf): Schauspieler in Leylin
**Dr. Erickson** (Mensch): Eingeweihter, das heißt, er weiß von der Magischen Welt; betreibt mit seiner Ehefrau Sophie in Leylin einen Buchladen
**Eldorin** (Elf): Rubins vorgeblicher Vater; Elisiens Bruder; Larimars Ehemann
**Elisien** (Elf): eigentliche Königin von Leylin, der Hauptstadt der Elfen. Sie ist verschwunden. Seitdem geht in der Elfenstadt alles drunter und drüber.
**Eliza McBrierty** (Mensch): 17 Jahre alt; stolperte versehentlich in die Elfenwelt. Jedenfalls glaubt sie, dass es in Versehen ist, aber bald stellt sich heraus, dass die Elfen ihre Hilfe

brauchen.
**Emma** (Mensch/Shellycoat): Hauptprotagonistin der MondLichtSaga – Vorläufererzählung zu den FederLeichtGeschichten
**Ethan** (Mensch): Emmas Onkel; Brees Ehemann; Peters Vater
**Frazer Wildgoose** (Mensch): Elizas Schulschwarm, in ihn ist sie seit der Grundschule verliebt. Leider beachtet er sie meistens gar nicht.
**Fynn McBrierty** (Mensch): Zwillingsbruder von Eliza; mit Grace zusammen; sehr gut in der Schule
**Grace** (Mensch): Fynns feste Freundin; sie und Eliza können sich nicht leiden
**Granny, Grandma** (Mensch): Elizas Großmutter und engste Vertraute. Sie legt mit Vorliebe Tarotkarten, um ihren Liebsten Lebenstipps zu geben und die Zukunft vorauszusagen.
**Gwyn** (Mensch): vor Jahren verstorbene Jugendfreundin von Elizas Großmutter
**Jade** (Elf): erste Elfenbekanntschaft, Cassians leicht verrückte Schwester
**Kadir** (Einhorn): König der Einhörner; lebt mit seiner Herde im Ewigen Wald
**Kiovar** (Elf): oberster Heiler der Elfen
**Laladi** (Elf): Schauspieler in Leylin, übernimmt die Rolle Morolds
**Lara** (Mensch): Rubins Schwester in Pflegefamilie
**Larimar** (Elf): Hohepriesterin und derzeit Herrscherin über Leylin; Cassians Pflegemutter und Rubins leibliche Mutter.

Sie holt Eliza in die Elfenwelt.
**Ligeia**: Sirene im Ewigen Wald
**Mantikor**: Kreuzung aus Löwe, Drache, Mensch; lebt im Ewigen Wald
**Matilda**: ein Wunschbrunnen
**Melot** (Elf): Schauspieler in Leylin
**Miss Peters** (Mensch): Leiterin des Dramakurses
**Mister Carslaw** (Mensch): Schuldirektor
**Mister Clancy** (Mensch): Skys Vater; Musikprofessor
**Mrs McBrierty** (Mensch): Mutter von Fynn und Eliza; Cafébesitzerin. Bücherwurm und Ernährungsfanatikerin, was im krassen Gegensatz zu ihren leckeren Kuchen steht.
**Muril**: das Böse schlechthin; lebte in einen Spiegel und wurde von Emma besiegt
**Myron** (Vampir): Schulleiter von Avallach
**Nivan** (Elf): Schauspieler; übernimmt die Rolle des Marke
**Noam** (Elf): ein Halbstarker Elf aus Leylin
**Opal** (Elf): nicht sehr talentierte Schauspielerin am Elfentheater und Verlobte Cassians
**Perikles** (Zauberer): junger Zentaur; ist mit Jade befreundet. Steht Eliza gegen den Mantikos bei. Kann Elfen nicht besonders gut leiden. Beschützer der Einhörner.
**Peter** (Mensch): Ravens Freund; Nachfolger von Dr. Erickson als Eingeweihter in der Menschenwelt; Emmas Cousin
**Peter Hewitt** (Mensch): ein Schulfreund Elizas
**Quirin** (Troll): erste Bekanntschaft Elizas in der Magischen Welt; mag die Elfen nicht besonders; sieht sich als Elizas Beschützer

**Raven** (Elf): erste Wächterin; Freundin von Emma. Larimar hat sie aus der Elfenwelt verbannt und ihr die Schuld an Elisiens Verschwinden gegeben.
**Rubin** (Elf): Sohn Larimars. Er hat sich aus dem Staub gemacht, und Eliza soll ihn suchen.
**Sky Clancy** (Mensch): Elizas beste Freundin und Vertraute. Ohne Sky wäre Elizas Leben ein völliges Durcheinander.
**Socke** (Tier): Elizas Kater; sie hat ihn gefunden und gesundgepflegt. Leider hat er Angst vor Donner und Schnecken.
**Sophie** (Mensch): Ehefrau von Dr. Erickson; lebt in Leylin und betreibt dort einen Buchladen. Sie kann nicht zurück in die Menschenwelt, da sie täglich Elfenmedizin benötigt. Elisien und sie waren gut befreundet.
**Vibora**: Orakel im Ewigen Wald

# Leseprobe aus

# BOOKLESS

## WÖRTER DURCHFLUTEN DIE ZEIT

Band 1 der großen
BookLess-Trilogie
von Marah Woolf

Dort, wo man Bücher verbrennt,
verbrennt man am Ende auch Menschen.

Heinrich Heine

## PROLOG

Lucy trat durch die Eingangstür des Archivs, deren alte Scharniere zur Begrüßung knarrten. Fest presste sie die Bücher in ihrem Arm an sich. Hier war sie in Sicherheit. Sie atmete auf und wischte sich die Tränenspuren aus dem Gesicht. So schnell es die steilen Stufen zuließen, eilte sie die Treppe hinunter.

In dem schmalen Gang zwischen den Regalen stieg ihr der vertraute Geruch der alten Bücher in die Nase. Aber heute vermochte er sie nicht zu trösten. Wieder rannen ihr Tränen über die Wangen, und sie betete, dass sie das Medaillon finden würde. Es musste auf dem Schreibtisch liegen. Sie durfte es nicht verloren haben.

Eilig hastete sie durch die verzweigten Gänge. Der allgegenwärtige Staub kribbelte ihr in der Nase. Umständlich kramte sie den Schlüssel aus der Jackentasche, bemüht, die Bücher, die sie auf dem Arm balancierte, nicht fallen zu lassen. Nachdem sie ihn gefunden hatte, schloss sie auf und trat ein.

Sie durchquerte den winzigen Raum, legte ihre Last auf dem Schreibtisch ab und knipste die Arbeitslampe an. Dann wühlte sie hektisch zwischen den Papieren, Büchern und Karteikarten, die auf dem winzigen Tisch verstreut herumlagen.

»Verdammt«, stieß sie hervor. Warum fand sie es nicht? Sie bückte sich und kroch unter den Tisch. Immer hektischer wurden ihre Bewegungen. Die Zeit rannte ihr davon. Sie musste weg von hier, bevor sie sie entdeckten. Aber ohne das Schmuckstück konnte sie nicht fort. Verzweifelt sah Lucy sich um. Sie brauchte es zurück. Es war ihr wertvollster Besitz. Alles, was sie hatte. Ihr Blick glitt suchend durch den Raum, der nur in schummrigem Licht lag. Endlich entdeckte Lucy es. Matt schimmernd hing es an der Ecke eines der Bücher, die neben der Tür aufgestapelt lagen. Es hätte nicht viel gefehlt, und die Bücher hätten es unter sich begraben. Aufschluchzend stürzte sie darauf zu, umklammerte das Schmuckstück und strich über das warme Metall der Kette. Hastig versicherte sie sich, dass es unversehrt war. Dann legte sie es sich um den Hals und löschte das Licht. Nie wieder würde sie das Medaillon ablegen, schwor sie sich. Ein letztes Mal sah sie sich um, bevor sie auf den Gang trat. Vermutlich würde sie nicht hierher zurückkehren. Das schlechte Gewissen, die Bücher alleinzulassen, quälte sie. Aber sie hatte keine Wahl. Sie musste fort, und zwar so schnell wie möglich. Ihr blieb nur, zu hoffen, dass die Bücher ihr die überstürzte Flucht verziehen. »Ich werde für euch kämpfen«, wisperte sie in die Stille, ohne zu wissen, was sie eigentlich tun konnte, um zu verhindern, dass noch mehr von ihnen verloren gingen. Sie erhielt keine Antwort. Ein letztes Mal atmete sie den vertrauten Duft der Bücher ein. Dann machte sie sich auf den Rückweg.

Lucy spürte die Veränderung, kaum dass sie einen Fuß zurück in das endlose Labyrinth der Regalreihen gesetzt hatte. Ihr Herz schlug schneller. Furcht kroch durch ihren Körper. Sie durfte nicht die Nerven verlieren. Aufmerksam blickte sie sich um, konnte aber nichts Ungewöhnliches entdecken. Die Bücher schwiegen, und trotzdem wurde sich Lucy ihrer Panik gewahr. Sie wünschte, sie würde die Gefühle der Bücher nicht so stark spüren, die Angst lähmte sie, ohne dass sie den Grund dafür erkennen konnte. Sie konnte sich nicht rühren. Ihr Herz wummerte in ihrer Brust. Die Bücher waren in Gefahr.

Dann hörte sie das Knistern, und im selben Augenblick bekam die Furcht der Bücher einen Duft. Der Geruch alter Bücher verschwand, und ein anderer nahm seinen Platz ein. Als Lucy begriff, was sie da roch, bemerkte sie auch schon den weißen Qualm, der wie Nebel zwischen den Regalen aufstieg. Hypnotisiert starrte Lucy auf das Schauspiel, das sich ihr bot. Wie aus dem Nichts züngelten kleine gelbe Flammen aus den Gängen zu ihrer Linken hervor. Mit jedem Wimpernschlag schienen sie größer und größer zu werden. Ihre Farben wechselten zu einer verwirrenden Mischung von Weiß, Blau und Rot.

Das Archiv brannte. Die Bücher – das Feuer würde sie vernichten. Jedes einzelne von ihnen. Lucy war immer noch wie erstarrt. Dann drangen die Schreie der Bücher an ihr Ohr. Lucy schwankte und griff Halt suchend nach der Wand. Was sollte sie tun? Viel zu schnell fraß das Feuer sich durch das trockene Holz und das uralte Papier. Die Flammen leckten über den Boden, wanden sich um jeden einzelnen Karton, bohrten sich in sein Innerstes und verrichteten ihr zerstörerisches Werk. Beinahe sorgfältig gingen sie dabei vor, als wollten sie verhindern, dass ihnen auch nur ein Buch entging. Der Schatz, der hier so viele Jahre verwahrt und geschützt worden war, ging vor ihren Augen verloren.

»Lauf, Lucy. Rette dich!«, forderten die Bücher plötzlich von ihr. Tausende Stimmen vereinigten sich zu einem Schrei. »Rette uns!«

Die Betäubung fiel von ihr ab, und sie erwachte aus ihrer Starre. Voller Panik hastete sie zurück in das Büro. Sie knipste das Licht wieder an und griff nach dem Telefon. Ihre Hände zitterten so stark, dass ihr der Hörer entglitt und auf den Boden knallte.

Für die Bücher hier unten würde jede Hilfe zu spät kommen, aber der Bestand in den oberen Etagen konnte vielleicht gerettet werden. Sie musste sich nur beeilen. Alles hing jetzt von ihr ab. Sie bückte sich, um den Hörer aufzuheben, und versuchte, das Zittern ihrer Finger zu unterdrücken. Dann wählte sie die Nummer des Infoschalters.

Nichts. Kein Tuten erklang.

Das Telefon war tot.

Wütend schüttelte sie den altersschwachen Apparat und versuchte es noch einmal. Das Gerät gab kein Lebenszeichen von sich. Lucy stöhnte auf. Sie blickte zu den Büchern, die sie vor wenigen Minuten auf ihrem Schreibtisch abgelegt hatte. Wenigstens diese würde sie retten. Sie konnte sie nicht dem Feuer überlassen.

Hastig zog sie ihre Strickjacke von der Lehne des Stuhls, griff nach einer Wasserflasche und goss deren Inhalt über die Wolle. Dann drückte sie sich den feuchten Stoff vor Mund und Nase, nahm die Bücher und umklammerte sie wie einen Rettungsanker.

Das Feuer hatte sich weiter vorgearbeitet. Es breitet sich viel zu schnell aus, schoss es Lucy durch den Kopf, bevor sie losrannte. Sie musste den Weg abkürzen und nach oben gelangen. An der nächsten Kreuzung bog sie rechts ab. Die Bücher in ihrem Arm behinderten sie, aber sie war nicht gewillt, sie den Flammen zu überlassen. Der Weg vor ihr dehnte sich ins Unendliche. Der Rauch nahm ihr erst die Sicht und dann den Atem.

Ein Krachen ertönte vor ihr. Die riesigen Regale wankten und begannen einzustürzen. Das Feuer hatte sich durch die dicken Eichenbretter gefressen, und diese hielten ihm nicht länger stand. Sie drehte sich um und rannte zurück. Zwängte sich zwischen zwei Regale, die so eng beieinanderstanden, dass sie kaum hindurchpasste. Funken stoben durch den Raum, und eine Welle aus Flammen, Schutt und Asche flog auf Lucy zu. Sie versuchte, schneller zu laufen, drängte sich voller Furcht durch die Gänge. Eigentlich hätte sie längst bei der Treppe angekommen sein müssen. Aber sosehr sie sich auch bemühte, in dem Rauch etwas zu erkennen, um sie herum türmten sich nur Regale mit unzähligen Büchern. Verzweifelt sah sie nach oben. Der Buchstabe, der diese Regalreihe markieren sollte, war nicht mehr zu erkennen. Lucy begann zu husten und zu würgen. Was, wenn sie nicht hinausfand?

Sie ließ die feuchte Strickjacke fallen und zerrte mit einer Hand einen der verschlossenen Kartons aus dem Regal. Oben auf dem Deckel war deutlich die Signatur zu lesen. Sie begann mit dem Buchstaben L.

»Verfluchter Mist«, krächzte Lucy in den Lärm des Infernos. Sie hatte sich verlaufen. Zurück konnte sie nicht. Das Feuer war zu nah, und die Hitze brannte auf ihrer Haut. Sie nahm das Buch aus dem Karton, den sie achtlos fallen ließ. Sie konnte es nicht zurücklassen und der Vernichtung preisgeben. Dann rannte sie, so schnell ihre schmerzende Lunge es zuließ, weiter.

Nur Minuten später wurde ihr klar, dass sie völlig die Orientierung verloren hatte. Lucy konnte nicht mehr. Ihr fehlte die Luft zum Atmen. Die Kraft zum Weiterlaufen. Das Feuer schien sie ihres Willens beraubt zu haben. Um sie herum brodelten die Flammen, sie griffen nach allem, was ihnen in die Quere kam, und fraßen es auf. Egal, in welche Richtung sie sich wandte, von allen Seiten stürmte das Feuer auf sie zu. Eine alles vernichtende Armee, die erbarmungslos ihr Werk verrichtete.

Lucy saß in der Falle.

Tränen rannen ihr über die Wangen, und sie versuchte wütend, sie fortzuwischen. Das war sein Werk. Sie hatte ihm vertraut, und er hatte sie verraten. Wütend ballte sie die Fäuste, sie musste die Gedanken an ihn abschütteln. Wenn sie schon starb, sollte ihr letzter Gedanke nicht ihm gelten. Schluchzend verbarg sie ihr Gesicht in den Händen. Langsam rutschte sie, an eines der Regale gelehnt, zu Boden. Mit der linken Hand umfasste sie das Medaillon fester.

»Wir sind bei dir«, flüsterten die Bücher. »Wir lassen dich nicht im Stich. Hab keine Angst.«

Lucy weinte lautlos. An allem war nur sie schuld. Sie wünschte, sie könnte die letzten Wochen ungeschehen machen. Aber eine glühend rote Welle rollte heran und fraß ihre Welt.

Von allen Welten, die der Mensch erschaffen hat, ist die der Bücher die Gewaltigste.

Heinrich Heine

## 1. KAPITEL

### LONDON, EINEN MONAT ZUVOR

Lucy rannte die Treppe zur Bibliothek hinauf und schob sich immer noch keuchend durch die Eingangstüren und den winzigen Vorraum. Unvermittelt sah sie in das missmutige Gesicht von Mr Barnes, dem Direktor der London Library. Er hatte sich im Empfangsbereich aufgebaut und die Arme hinter dem Rücken verschränkt. Sein Fuß wippte ungeduldig auf und ab.

»Miss Guardian«, begann er seine Litanei. »Ich weiß nicht, was ich mit Ihnen anstellen soll. Was ist so schwierig daran, pünktlich an seinem Arbeitsplatz zu erscheinen? Ihnen muss doch klar sein, dass eine Menge anderer Schülerinnen für dieses Praktikum Schlange stehen. Ich weiß nicht, wie lange ich Sie unter diesen Umständen noch beschäftigen kann. Sicher möchten Sie nicht, dass ich mich bei Ihrem Tutor am College beschwere?«

Lucy hätte am liebsten die Augen verdreht. Sie kannte diese Predigt mittlerweile fast auswendig. Ihr Blick schweifte zum Empfangstresen, hinter dem sich ihre Freundin Marie gerade in haargenau der gleichen Pose wie Mr Barnes aufbaute und flüsternd jedes seiner Worte mitsprach. Lucy biss sich in die Wangen, um nicht loszulachen. Es war ihr schleierhaft, wie es Marie gelang, dieses Frettchen so detailgetreu nachzuahmen.

Dummerweise bemerkte Mr Barnes, dass ihre Aufmerksamkeit nicht mehr ihm galt. Aufgebracht fuhr er herum. Dabei verlor er den Halt und wäre sicherlich zu Boden gestürzt, hätte Lucy ihn nicht festgehalten.

Um ihn von Marie abzulenken, plapperte sie einfach drauflos: »Mr Barnes, ich verspreche hoch und heilig, dass es das letzte Mal ist, dass ich zu spät komme. Aber sehen Sie«, Lucy versuchte einen Augenaufschlag, der gründlich misslang und lediglich dazu führte, dass Mr Barnes seine buschigen Augenbrauen zusammenzog, »ich musste letzte Nacht dieses Referat vorbereiten, über Perikles. Ich habe Ihnen doch davon erzählt. Ich habe die halbe Nacht daran gearbeitet, und es ist wirklich gut geworden. Leider bin ich deshalb viel zu spät ins Bett gegangen, und dann habe ich zu allem Überfluss vergessen, meinen Wecker zu stellen. Ich war einfach todmüde.«

»Ja, ja. Um eine Ausrede sind Sie nie verlegen. Das war Ihre letzte Verwarnung. Damit das klar ist«, knurrte Mr Barnes, drehte sich um und lief vor sich hin grummelnd zurück in sein Büro. Lucy atmete tief durch und ging zu Marie, die sich hinter dem Empfangstresen so unsichtbar wie möglich machte.

»Du hast mich gerettet«, stöhnte ihre Freundin, als Lucy neben ihr auftauchte und ihr einen Kuss auf die Wange gab.

»Diesmal war es echt knapp«, bestätigte Lucy. »Du solltest deine schauspielerischen Talente irgendwo anders ausleben.«

Marie sah sie zerknirscht an. »Ich weiß«, sagte sie. »Aber ich kann einfach nicht anders. Es reizt mich immer wieder.« Die Mädchen kicherten.

»Weshalb bist du wirklich zu spät?«, fragte Marie.

»Das Übliche.« Lucy zuckte mit den Achseln. »Keine Ahnung, wie andere Leute das schaffen. Ich stehe rechtzeitig auf, und trotzdem scheint meine Zeit schneller zu vergehen. Egal, was ich anstelle – ich komme zu spät.«

Marie verschränkte ihre Arme und sah sie herausfordernd an. »Du hast in der U-Bahn gelesen.«

Lucy schüttelte den Kopf.

»Du hast die richtige Haltestelle verpasst«, setzte Marie hinzu.

Wieder schüttelte Lucy protestierend den Kopf.

»Zeig deine Tasche«, forderte Marie und winkte mit der rechten Hand. Lucy kniff die Augen zusammen.

»Ich habe also recht«, triumphierte ihre Freundin und zog ein Buch aus der Tasche. »Wie oft habe ich dir gesagt: Lass die Dinger zu Hause. Beinahe jeden Morgen verpasst du deine Station. Und dann kommst du wie ein abgehetztes Kaninchen hier an. Wie deine Haare wieder aussehen.« Marie angelte eine Haarbürste aus einem Schubfach ihres Schreibtisches. »Bring das in Ordnung.«

»Sieht doch sowieso keiner.«

»Nur weil du nur Bücher im Kopf hast, bedeutet das noch lange nicht, dass es anderen Leuten auch so geht. Glaub mir, es gibt durchaus ein paar Typen, die sich nach dir umdrehen würden, wenn du dein Gesicht nicht ständig zwischen bedruckten Seiten verstecken würdest.«

Ein älterer Herr trat an den Tresen und legte seinen Ausweis vor. Sein Haar war fast weiß, und die Haut seiner Wangen fiel faltig über seine Kieferknochen.

Marie nickte ihm zu und betätigte die Schranke, die ins Innere der Bibliothek führte.

»Meinst du so einen Vertreter des anderen Geschlechts?«, fragte Lucy aufmüpfig. »Da laufe ich lieber mit Haaren herum, die aussehen wie ein Vogelnest. Und überhaupt, wenn du nicht immer bei Chris schlafen würdest, dann könnten wir zusammen zur Bibliothek fahren und ich wäre pünktlich«, protestierte Lucy noch, als Marie sie längst in Richtung Toilette schob.

»Das könnte dir so passen«, erwiderte sie. »Chris und ich sind in seiner Wohnung viel besser aufgehoben. Da können wir machen, was wir wollen. Aber davon verstehst du Küken nichts.«

»Du bist heute wieder sehr witzig«, brauste Lucy auf, sprach aber nur noch mit der Toilettentür. Marie war gerade mal ein paar Monate älter als sie. Und nur weil sie einen festen Freund hatte, brauchte sie sich gar nicht einbilden, ihr Vorschriften machen zu können. Sie betrachtete ihre Frisur im Spiegel. Zugegebenermaßen sah sie ziemlich zerzaust aus. Allerdings würde die Bürste da nicht helfen. Diese Haare waren sozusagen ihr Schicksal.

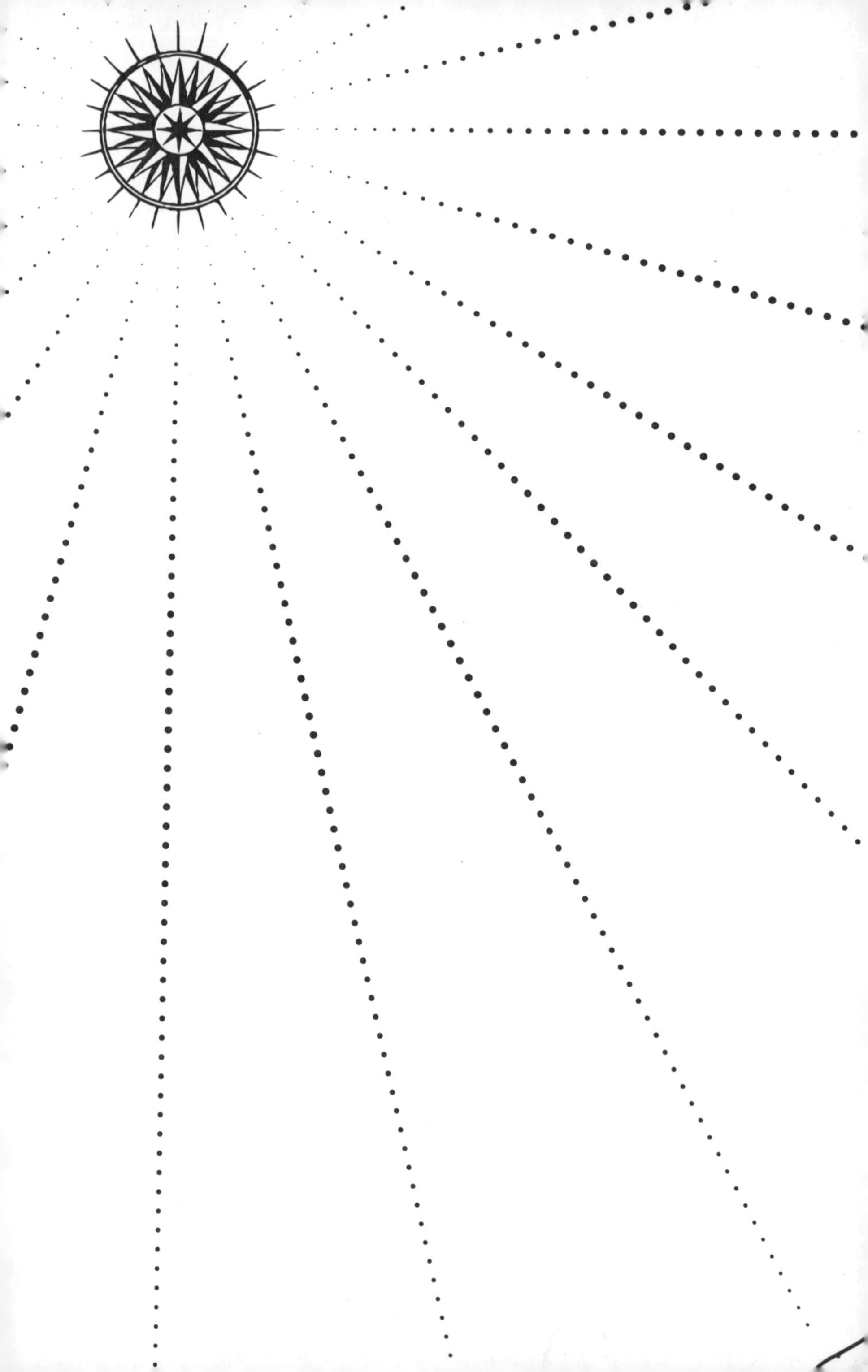